『脱贫攻坚在湖南』系列丛书

主 编 游和平

副主编 纪红建

爱无残缺

——湖南助残扶贫纪实

刘慧 著

湘潭大学出版社

图书在版编目（CIP）数据

爱无残缺：湖南助残扶贫纪实 / 刘慧著. -- 湘潭：
湘潭大学出版社，2020.11

ISBN 978-7-5687-0501-1

Ⅰ．①爱… Ⅱ．①刘… Ⅲ．①纪实文学－中国－当代
Ⅳ．①I25

中国版本图书馆 CIP 数据核字（2020）第 225449 号

爱无残缺 ：湖南助残扶贫纪实

AI WU CANQUE ：HUNAN ZHUCAN FUPIN JISHI

刘慧 著

策　　划：蒋海文
责任编辑：尹筝筝
封面设计：李　平
出版发行：湘潭大学出版社
社　　址：湖南省湘潭大学工程训练大楼
电　　话：0731-58298960 0731-58298966（传真）
邮　　编：411105
网　　址：http://press.xtu.edu.cn/
印　　刷：长沙印通印刷有限公司
经　　销：湖南省新华书店
开　　本：710 mm×1000 mm 1/16
印　　张：17
字　　数：229 千字
版　　次：2020 年 11 月第 1 版
印　　次：2020 年 11 月第 1 次印刷
书　　号：ISBN 978-7-5687-0501-1
定　　价：39.00 元

目　　录

第一章　茵茵四叶草

几乎每个精神病患者，都曾是一幅黑色的油画，几乎每个精神病人的家，都曾是个悲惨的世界！当患者们被救助到医院治疗之后，幸运就降临了，世界大门被打开，仿佛一大片代表着好运、真爱、健康、财富的四叶草徐徐地铺在他们眼前。

我对残疾群体的认识开始于一份与之相关的工作，故事要从2018年开始说起。

阳春四月，春暖花开，我因偶然的机会进入了一个对我来说全新的工作领域，那就是湖南省四叶草慈善基金会（以下简称四叶草）。这是一家2015年成立的致力于为低收入人群在患有精神疾病时提供关爱与救助的社会机构。

说起精神疾病，可能有些人会不寒而栗，脑海里自然浮现出那种行为不受控制的患者对无辜之人进行攻击和伤害的场景。我也一样，认为精神障碍患者是极度沉浸于自我的群体，他们从封闭自我到排斥他人，从防备别人到伤害无辜。忐忑不安的心里暗暗打起小鼓：这样的工作环境，会有危险吗？同精神障碍患者打交道，我会不会被传染？

办公室的墙上贴着一些机构的介绍和图片，上面有一些秘书长程一文和那些身穿住院服的患者亲密无间地在一起，陪他们看书、做小游戏，给他们送水果，与他们挽手搂肩，甚至拥抱的照片……程一文是和我一样小巧玲珑的女子，而且都喜欢写诗。所不同的是，我的主要爱好是文学，她则曾经是部队的文艺兵，一位歌唱家，曾经任过高校的音乐教师。自2015年来，她一直跋涉在救助贫困精神障碍患者的路上，纵使是腿受伤、腰疾反复发作，她都没有停止工作。程一文的坚持源于自己在求学时遇到了好心人，她说："十八年前，我是一个饥肠辘辘的考生，如果没有老师给我的一碗方便面，我可能无法完成考试，也可能不会有今天的我。就在那天，我立下志向，等我有能力时，要帮助更多的人。"

2016年，四叶草启动了改变贫困精神障碍患者命运的"百千万工程"，被业界誉为精神障碍患者的"希望工程"。理事长刘明说："我的姑姑就是一名精神障碍患者，由于家贫无钱治疗，她后来永远离开了我们，根本找不到尸骨。如果当时有人帮我姑姑一把，悲剧也许就不会发生。"刘明后来在做记者时，发现许多精神障碍患者家庭都很困难，没钱治病，生活质量差，有些甚至被家人用脚链、手铐、铁笼子关锁起来。因此，他成立了一家专注服务于精神障碍患者的机构。

四叶草制作的MTV《有爱就有一切》时常在办公室响起，那些歌词，总是萦绕在我的脑海里。

> 当突然袭来的黑夜
> 把明媚阳光瞬间熄灭
> 悲伤弥漫整个世界
> 爱的脚步却从未停歇
> 突破了阴霾的边界

爱正在四面八方集结

......

基金会成立以来，通过多种渠道、多种方式发起实施了围绕贫困精神病患者及其家庭的医疗救助、爱心助学、村医课堂等慈善项目，其中"特困精神病患者救助项目"已持续开展三年，累计为贫困患者捐赠180多万元药品，为14000多名患者送去温暖，资助千余名患者入院治疗。为100多名贫困患者子女提供了爱心助学金，为200多名患者送去社区康复服务和节日慰问。截至2019年3月，共救助患者3500多人，其中湖南省内3200余人，山西临县患者316人。其中女性患者较多，约占60%。从2016年9月至2019年初，四叶草为旗下"爱心医院联盟"的13家医院捐赠救护车13台，捐建"爱心书屋"8间，慈善款物及设备捐赠达数百万元。

精神障碍患者救助点主要立足邵阳，面向全省各市州，合作的医院在新邵县、邵东县、城步县，向永州、怀化、湘西、岳阳、张家界等地延伸。

工作期间，我亲自去过怀化沅陵、湘西武溪、邵阳新邵、邵东和城步等市州县的偏远贫困村开展健康义诊、送药下乡、入户救助等扶贫工作。我也去过好几家精神病院现场采访在院病人，经常一连几天住在精神病院了解医护人员的工作和患者住院后的状态。

我被患者围在中间。他们好奇地上下打量我，对于一个陌生的来访者，他们有很多排斥，担心我伤害他们，对我充满敌意……

他们故意在我左右走来走去，敌意地瞪着我，有意无意地碰我……

他们质问我："你是谁，到这里来干什么？"

当我和他们谈话、向他们提问时，他们说："你问这些问题做什么！"

精神疾病往往导致家庭贫困的现状。制约贫困的突出问题是教育与健康问题。精神障碍患者是家庭贫困的致命根源，他们的家庭大多存在"因病致贫"或"因病返贫"的问题。

在实地了解与采访过程中，我经常被震撼到，看到精神病院那些傻笑着的、大声叫嚷着的、载歌载舞的、萎靡阴郁的、孤僻躲藏的种种形态的患者们，他们有的还是孩子，有的已年过花甲，因病痛导致神志不清、生活不能自理。

有的患者曾经是品学兼优的学生或工作优异的管理者，被某个诱因拨动了精神之弦，一落千丈成了家庭包袱。有的肇事肇祸，伤人毁物，或是身负人命，家庭又极其贫穷不能进行系统治疗，只有长年累月被家人用铁笼关锁，他们赤裸着身子，过着非人的生活。

有的是遗传，父子、母子、母女一起被救助入院，家庭贫困不堪。

有的因为情感受了打击，导致了精神疾病，终日疯癫不知归路。

有的被家人嫌弃，不能入院治疗，被迫流落街头，与垃圾为伍。

而有些老人本到了颐养天年的年龄，却须年复一年地拖着老弱身子照顾患有精神障碍的子女，苦不堪言。

更让人痛心的是那些年纪才几岁十几岁的小患者，他们控制不了自己的神志，一笑一哭都让人感伤。

而患者内心都有一片属于自己的天地——没有外人的喧嚣，没有车水马龙，没有病态，也不会被歧视。他们自得其乐或暗自悲伤，不得不离开家庭，待在医院，甚至不知道自己也在现实的世界里。

医疗资源分布不均是患者治疗的障碍。我国精神病领域医疗资源的供不应求，资源分布不均，精神医疗基础设施严重不足，供需缺口日益加大。据国家卫健委数据，2015 年我国共有精神卫生专业机构 1650 家，精神科床位 22.8 万张，平均 1.71 张/万人口（全球平均 4.36 张/万人口）。

普通百姓和偏远地区的患者无条件去大医院治病，只能在小医院进行短暂的治疗，病人很难入院系统治病。另一方面，公众对焦虑症、抑郁症等常见精神障碍和心理行为问题的认知率低，社会偏见和歧视广泛存在，讳疾忌医多，科学就诊少。种种原因，许多精神障碍患者不得不被家人锁在家里，一关就是多年。

不能入院治病背后的原因是医护人员的缺口较大。原国家卫生计生委在2017年5月公布了一组数字：我国精神科执业（助理）医师有27733人，心理治疗师5000余人，总计只有3万多人，在这3万多精神科医生背后，是几百万的重度精神障碍患者大军。

救助精神病患者是脱贫攻坚的重要一步。随着我国精神病患者人数的增加，精神病治疗服务需求不断增加，一大部分重症精神障碍患者需要长期救助治疗。

公立医院一直是精神病救治的中坚力量，然而，仅仅这些公立医院对广大的精神障碍患者群体来说，医疗资源是远远不够的。在全社会脱贫攻坚的潮流中，涌现出一批有爱心、敢担当、有理想、愿付出的企业和机构，一大批优秀的精神病医院如雨后春笋般迅速崛起，逐渐成为行业中的翘楚！由优秀企业家创办的以隆回魏源医院、民康医院等为代表的民营精神病医院，为我省广大精神病患者提供了更优质、更宽松的治疗和康复环境。

2015年以来，四叶草先后开展了"帮他飞越疯人院""我要读书，抚我疯娘""精神障碍患者救助试点项目""帮她飞越疯人院"等项目，获得中央财政与湖南省妇女儿童发展基金会等专项资金支持，所有项目执行点都在我省偏远农村贫困地区，如新邵、邵东、城步、沅陵、麻阳、隆回等等，为贫困地区的助残扶贫投入了大量的资金和人力物力，得到当地政府扶贫部门的大力支持和表彰。近几年通过政府购买服务和争取"腾讯99公益"项目等方式，大力开展精神障碍患者帮扶工作，使数以万计的患者获得治疗与关爱。秘书长程一文曾多次受到中华慈善总会领导、民政部领导、湖南省委领导的接见与肯定。2018年7月，程一文受俄罗斯精神病学家协会和中国医学会精神病学分会的共同邀请出访俄罗斯，与俄罗斯神经研究中心的科学家们进行了经验交流和医学切磋。

作为残疾的一种类型，精神残疾可以说能深刻反映残疾群众所面临的个人和社会压力等问题。本章中，我将用浓重的笔墨描述我所见到的精神病患者，以及这个特殊群体的特殊救赎。

■ 除锁

四叶草慈善基金会的"爱心联盟"医院，主要是民康医院。

2018年，"精神障碍患者救助关爱试点项目"落地邵东民康医院，这是中央财政专项资金支持的项目。为了顺利开展助残扶贫工作，在邵东县各级扶贫干部的协助下，我们的志愿者走村串户，对精神病障碍患者进行全面摸底，据数据显示，邵东县139万人口中有4000余名精神障碍患者，大多数患者看不起病，因病致贫，因病返贫。

2018年5月，正是细雨如丝的初夏，柳枝在风中拂摆，空气清爽温润，气温适宜。我与程一文一道往邵阳走。我们所乘坐的这辆救护车是四叶草基金会赠送给民康医院的第二台车，因为邵东所辖地域宽广，患者多，一辆救护车难以承载太繁重的任务。

我心神不宁地望着窗外，迎面而来的风景在车窗旁边飞快掠过，就像我心里滋生的那些未知，走马灯一样来来回回。我将要去的是一家精神病院，面对一群精神病人。他们会不会扑过来攻击我？我会不会有危险？他们是不是被绑在柱子上，或者被固定在椅子上？他们看到我们会有怎样的反应？种种疑问盘旋在我脑海中……

经过两个多小时的车程，我们终于抵达邵东民康医院，院长出来迎接，从交谈中得知，经过之前程一文与医院的努力，救助工作已覆盖全县各乡镇街道，收集 500 多名患者基本信息，资助 100 余名患者在院治疗，各项工作都在正轨运行。

本次邵东之行有几件要事：赠送救护车，整理患者们的救助申请表，收集患者的残疾证、身份证、户籍证、医保证等相关复印件，培训志愿者与医院的财务工作人员，所有的资料整理程序都必须按照中央财政项目的标准进行，不能有丝毫马虎。

有生以来第一次进入精神病院的病房，当我心里惶惶不安、脚步还畏缩不前时，程一文已大踏步上楼，率先进入了病房。与我之前的想象完全不同，患者们自由地在病房与走廊上来回走动。程一文像亲人一样靠近病人，毫无畏惧之状，我的胆战心惊方得以放下。

我们先去女病区，护工帮忙端着装苹果的盆，程一文将苹果一个一个地分发给每一位患者，还亲切地拍着她们的肩，问她们苹果甜不甜，我跟在后面，见那些患者不哭闹、不喊叫，做操的、散步的、躺在病床上休息的、站在窗前看风景的，怡然自得。至此，我内心的紧张才渐渐消退。原以为到男病区，程一文会害怕，却不料她依然坦然地进入他们之中分发苹果。我站到黎医生身后，不敢正眼看那些患者，眼角的余光只是从他们身上疾扫而过，他们有的咬着苹果边吃边笑，有的面无表情，眼神空洞，只是机械地吃东西，自然缓慢地在走廊和病房之间踱步。

程一文和病人们聊天，叮嘱他们道："你要听医生和护士的话哦，好好治疗，早日康复回家，知道吗？"

那些患者望着她笑，说："知道！"

程一文像哄小孩一样夸他们，而我则远远地站在那里，不敢靠近。

精神障碍患者中有 20% 带有暴力倾向，被称之为"武疯子"，他们突然病发伤害家人、邻里、甚至陌生人，肇事造祸，伤人害命。

家人只能将患者关在家中，关不住的就直接锁起来，有的一锁就是几十年。

解锁

2018年7月的一个下午，邵东县某村民周亮（化名）家门口出现的警车和救护车，引起了村民的好奇，大家纷纷前来周亮家围观。只见几个身穿印有四叶草标志的绿色马甲的工作人员与民警和乡村干部们在商量着什么。村民们在心里嘀咕，难道周亮在屋子里出了什么乱子？或者是又跑到外面犯了什么大事儿？

大家经过打探得知，原来是前来解救周亮的。因担心周亮抵死抗拒或逃脱，由该乡乡长袁俊杰牵头，乡党委副书记龙沅滨、扶贫办主任彭光彩、四叶草志愿者及当地派出所民警、村干部组成了救助小组，对救助工作进行了部署。

一周前，四叶草志愿者进村扶贫时，发现了一位被关锁的男子，他一丝不挂、落寞伤感地抓住窗户的钢栏，像一尊裸体艺术雕像。当志愿者了解详细情况后，感到非常震惊。这位男子少年时曾是个学霸，意气风发，品学兼优，人见人爱，人见人赞。如今，却遭遇长达20年的关锁，长年累月在不足十平方米的房间里吃喝拉撒，与社会彻底隔离，是个完全失去心智的精神病人。志愿者对其感到非常痛惜，立刻召集精神病专家分析周亮的病情，拿出治疗方案，并经乡党委和村委会研究，制定了"周亮解锁行动"方案。

7月23日，当救助小组前去解救周亮时，他六十多岁的老父亲却坚决不同意，因为他不相信世上会有人愿意出钱给他儿子治病，不相信医院能治好他儿子的病，更不相信医生护士会不嫌弃浑身恶臭不堪的儿子。救助小组耐心地向老人做解释工作，普及了精神病治疗的必要性、四叶草慈善基金会的扶贫政策，以及邵东民康医院的诊疗水平和服务水平，最后，老人终于答应了送儿子去医院治疗。

门锁被打开时，周亮非常恐惧，死死地抓住铁窗栏杆，不肯配合。

终于将被关锁 20 年的周亮救助到精神病院。

人心都是肉长的啊，作为父母、手足、乡邻，怎么能熟视无睹、听之任之！善良的人们，又怎能不满怀焦虑，为他抱不平！

人们的疑惑、责问、批判，都无可厚非，让我们一起穿过时光隧道去追本溯源，探寻 20 年前的今天，那个意气风发、面容俊俏、学习优异的周亮的情形。

从学霸到功夫迷。周亮本来生在一个幸福之家，他比哥哥小两岁，很小的时候就表现出了聪明才智，是块读书的料子。读小学与初中时，成绩在班上一直名列前茅，堂屋里贴着一大片他从学校里领回来的奖状。每个到他们家串门的乡邻亲戚看见那些奖状都会对他父母说："周亮伢子就是聪明，得了这么多奖状！你们养了个聪明崽，读书这么发狠。你们教子有方，以后周亮一定会出人头地，会有大出息，到时候你们就扬眉吐气只管享清福了！"每当此时，周亮父母都是眉开眼笑，感到无比骄傲。

有个周末，周亮从读寄宿的中学回到家里，一边吃饭一边和父母讲一些不着边际的话题，连吃饭都不得停歇，讲得津津乐道、眉飞色舞。

眼看是考大学的关键时期，这孩子怎么也不像以前一样提学校的种种趣闻和他自己的学习情况，行为与以往也截然相反，以前周末回家，他总是先和家人吃饭，饭后就进了自己的房间，做作业或者看书。只有父母叫他帮忙干活时，他才出来帮父母做些小农活。这回周亮没有进房间做功课，而是向屋外走去，说是到院子里哪家去串门。这行为有点异常，有什么重要的事要去别人家里呢？

周亮母亲忧心忡忡地说："是不是这孩子交女朋友了？"

父亲百思不解："可他去的那家也没有和他同龄的妹子啊。"

这天，周亮妈正在堂屋一侧坐着切猪草，周亮二婶子从晒谷坪摊晒着的黄豆空隙踮着脚走进堂屋，对周亮妈说："我感觉周亮像是变了一个人，之前只知道他会读书，成绩好，现在居然说读书没什么大用处，只有练气功才能强身体，还教我们练气功，说练了功夫，不吃饭也不会觉得饿，而且练了功之后就永远不会得病，他打算在院子里拉个气功队，让大家都来练功强身体。"

二婶子一席话把周亮父母急坏了，"唉!"周亮母亲叹气，心里像倒了五味瓶，眼看不久就要高考了，一家人的希望都在他身上，认为他才是这个家庭的荣光之源，全家的翻身仗就靠他考大学出人头地来取得胜利，现在一切都成了泡影。

父亲一脚将身边的椅子踢翻，生气地说："这都什么时候了! 人家成绩不好的都在冲刺，他倒好，还有闲时间去练什么气功，要练功也不是这个时间练啊，考上大学了你爱怎么练就怎么练不行吗!"

半月后，学校放假，周亮果然又回来了，在房间整理着一些图文相间的纸张。周亮妈去敲门："亮啊，吃夜饭了!"看到那些纸张，以为他在做功课，便暗自高兴，孩子并没有什么异样，只是人瘦削了些。瘦了肯定是学习紧张，也正常，很多考学校的学生都这样，她认为这孩子并没有像二婶子说的那样迷上练气功，于是疑虑散开，放了心。

饭后周亮拿了纸张出去："妈，我去同学家送资料。"

第二天上午，周亮从同学家回来，显得非常开心。

周亮哥问他："路上捡了宝吧? 这么高兴? 是不是做出了什么难题?"

周亮刷地腾空一跳，落地之后来了个蹲马步双臂冲拳的动作，高声道："解决了一个大难题，取得了阶段性的胜利!"

年底时，有两个老师突然登门周亮家，向周亮父母反映了一个非常严峻的问题："学校老师已经管不住周亮了，他一心不在学习上，经常逃学，经反复批评无效，现在只能请你们家长去学校把他接回来，以免影响其他同学的学习。学校领导非常重视周亮的事，请家长理解。"

周亮父母对这个通知难以接受，第二天就去学校一探究竟。到学校发现周亮果然不在教室，寝室也没他的影子，他们二老就坐在他床上等。

寝室的同学说："叔叔阿姨，你们一定要等周亮回来吗？他肯定练功去了，他本来是不让我们讲的，谁讲就打谁，晚上他还在寝室里练功，搞得我们都睡不好觉，但谁都不敢说他。"

傍晚时，周亮才从外面回来，周亮妈站起来，强忍脾气问："你不上课到哪里去了？"周亮没想到父母会来学校，一时感到意外，有些不知所措。

父亲动手掀开周亮的被子："收拾东西吧，你不想读书就回去种田！"

周亮动手收拾书包，说："我早就不想读书了，考上大学又能怎样？还不是同样的生老病死？"周亮妈原以为他会反抗，结果却完全相反。

就这样，他们伴着夜色回到了家。

周亮父母原以为他在家待几天干几天农活便会觉得无聊，无聊了就会想回学校读书，可一周过去了，半个月过去了，周亮丝毫没有后悔的意思。他上午帮父母栽油菜、种麦子，下午就跑出去了，一直到很晚才回家。

"让他玩个饱！"父亲生气地说。

周亮父母背地里常唉声叹气的，一个家的复兴之梦，就这样化为乌有了，还有什么盼头！"家里祖坟没葬好，命该出不了大学生！"他们只能这样安慰自己。

之后，周亮带了一帮人在家里耍拳弄腿的，有些人练着练着就不来了。

由于春节前后农村正是闲时，周亮不用帮忙干活，成天往外面跑，连饭都不正常吃，眼看着他越来越瘦，他父母开始焦虑了，让他哥悄悄跟在后面，看他究竟在外面做些什么。

周亮的哥哥回家给父母带来又一个让人震惊的消息："弟弟成天就在闲逛，山坡上、田间、地头，别的村庄，饿了还在田里摘人家的油菜杆吃，去垃圾堆里翻人家扔掉的脏东西吃。"

坏了，坏了！周亮一家人急得团团转："怎么办，年纪轻轻的变成这样，以后怎么娶老婆成家？搞不好还会影响哥哥找对象！"

周亮回到家里一脸疲惫，父母心软，端饭递上，他也不吃，第二天周亮又要走出屋子，他们说什么也不让他出门。周亮生气，骂人打墙，大声反抗。周亮的哥哥又偷偷地去咨询了医生，医生分析说可能是得了精神病，让他们带他去市里的医院诊断一下。一家人反复商量，如果明说带他去看精神病，他绝不会去，想什么办法呢？

最后周亮妈想出一个主意："这样吧，我就说头痛，要去脑科医院检查，要你们兄弟陪着去，你们看行不行？"

事到如今，没有别的办法，只能试一试了。

到了医院，周亮妈先进急诊室见了医生，然后医生又将周亮叫了进去，让他示范他妈做检查。就这样，诊断结果出来了，周亮患了精神分裂症，原因有几个方面，或许是受了刺激，或者是受到什么蛊惑走火入魔。

"受了什么刺激呢？"周亮妈仔细地回忆。大家都在反思。

哥哥告诉我们，上次毕业会考时，弟弟考得不好，爸妈讲了他一顿，说家里就靠他考上大学有出息给家人创造好生活了，当时弟弟就生气了，说："一家子人就靠我一个人吗？要是我考不上大学，那一家人就不要生活了吗？"然后冲进房间关了门，半天都没出来。周亮父母呆呆地望着医生，医生沉思了一会，没有说什么，给周亮开了些药，并建议周亮住院，可突然让他住院又说不过去，家人只能先带他回家。

周亮对服药很抵触："我没生病，吃什么药！会给药死的！"他依然总想着往外跑，不许他外出就发脾气，有一次他居然用头去撞墙撞门，把头给撞破了，血流不止。

周亮的哥哥说："机会来了，快带弟弟去医院！"他们一致同意，立即将他送入了市脑科医院住院。

家里人认为经过治疗，周亮就会好起来，又可以重新回学校高考，他们取得了暂时的平静和安心，对未来燃起了新的希望。

殊不知，灾难是个潜行者，不测的风云一波接着一波。

那天上午，周亮父母正在地里锄草，周亮却突然出现在村口，家人见他一个人从医院回来，感到非常惊讶，上下打量，才发现周亮的手肘关节处肌肉腐烂，手肘疑似骨折。周亮妈赶紧将他拉回家："崽啊，你这是怎么了，你怎么不在医院，一个人跑回家？你的手是怎么啦？谁打伤了你的啊？"

周亮模糊不清地说有人把他送到村外的路边，就没有再回答任何话了。

周亮妈端出脸盆让他洗漱，然后将热饭送到他手上："赶紧吃点东西吧，也不知饿了多少天了！我可怜的崽啊！"周亮什么话都没说，眼神迷离地扒着饭。

他父亲叹息着，自此再也不敢将他送医院了。

可是周亮的病情在医院并没有得到控制，在家也没有服药，睡眠很差，晚上一个人在家里走来走去。周亮发病的时候非常恐怖，自语乱讲，说有人要害他，有时凭空乱喊乱骂，脾气大得很，稍不顺心或是与他多说几句话就要动手打人。他天天无故在家打砸东西，在晒谷坪和大路上与院子里到处乱跑，伤人毁物，吓得乡亲们惊恐万分。由于他们家对医院的抵触情绪，之后再没有送周亮去医院治疗，也不服药。周亮的病情越来越严重，言行不能自控，无奈，家人只好将其关押在一个不足 10 平方米的房间里，任其自生自灭。

斗转星移，噩梦绵长，小房间的关锁生活一过就是 20 年。周亮中途也曾经打破门出逃过，跑到外面总是惹祸生事。家人经常是百般周折地将他找回，再关锁，妈妈抹着眼泪说："崽啊，只能锁你了，你不该去伤人啊！"

周亮的病更严重了，没有药物治疗，任凭病情持续恶化，以致最后都不知道穿衣吃饭，完全失去了自理能力。那个房间放过的物件都被他打烂毁掉，后来连床都没有了，一间屋子就空荡荡的，堆积着 20 年来穿过脱下的衣服，布满着排泄了 20 年的屎尿，臭气刺鼻，平常村里人从那儿经过，都远远地避开，一是惶恐害怕，二是臭气难闻。

每当周亮病情发作时，就会将房门踢破，光溜溜地跑出去，在外面疯疯癫癫，不管家人用什么办法，他都不肯回到那个"囚牢"。只有强行控制，才能将他关进屋子。那 10 平方米的房间，依旧是周亮吃喝拉撒的地方，为了省钱养他，养逐渐年老的父母，周亮的哥哥只好背井离乡，长年在外地打工。

很久以前，很多精神障碍患者因不堪忍受病痛、不愿成为家庭的负担或受歧视而自杀。而家庭成员中有劳动能力的，必须出去劳动，以负担家庭繁重的生活所需，没有人力看护的个别重症患者，只能被家人禁锢在家里。随着社会文明程度不断由低级向高级发展，医疗水平和对精神病理知识的宣传普及程度不断提高，歧视精神障碍患者的现象得到极大的改观。

直到那天，四叶草志愿者协同民康医院的专家医生和派出所民警及当地村干部将周亮救助到医院，他才脱离了关锁他二十年的"囚牢"。

初到医院，医生对他进行了系统的检查，结果显示：周亮的意识还比较清楚，记忆力还比较正常，但问话时他不肯回答，举止很不自然，不能配合医护人员，注意力完全不能集中，不能就一个话题正常交谈，计算能力很差。

为了解周亮的情况，我特意到邵东民康医院采访了他的主治医师黎林海，黎医师向我详细介绍了周亮的情况："刚住院的前几天，他很不习惯，在病区内东张西望，情感活动很不协调，寡言少语，与周围环境缺乏相应的情感联系，意志活动很弱。"

周亮缺乏自知力，入院后日常生活需要护工督促，习惯光身子的他总是不肯穿衣服。护工拿着衣服给他穿："来，穿上衣服，你看别人都穿着衣服的，不穿衣服好难看！"

"不穿，不穿！"他把披上的衣服扯下来，似乎衣服里面有刺似的。

大小便仍然不能自理，像以前在家被关锁时一样，吃喝拉撒都在病房，要护理人员清理，后来护工专门盯着他，估摸着他要上厕所了，就催着他去卫生间，他不肯去就拉着他去。

在病房，要是谁讲他一句，或者是不小心碰他一下，周亮就冲动起来，要打人家，病友很害怕他，后来为了安全起见，医院将周亮单独安置在一间小病房里。

前期他还闹着要出去，不肯住院，用脑袋顶墙顶门，结果头部伤了一道口子，医护人员给他清理上药包扎，给他输了两天液，并针对他的精神分裂症让他服用了抗精神病药利培酮，现在头部的撞伤已经差不多好了，行为举止也较之前好些了。

黎林海医生说："经过一段时间的治疗，可以和他简单交流了，但交谈时间很短，最多三五句话之后他就不愿意与人搭腔。在行为举止上也有所控制，病情和打人行为都有明显的好转。"我悬着的那颗心，似乎从黎医生的这些话里得到了安慰。

初秋的9月，我们又来到邵东民康医院，特地来到病房，在黎医师和护工吕娟的陪同下，看望了周亮。他不再是在家时那种光溜溜、脏兮兮、臭烘烘的形象，他穿着蓝色条纹病人服，坐在病床上，精神面貌焕然一新，还可以和他进行简单的聊天，我们发现他喜欢自言自语，听不清他讲些什么。

黎林海医生对我们说："刚进医院那段时间，只要有人靠近周亮或者从他身边经过，他就会主动招惹别人。但过了一段时间之后，他病情相对稳定，恢复了一部分正常思维。病情好转的他反而很被动了，病友有时对他有轻微的肢体接触，他都不会反击病友。"

我仔细观察了周亮好一阵，经过治疗之后，他不再是入院前的"恐怖分子"，也不是那个站在窗前像艺术雕像的裸体人，而是个老实听话的患者，我们感到非常欣慰，希望他好好接受治疗，获得身体的自由，远离病痛和"牢笼"，过上正常人的生活。

除链

从邵东返回长沙的车上，程一文讲述了一位与周亮差不多遭遇的永州患者曾保（化名）的情况，对那天的行动，她记忆犹新。

2016年3月23日，程一文接到消息后，迅速和两位工作人员从长沙驱车4小时，奔赴永州市冷水滩区竹山桥镇。在永州市义工的带领下，风尘仆仆地赶到群勇村曾保家中。

他们惊呆了！一间取了门的老旧杂屋，两扇没有玻璃的小窗户，踏进屋内时，一股恶臭扑面而来，让人感到窒息。屋内光线昏暗，地上散乱地铺着一层薄薄的稻草，靠墙处有一堆乌黑发臭的棉絮，就像一间猪栏。

找了好一阵，却没看到人，正当工作人员不解时，曾保的母亲指了指旁边的一堆棉絮说："我儿子在面里。"

曾保母亲的话音刚落，义工唐师傅不顾危险冲上前去，一边眼疾手快地掀开那团破絮，一边喊："曾保！起床啦！"

一个声音从棉絮内闷声闷气地传出来："莫吵呢！"

瞬间，只见曾保的头从棉絮内露出，他面色苍白，全身布满了污垢，下身一丝不挂。

房间一下子出现这么多陌生人，曾保感到空前的恐惧，他开始不停地挣扎抗拒，向破絮里躲闪，并且发出下意识的咆哮。

一根粗粗的铁链锁着他的左手，铁链的另一头系在屋子的大石头上。

唐师傅赶紧找工具，在众人的帮助下将铁链从石头上拆下来。曾保母亲和另一位义工不停地安抚他的情绪："别害怕，我们带你去玩，去看电视，好不好？"

大家一边哄着他，一边动手帮着曾保母亲，给他擦洗了身子，穿上义工捐赠的干净整洁的外衣。曾保看到身上的新衣服，手舞足蹈地咧开大嘴，露出一口黑黄斑驳的牙齿，如孩童般天真地笑起来，嘴里不停地喊着"看电视克、克玩克"。

在曾保母亲的陪伴下，四叶草工作人员与永州义工合力，将曾保送到了永州市星安博爱康复医院精神科。经过一系列的检查和诊断，医生告诉我们，曾保患了"精神分裂症"。

"精神分裂症？"曾保母亲不明白这个病有多严重，她眼泪一下就出来了："还有救吗？我可怜的崽，没过几天好日子……"

医生问老人："曾保这种情况是什么时候开始的？究竟发生了什么？"

曾保母亲说："我这崽今年43岁了，14年前他奶奶去世了，入棺的时候，他看到奶奶的尸体被搬进棺材里，吓得大哭大叫，从此就疯了！"

曾保因患病后有暴力倾向，被家人用铁链锁住其手关在杂屋中，当时，他的家人说："癫了癫了，等于白养了！"

他们不以为这是一种病，自然也就没有带他治疗的意识，导致他后来病情越来越严重，甚至有了暴力倾向，经常出门带刀。他挥刀胡砍，乱砸东西，伤人毁物。

乡亲们一看到他出来，都害怕得不得了，纷纷奔走相告："曾保出来了！曾保出来了！快回家关好门！"尤其是小孩，只要一听说曾保两个字，就吓得哇哇大哭，拼命呼喊他们的父母。

后来，邻居告诉曾保家人："你家曾保是得了精神病，你们要带他去医院治病！"

癫子是病？能治好？家人将信将疑。这成天疯疯癫癫的，在房子里狂喊狂叫也不是个事啊，家人也想带他上医院试试。但是，恰在那时，曾保的父亲去世了，家里一团乱，欠债不少。本来就极度贫穷的家，更没有钱给曾保治病了。

曾保母亲感到非常无奈，只能继续将他锁上铁链，关在一间杂物房里："崽啊，这是我们的命啊！"

这一锁就是14年！5000多个日日夜夜，曾保患着重度精神病，窝在发臭的杂物间，过着非人的生活。曾保的母亲年老体弱，没有了劳动能力，要负担起母子俩的生活，实在是困难重重。

医生当即会诊，作出决定："立即安排住院！"护士们立即安排病房，将病床铺了新棉被，曾保被医护人员拉着，手上那条链锁长长地拖在地上，发出刺耳的响声，不但刺激了四叶草志愿者的耳朵，同时也刺痛了他们的心！

这把万恶的锁链因为被曾保佩戴多年，已经生锈，那些锈给曾保的手腕染了又染，像上了一层漆，还留下了一圈深深的印痕，如今我看到那张照片，隔着时空都能感觉到他的痛。

医院工作人员经过几番周折，才打开了曾保手腕上那把锁了14年之久的铁链，护理人员为他洗澡、剪头发、刮胡子，让曾保服药之后，他终于安静地睡觉了。

看到儿子被医护人员治疗和照料，曾保的老母亲热泪直流，不停地说："多谢菩萨！多谢医生！"

按照惯例，程一文和曾保母亲签订了捐赠确认书，免去曾保住院期间所有的自费医疗费和生活费。

2016年4月21日，一直牵挂着曾保的程一文再次去永州博爱康复医院看望曾保，他的脸色红润了，面部表情也丰富了，一个月前初次见面，他对去解救他的人还非常排斥，现在，他再次看到程一文，表现已大为不同了，他笑了，不是傻笑，是一种无限感激的、看到熟人的那种亲切的笑。

他的老母亲看到十多年过着非人日子的儿子变好了，心里的喜悦难以言表，他握着程一文的手说："你们都是好人！都是菩萨！"

为了让贫困的曾保恢复健康，四叶草又为曾保捐赠了10万余元的药品和生活费。

经过几个月的治疗，曾保的病情已经好转，情绪稳定，住院期满之后重新回到家庭，彻底抛开了那把限制他的铁锁、手镣和那间非人的囚室，开始了全新的生活。

如今，国家对残疾人士的救助力度大大提升，只有在边远偏僻的山村还有少数贫困家庭中的有暴力倾向的精神障碍患者还存在关锁现象。随着国家扶贫和救治精神障碍患者政策的全面普及和各种社会组织不断完善的帮助方式，关锁这个词，将在精神障碍患者中彻底消失。

■ 归家

在精神障碍患者中，关锁是家属以限制患者自由的方式来达到监管目的。而还有另一种情况，就是监护人没有尽到监管的责任，放任精神障碍患者离开家庭，终日流落四野，找不到归途。

2018年4月9号，我与同事一早从长沙坐汽车去怀化沅陵。大巴在高速公路上奔驰，每一辆车疾驰而过时，尾随的风都会借着车的惯性力，高高地飞扬，猛烈地扫过公路旁边红色黄色的树叶，那些树叶遭到袭击，纷纷失去把持，随着风力慢慢旋落到道路边沿，那一路缤纷的落叶，成团成堆，铺在地上，成了一幅幅斑斓的油画，让人在感到美的同时，也滋生出伤春之情。

到达古城沅陵的汽车站，已是下午一点半。因长沙大太阳，足有三十度的气温，而沅陵却已是阴天，温度有些低，须穿上风衣才能抵挡凉空气。从大巴上走下来，躬身去行李架拖箱子时，我听到腰骨响了一下。顿时，一阵疼痛就涌上来。

到了沅陵民康精神病院，突然雷雨，因为风雨，志愿者取消了外出下乡的计划，我们只能整理资料。晚餐之后，医院停电了。我问民康医院的工作人员："为什么停电？什么时候能来电？"

他们回答说："只要大风大雨都是这样，周边一片全部停电，因为雷电与大风，导致电路不畅，一时半会维修不了。"民康医院远离县城，在一个环境幽静的山水之地，但这儿电路还没有换新，逢狂风大雨就要停电。

"没电怎么办？很不方便啊！这乌七八黑的，怎么办啊。"他们已淡定，而我正试着习惯。

我被安排在医院的男性宿舍里，因为我们的到来，临时将男性调出这间宿舍。天黑了，我忍着腰痛，摸黑去公共卫生间洗澡，没有挂衣服的地方，也没有放洗涤用品的地方，我用手机仅剩的电照亮一排卫生间中窄小的一间，淋浴的喷头很大，水花四处散射，像极了天女散花。

终于能躺到床上了，我二十多年未睡硬板床，加上之前腰伤，这回是个大考验。想起在这儿工作的医护工作者每天都在这么艰苦的环境下工作，不禁肃然起敬，我只是几天，而他们却是长年累月！

10 号早上，我几乎起不了床，腰部的疼痛和睡了一晚硬板床带来的背痛一齐扑向我。好在我勇敢地爬了起来，走了几步，居然比躺着要好些。早餐是一大盆清水面条，谁吃谁去夹一把，食堂的另一个窗口有昨天的剩菜和辣椒粉。

没有电，只能去病房转转。

病人更多了，是上次我来时的两倍多。医护人员开门让我进去，我想了解一些患者的情况，无奈没有电，电脑成了铁。患者们在走廊上和活动室走来走去，有一些熟面孔，我曾在四叶草的微信公众平台里写到过他们，贴过他们的照片，因而有了似曾相识之感。他们望着我，视我为外星球来者。

一位三十来岁的女患者走到我一侧，带着神秘的表情，轻声向我讲了一大串沅陵方言，然后露出一丝"你以为！"的神气，我却没听懂她所说的任何一个字……

一位颓废的女患者跟在我身边，缓缓地对我说："我想回家，我要出院，让我出去喽……"

有个身材高挑、面目秀美、举止不俗的女患者问我："你们能不能把菜炒好点喽？真的吃不下去了！多加些油、盐和辣椒啊！炒出那样的菜叫我怎么吃嘛！"

这个我做不到，只能回复她："治疗服药期间，菜还是清淡的好，能帮助你尽快恢复健康。"

她有些激动："为什么？这个伙食我快活不下去了，吃那样的菜比死还难受！"

他们嘴里的死，很容易嘣出来。生病吃药，本来按医嘱是要忌口的，何况多油多盐猛辣呢？他们见我一脸无奈，只好失望、摇头离去。

"你是谁？你来干什么？"有患者质问。

我只能说："我来看看你们过得好不好，身体感觉是不是比之前要好些。"但我肯定不是间谍，间谍没有这么明目张胆与坦荡。而且，我身材瘦小，完全没有攻击能力，他们看了我一会，确认我是个无趣之人，注意力就转移了。

在这些精神障碍患者中，还有几个流浪患者，他们是因病情发作，被家庭抛弃或者未被医疗、救助机构收容的精神病人，失去自知和意识离家出走，只能流落街头。

流浪的精神病人因神志不清，比起一般的流浪人员来说更容易被歧视、取笑，甚至于被伤害。风餐露宿的流浪、别人的唾弃与伤害，伴随着每一个流浪精神病人。而他们由于长期不安定的流浪生活与缺乏专业化医疗救助，使其生理和心理状况越加恶化。

有幸的是，现在流浪在街头的患者基本上发现一个，就救治一个，我在这些患者中，寻找那个刚刚被救治的人。

醉汉张四的油菜花开

来到男病区，医护人员帮忙找到张四（化名）。

第一次知道张四是正月过后，民间有句谚语："油菜花开、疯子出来"。其意是：凡是处于潜伏期内，患有花痴病的女人和患有神经狂躁亢奋的男人，每年容易在春季清明前后、油菜花和桃花怒放时分，惹是生非爆发癫狂症。

这是因为气候特点影响，春季气温回升比较快，之后又出现一段时间的持续偏低气温，冷暖无常、气温骤降或气压剧升，我们通常称之为倒春寒。容易造成毛细血管收缩、血压上升、血液黏稠度增高，从而诱发各种疾病。因此，早春是精神病患者病情复发的危险时期，而且不只是精神病，风湿、高血压、心肌梗死等都是易发病症。

49 岁的患者张四的一张照片给我留下了非常深刻的印象，照片中，远景是一大片油菜田，近处有一间鸡窝似的泥砖塑料顶棚屋，他正躬身从那间狭窄的屋里钻出来，地上铺着一层薄薄的稻草，这是个怎样的人？他有没有家人？为何住在这窄棚里？

经询问医护人员，得知张四是沅陵县麻溪铺大坪村人，未婚，无子女，父母已故，只有个兄弟住在村子里面。他十多年前患了精神分裂症，比较孤僻，不愿意与人交流。父母去世后不久，张四就离家出走，来到村外，住在塘坎边一间很久以前废弃的用几个砖头砌成的破烂狭窄的抽水棚，是安放电排之处，他在此一住多年。有好心人见他脑子不清白，过着野人般的生活，便送点东西给他吃，不知为何，他都不肯接受。

张四就躺在鸡舍般棚屋里的那层稻草上，棚顶盖着一张雨布，以遮风霜雪雨。他依靠捡拾垃圾维生，别人扔在垃圾堆里的死鸡死鸭和塘里的死鱼，他都捡回来，煮着吃。

这个春天，油菜花在池塘旁边盛开，阳光下一片灿烂的金黄，而池塘这边的小茅棚里，张四的病情也更加严重了，因为春潮和雨水，地上薄薄的一层稻草都是湿润的，塘边水汽重，加上倒春寒的冷。春天，对没有自知力的精神障碍患者来说是一年中最痛苦的时期。

四叶草的绿马甲就在这个紧要关头来到大坪村毛家组，在村干部的陪同下，寻到池塘边张四的塑料棚前，对他展开了救治行动。

现在，张四入院已经有一段时间了，他有什么变化呢？我来到沅陵民康医院的病房，首先找医生查看他的病历。

从罗洪章医生对张四的病程记录中看到，他的精神状况检查是这样的：患者步行入院，蓬头垢面，举止不自然，意识清晰，接触交谈被动不合作，问话完全不答，生活需人严格督促。定向力一般。自知力缺损。无法引出幻觉。无错觉及感知综合障碍，思维散漫。妄想无法引出。注意力涣散，与其交谈东张西望。智力、理解、常识及判断能力无法测知，计算能力无法测知，记忆力无法测知。社交功能受损，十五年来未与他人接触。情感淡漠，给予刺激性言语，既无内心体验又无面部表情，对周围事物不关心。病理性意志减退，本能活动减退，无冲动、伤人行为，无自杀行为。

据医护人员介绍，张四刚刚进医院时，就是病程记录中所描述的，完全不会听别人的问话，排斥一切外界之声。医生将张四叫出来了，到急诊室坐下，张四每天要在这里输液，因为他喉咙处有个外伤口子，也不知是什么原因，因为痛，他经常拒绝进食，平均每天吃一餐饭。

医生指着张四喉头处的伤口说："现在已经好了很多了，只有一点没愈合了，之前好大的一个洞，他也不会与人交流，没有人知道他的伤是怎么来的。"

我问张四："你伤口痛不痛?"他望我一眼，淡淡地摇摇头。在医护人员的照顾下恢复了神智和清洁的张四穿着干净的住院服，不再是臭气难近的那个流浪汉了，他现在只是位接受治疗的病人。他的一日三餐得到了很好的保障，不用饥一顿饱一顿吃死禽臭畜，也不用蜷缩在抽水棚的那层潮湿的薄稻草上瑟瑟发抖。

他有哥哥，有亲人，为何却要独自在塘边小棚里艰难生活十多年呢? 带着疑问，我们决定去张四家乡走访。救护车从医院出来，一路行驶，穿过集市，熙熙攘攘的赶集人群，在马路两旁的摊担前购买东西。这是个少数民族乡，男女老少都喜欢背着一个竹织的背篓。好一幅边远苗家赶集图! 琳琅满目的商品，身着苗服背着婴孩的母亲，让我想起宋祖英的《小背篓》来，这一路便有了音韵的美好。到了大坪村，与村干部面谈，因为当时他们正在迎接上面的工作检查，我们便自己往张四家去。在大坪村通组公路上，一路是如火如荼地建设中的新农村，一片片大棚水产养殖和蔬菜基地、广阔的田垄，给人一种希望无限的感觉。公路两旁高高的路灯排排耸立，村民的房子是常见的小别墅式三层楼房，新楼幢幢，呈现出脱贫致富的喜人面貌。

我们的车停在一座楼前的空坪里，下车后，我一眼就望见了远处水田与池塘中的那间照片上的小棚舍，照片里的张四正躬身从棚舍里钻出来。我向四叶草的志愿者瞿宏邦问道："瞿师傅，张四就是住在池塘边那个小棚里吗？"

瞿宏邦肯定地说："对，就是那间小屋子，当时我们就是在那儿将张四接到医院的，刘老师，你要不要去看看？"我见天色不早，而且还要去找张四的哥哥，便作罢。

村子里大部分是三层小楼，我猜想张四哥哥应该住在一间破烂的老平房里，看来看去，也没有看到老房子。在一位婆婆的指引下，我们找到了张四哥哥的家，五扇四间的三层小楼，展现出一股新气。

在偏房里找到了正在看电视的张四哥哥，我问："老人家，您是张四的哥哥吗？"

他不解地看着我们，顿了顿才说："是的，你们要找他？他去医院住院了。"

我们做了自我介绍，说要了解张四的情况，他便将我们邀进了屋。

张四的哥哥穿着一件掉了很多皮的黑色旧皮衣，身材瘦弱，满脸皱纹，颧骨突起，愁眉深锁。看来，他过得并不是我心里想得那么大富大贵。我之前脑子里那个自私无情的哥哥开始慢慢融化，取而代之的是一个真真实实的布满生活沧桑的农村老人。

为什么他不可以稍微照顾一下他弟弟？我还在心里打着问号。

我将手机里拍到在医院的张四照片给老人家看，我说："你弟弟在医院很好，面貌大大改观了，病情也好转了，不过他喉头处有伤孔，是怎么弄伤的，您知道吧？"

张四哥哥看了照片，嘴角牵出一丝笑意，看到张四喉头处，转动了一下眼珠，皱了皱眉："不知道，是他自己搞的吧。"

"你弟弟在塘边那间屋子里住了多年，是他不愿意住到家里来，还是什么别的原因？"我问。

见我问到这里，老人家重重地叹了口气，打开了话匣子，将历年的事情一一讲述给我们听。

他们父母去世早，在张四二十来岁时就先后撒手人世。那时张四刚刚成年，失去双亲的痛苦笼罩着他，哥哥成家了，他有些无依无靠。有好心的人帮他介绍了一个女朋友，相识之后没多久，女方就回绝了。她对媒人说："我不会嫁给这样一个人，无父无母，将来生个孩子都没有人帮忙带，而且他和哥哥住在一起，没有任何家产，我跟着他喝西北风啊！"

张四本来就感到非常伤心，自己还没开始劳动工作积累生活资本，只能跟着哥哥过日子，现在女孩子都嫌他穷，不愿意嫁给他，心里更是异常郁闷，极为消沉，久而久之，导致精神有些异常。

破罐子破摔，张四大概就是这样放弃了自己。

老人家不满地说："我弟弟喜欢喝酒抽烟，但凡有一点余钱在手，就必要买酒买烟。"他这是在麻醉自己，我明白。

我说："后来他的病情愈来愈严重，就这样终日游荡村庄田间，靠捡垃圾度日吗？就这样东一餐，西一顿，卖掉垃圾就大吃大喝一场？"

张四哥哥回答道："就是啊，有时没有垃圾可捡，他就在塘边捡些死鱼死鸡煮来吃。"

"为什么不让他住在家里？那塘边棚子里也实在是住不了人。"有人问。

"我们不是不让他住在家里，这房子是我二儿子起的，原来给过他一间房，让他好好住着。可他偏乱搞，在外面捡来很多臭不可闻的垃圾，堆满了那间屋子，甚至把死鸡死猪都拖进来，整幢楼都被他搞臭搞脏。我们多次跟他讲不要捡那些臭东西进屋，他就是不听劝不听管，太烦人了！"张四的哥哥又生气又无奈地说。

后来，张四因为不服管，就自己住到池塘边那间以前队里放抽水机的小棚里去了。

张四哥哥说:"我为了让他住得舒服一点,给他带了被褥,置了锅鼎碗筷等生活用品,也会经常送一些饭菜去给他。但是过不久去看,那些被褥都不见了,可能都被他当破烂卖掉,换酒喝了!"说着,他叹了口气,陷入沉默。

"他经常喝酒吗?"我问。

"经常喝,喝得醉醺醺的,满身酒气,在这院子里东游西荡!院子里的人都怕了他。"张四的哥哥讲到这里,瞿宏邦也插话了:"说起喝酒,我想起一件事了,那天刚将他接到医院,吃饭的时候,他就要喝酒,医院当然是不许病人喝酒的,精神障碍患者是绝对要禁酒的,怎么能喝酒呢!就坚决不给他酒喝,不过也就那一次,后来,他再没有提出喝酒的要求了。"

从张四哥哥家出来之后,村支书和我们聊了很久,从谈话中得知,村委会正在与志愿者们一起为张四办理五保手续,当他通过系统治疗恢复健康之后,会得到国家和社会的福利,也有村干部与他结对帮扶,他会有一份起码的生活保障。返回的路上,我卸下之前的沉重,在我们的社会,当监护人不能为失去生存能力的人担负起监护作用的情况下,国家政府、社会机构,一个出钱一个出力,是不会让这部分弱势群体流离失所的。

沿路的山水正在春风的吹拂下丰盈、变美,这自然的乡村风景正呈现出春天的魅力。

垃圾女王的干净衣裳

我们正在准备《帮他飞越"疯人院"项目》的结项资料,将扫描件上传到腾讯公益网的时候,看到了项目进展图片,有一张垃圾的山的图片特别打眼。我问程一文,这座垃圾山与图中那个老人,都有些什么关系。程一文说:"那是一个精神病人,好造孽的呢!长期住在垃圾山上，臭不可闻！"

精神障碍患者属于无完全行为能力的人，因此需要监护人为他们的大多数行为承担法律责任，同时也代表他们主张正当权利。流浪精神病人在我国的确切总数尚无统计，据相关研究者估算公布的消息，应在3—6万左右。这是个"被偶像"的时代，"犀利哥"们的生活其实充满了曲折，压抑与悲哀。在一份学者所做的《对81例流浪精神病人的调查报告》中显示流浪精神病人伴发严重肢体疾病的占42%，其他还有发热、下肢坏疽、子宫脱垂、小脑萎缩、糖尿病、怀孕等多例。

那是2017年的秋天，寒气初袭，新邵县有个叫秀娥的七旬老妇，戴着一顶草帽，迎着寒风冷雨，穿梭在大街小巷、村子院落，身上永远背着一袋精挑细选的垃圾。各街坊居民和村庄乡亲都知道她，有好心的人，家里有个剩饭余菜和旧衣旧鞋的，就赏给秀娥了。四叶草的志愿者听闻秀娥此人，专程来到她经常穿行的地方打听。

村民们对志愿者说："那个捡垃圾的叫秀娥，已经患精神病三十多年了，不知她家在哪里，听说她在十年前老伴去世后就疯疯癫癫游荡在外无人看管。"十年前，秀娥老人一直有老伴照料，有家遮风挡雨，还能得以温饱。老伴去世后她也不愿意住到儿子家去，后来不知什么时候儿子一疏忽，她就离开了家，流浪在外，风餐露宿，迷失了方向。碰上大风大雨、冰冻雪霜天气，秀娥就在桥洞屋檐断墙下蜷缩着老弱的身子，度过一个个凄寒日夜。

有一天，秀娥流浪到一个山坡，看到那儿堆着很多生活垃圾，便喜洋洋地走进去，在掏选垃圾时，她发现旁边有一间废弃的水泥屋子，这间屋子两侧都是残墙断砖，但屋顶的水泥板却还是好的，虽然无窗无光，却不漏雨，还能挡风，而且待在里面很安全，没有谁会来驱赶她，也没有恶狗追咬她。秀娥如获至宝，喜不自禁地说："回家了，回家了！"

她用从外面捡来垫席和别人扔掉不要的被子在地上铺了"床"，又捡来砖头垒起一个小灶，独自一人在这座垃圾山上过起了日子。

日积月累，垃圾越堆越多，这个山坡简直成了垃圾王国，秀娥便是这里的女王。身体还吃得消的时候，她就会去远一点的地方捡些有用的东西。发病走不动时，就只能以垃圾为食。她从不洗澡洗头，长年累月在垃圾堆里摸爬打滚，全身都堆积着历年的污垢和垃圾里的腐臭泥水，过着非人的生活。

志愿者走了很远的路，才找到这座垃圾山，顶着难以忍受的恶臭，走到那间断壁小屋前。秀娥却并不在屋里，里面只有一张破旧的课桌，拉开抽屉，有半碗发霉变质的饭，那是李秀娥老人的餐食。2017 年 4 月 19 日上午，在镇卫生院负责人的协助下，志愿者终于在街头找到了老人，将她送到当地民康医院给予免费治疗。

经过几个月精心医疗养护之后，秀娥获得临床治愈，又给予半年的药量，嘱咐她按时服药。在各方帮助配合下，志愿者终于打听到秀娥老人的家，将她送到离开十年的地方。老人家的儿子大哭道："娘啊，您终于回来了，我们找您找得好苦啊！"在失去双亲寻找无果的十年后又迎来思维清楚的母亲，秀娥老人与儿子喜极而泣。

每每谈及此事，程一文就露出由衷的笑容，她感慨："每当救助一个病人，让他们疗养出院后回归家庭，回归社会，我就觉得一切的辛劳都有所值。"

"山洞女神"的心灵归所

同一时期，与秀娥老人一起在民康医院治疗的还有一位新邵县小塘翠英村的患者，我且叫她"山洞女神"，32 岁，几年前的一场大病，导致她神志不清，思维错乱，经常离家出走。

她生育了两个小孩，大的三岁多，小的才两岁。2016 年因病情发作，被送到新邵民康医院治疗过一段时间。她心地非常善良，是佛教的忠实信徒，在院期间主动照顾其他病人。出院之后，因为种种原因，她没有持续服药，导致病情再度发作，并离家出走。

在小塘翠英村搜救患者时，这位"山洞女神"的丈夫十分无奈地告诉志愿者："我老婆不肯住在家里，说小孩太吵，她需要清静，有一天她悄悄离家出走了，只带了点简易的生活用品。"经过家人四处寻找，才在新田铺镇的一座山上找到了她，她在那个山洞里自得其乐，怎么都劝不回去。

这位男子带着志愿者去寻找妻子，一边向大家介绍："我老婆一个人住在一座山腰的岩洞里，每天都要抄佛经、念金刚经、打坐、修行。"

远离尘世，清心寡欲，成了一位不折不扣的"山洞女神"。经过一个多小时的车程和山路徒步，志愿者一行终于找到山腰的岩洞，洞内挂着小黑板，黑板上写着"五戒"：不杀生、不偷盗、不邪淫、不妄语、不饮酒。就连挂着的红灯笼上也贴上了她用纸抄写的金刚经："过去心不可得，现在心不可得，未来心不可得。"天气好的时候，她还在山洞旁边开荒种菜，在山溪里取水，到山下乞讨一些粮食。

"山洞女神"不在，大家山上山下到处找遍了，也未曾发现她的身影，只好失望而返。

"为了两个年幼的孩子，我爬到山上接了几次，她都不肯回家。"那位伤心的丈夫说。志愿者对其深表同情，他经常远道而来看她，接她。孩子们没有了母爱，失去了正常孩子的天真活泼，假如你问孩子："你想妈妈吗？"他们一定眼泪汪汪、怯生生地说："想！"为了养活孩子，"山洞女神"的丈夫必须出去打工，小孩便只能是爷爷奶奶看着。孩子们是多么渴望母亲的温暖怀抱啊。然而，在他们还未知事时，他们就失去了这种待遇，妈妈不仅不要他们，也不要这个家。孩子们不懂，什么样的病，能让妈妈离家外出，抛下幼小的他们不管。

为了将"山洞女神"救助出来，为了那两个可怜的孩子，志愿者又一次前往，在其公公的带领下，一路风尘，寻到新田铺镇，在那座山腰的山洞里找到了她。她确实过得很惬意，很田园派，家事国事天下事，事事不闻不问，在山林享受清风玉露，清心寡欲的生活，只是苦了两个孩子。

志愿者做她的工作："这山里面有蛇有野猪，非常危险，你还是跟我们到一个安全的地方去生活吧，包吃包住还包穿。"

她说："我要安静的地方，我要拜佛念经的，山里清静，我不去任何地方。"

她公公去拉她："这里没吃没喝的，生病了谁知道啊，孩子在家里都盼着你啊！"

志愿者也鼓励她："你就放心吧，会给你一个安静的环境，你可以抄经念经，这山洞好潮湿的，会得风湿病的，又没有电，晚上黑漆漆的，万一来个坏人你怎么办？"

经过大家再三相劝，"山洞女神"动摇了，收拾她的东西跟着志愿者下山。她的公公满怀希望地将儿媳托付给四叶草的爱心医院，期望她经过三个月的治疗，能恢复正常，好好地回家过日子，不要再一个人孤单单在山洞里风餐露宿挨冻受饿。

几个月之后，我再询问新邵的志愿者，得知那位"山洞女神"已临床治愈出院回到家里，我想象着那两个小孩正依偎在母亲的怀里，幸福地享受母爱。

失散志全的温暖归途

回家，对于普通人来说，也许是天天要经历的事情；圆一个归家之梦，对背井离乡外出工作的人来说，也很容易实现，半年、一年、两三年，只要排上日程，就不难。但对于流浪的精神障碍患者，归家，便变得遥不可及。

2018 年 7 月 3 日，在长沙市第三福利院（也称长沙市精神病医院）精神科三病室，一对夫妇紧紧握住一名患者的手，十多年骨肉离散的辛酸苦辣瞬间迸发，他们抑制不住内心的激动，泪如雨下——这就是王庭光、李幼娥夫妇（本文中姓名均为化名）与他们失散 16 年的儿子王志全的相认现场。

"16 年啊！终于见到你了，我的崽呀！"李幼娥激动万分。

16 年前，家住湖南省湘潭县的王庭光夫妇 13 岁的儿子王志全不慎走失，从此下落不明……王志全当初是如何走失？家人又是通过什么途径寻找到他的下落，得以在失散 16 年后重新团聚呢？

说起弟弟当年走失，姐姐记忆犹新："我弟弟患有轻度智障，当年他是我的'小跟班'。2002 年一个很冷的早上，我带着弟弟在家附近玩，我跑在前面，弟弟跟在后面，跑过了两个街口，转身时却不见了弟弟的身影，急得我不知所措。"

当天，焦急万分的王家人发动所有亲朋好友找遍湘潭县城的大街小巷，直至深夜仍未能找到志全的下落。心急如焚的家人随即到派出所报案、张贴寻人启事、登报寻人、四处走访……用尽所有办法，弟弟仍杳无音信。

2002 年 8 月 30 日，长沙市第一社会福利院接到芙蓉区朝阳街道派出所值班民警的电话，称发现了流落街头的王志全，似乎精神有些障碍，请他们立即救助。在民警的帮助下，一福利院第一时间对王志全进行了救治，由于王志全无法说出自己的真实姓名和家庭住址，工作人员为其取名"王志全"。

2009 年 6 月 2 日，王志全因精神症状明显，由一福利院转入三福利院接受治疗与康复。治疗期间，医护人员试图用多种方法与其沟通，反复询问其姓名和家庭住址；与此同时，救助站工作人员通过在报纸上刊登寻人启事等方式为其寻亲，但由于王志全无法提供有价值的线索，寻亲工作停滞不前。据三福利院精五病室主任潘俊回忆，王志全刚来院时，说话吐词不清，喜欢一个人躲在角落里，不愿与其他人交流，生活需人督促料理，有时还有冲动行为。经过精心的治疗与康复训练，现在王志全能与人进行简单的交流，生活能够自理，还积极参加由病室组织的各项文娱活动。

王志全走失的这些年，他的家人始终牵挂着他的安危，盼望着他能早日回家，但经过数年的苦寻，始终不知他的下落。转眼16年过去了，寻亲如石沉大海，家人对找到他已不再抱有希望，甚至有了放弃的念头。就在家人对寻亲一事感到绝望时，2018年6月一次偶然的机会，王志全的姐姐通过公益性寻人网站"宝贝回家"得知公安部门可以免费采集失散儿童及其亲属血样分析比对DNA信息，这重新燃起了家人寻找王志全的渴望。湘潭市公安局九华分局当即将失踪儿童王志全父母王庭光、李幼娥的血样送检，并将DNA信息录入全国公安机关查找被拐卖/失踪儿童DNA数据库，很快就比中了一名叫"王志全"的男性人员，经过复查，确定王志全就是王庭光夫妇走失了16年的亲生儿子王志全。

"找到了！找到了！"王庭光夫妇得到消息后，立马携女儿、外孙及其他亲朋好友一行十余人来到三福利院认亲，于是有了之前令人动容的一幕。"很像、很像，你们看他的眼睛长得跟妈妈的眼睛一个样，鼻子跟爸爸的鼻子好像"，在场的亲人们一个劲地打量着这一家三口，旁边的姐姐早已泣不成声，这些年她始终都忘不了弟弟走失的那天，因为觉得自己把弟弟给弄丢了，一直都很内疚。现在看到眼前这位个头一米七多、白白胖胖的小伙子，她终于可以卸下长久背负的"包袱"。王妈妈还掏出志全小时候的照片给大家看："走丢的时候才这么点大，现在都成壮小伙了，感谢你们所有人，你们都是好人、大好人！"在场所有人都为这一家人的团聚感到高兴。

"走，咱们回家去！"正当家人拉着王志全的手走出病区大门时，他突然挣脱并跑回病区，在场的人都面面相觑，不知所措。经过询问，原来在志全的脑海里，三福利院就是自己的家，回家不就是回到自己的病房吗！而且这里还有好多与自己朝夕相处的伙伴呢！后来在医护人员的耐心劝说下，王志全才慢慢地接受了他还有另外一个真正的家的现实，跟着家人踏上了回家的路……望着一家人远去的背影，三福利院和救助站的工作人员无比感慨："我们又为一个流浪精神障碍患者找到了回家之路，很开心！"

三福利院近年来平均每年收治流浪精神障碍患者 400 余人，有些生活不能完全自理，吃饭需要喂、穿衣需要帮忙、上厕所也要人提醒，这些都靠医护人员来打理。那些找不到家的只能长期滞留在医院里，目前滞留三福利院的流浪精神障碍患者有 300 余人，有的滞留时间长达 10 余年。为了让他们早日回家，让离散的家庭早日团聚，三福利院和救助站的工作人员及公安民警们做了大量的工作。背后的艰辛，并不为人所知，正是因为这样的爱与付出，才让团聚更有意义。三福利院副院长沈雪芝说："不论希望多渺茫，我们从来没有人想过放弃。早一天将流浪人员送回家，他们就能早一天与家人团聚。"

■ 枯木逢春

不只是流浪精神障碍患者孤立无依，几乎每一个患者的内心都是孤独的。不仅如此，我们大多数健康的人，也难免有孤独感。在偌大的城市中，在人头攒动的公交车上，在摩肩接踵的地铁里……扎在人群中，却活在寂寞的个人世界里。

就像我们偶尔把自己的身心锁在一个隐蔽的房子里，到了想出去的时候，打开门，又正常地生活、工作、交友。而有那么一部分人，他们将房子上锁之后，就遗失或毁坏了钥匙，手无寸铁的他们，只能日复一日、年复一年地困在那个世界，直到最后习惯于封闭。

他们甘于简单的封锁，不敢再想接纳世界，也不愿将自己投入世界。

他们从此慢慢沉于孤独的深渊。这就是我在精神病院里见到那些患者最深的感受。

孤独，无法感知、无法突围的孤独；

孤独，没有开始、没有结束的孤独；

孤独，他人不懂，自己不解的孤独。

这种孤独的樊篱紧紧包裹一颗心，逐渐被摧毁。然后，从心到身，从身心到灵魂，陷入永远孤独的境界。

作为精神障碍患者，作为心理上遭受过严重创伤的人，他们的内心是如此脆弱。于是他们拼命在自己周围筑起密不透风的堡垒，采取种种常人无法理解的方式来保护自己。他们不愿再经历伤害，避免与人接触。他们的世界就是他们自己，他们自己就是整个世界。他们排斥他人，他人也排斥他们。

人们有时会假装表示懂、理解。外界试图让他们枯木逢春，开启那扇尘封已久的门窗，让他们自觉自愿地从当初进入的时空里走出来，接受阳光温暖的沐浴、风雨冷静的洗礼，让他们的肤色充满健康营养、泛出自然的光芒，走入人群，融入社会。

从床底到尘世

世人平静的生活背面随着夜露滴落过多少不为人知的苦水，那些表面上风平浪静的人，在岁月里都经历过怎样的痛不欲生，局外之人都不得而知。

那天，我正在四叶草办公室写微信推文，程一文在里间道："慧子，你快来看看群消息，我们的志愿者又发现一个患者，见人就躲在床底下！"我马上看群消息，在邵东工作群里，四叶草慈善基金会的志愿者发出一张图片，一座破旧的泥砖房，家徒四壁，泥巴地板，一张老式旧床，床底下一堆干泥巴，一层薄稻草散在泥土旁边，可以看到床底下的坑，那泥巴正是那个坑里刨出来的，隐约能看见一个躬身蜷缩的人，穿着深蓝布衣。一个满头白发的瘦弱老头，正弯腰向着床底下，似乎是想叫床底下的人出来。我赶紧联系发图片的志愿者，向他了解详细情况。

躲在床底下那个人，就是邵阳市板桥乡 69 岁的桂婆婆。那天，志愿者来到板桥乡走访，在一个村子里，村干部向志愿者介绍了桂婆婆的情况，然后带着他们往桂婆婆家去。桂婆婆正在院子里唱唱跳跳，当志愿者与村干部走进庭院时，她恐慌地"哦呵哦呵"着，惊恐万分地往屋里奔。志愿者还没看清桂婆婆，她的身影已经不见了。村干部带着志愿者进得屋来，叫出这家的户主张大爷。张大爷八十多岁，按正常家庭来说，本应是坐享天伦、颐养天年的年纪。而现在他正处在水深火热之中，一辈子住在泥巴砖头屋子里，养着两个精神病人，过着艰难无比的生活。

张大爷年老体弱，憔悴多病，却无法好好休养，他必须拼命干活，为一家人的生活而操劳，孤单单一个人风里来雨里去地种田种菜，养家糊口。除此之外，他还要时刻监管着疯疯癫癫的老伴和同样精神障碍的儿子，有时他病倒了，只能自己挣扎着爬起来继续操持家务。他无法向任何人说累。

尽管如此，张大爷也从未想到过要带他们母子去看病，在传统的观念里，疯癫就是疯癫，不是病，也无须治疗，更无药可治。他就这样凭着自己的一双手撑着这个摇摇晃晃的家，处在极度贫困之中。

好在前几年开始，国家政策好起来，村干部主动找上门，给他家建档立卡，列入贫困户，又帮忙办了残疾证。当时很多人建议张大爷带他们入院治疗，但张大爷没有动心，这个连温饱都很难保障的家庭，哪里有钱去进医院，虽说住院可以报销部分医疗费，可是他们连农村医保都没钱交，又怎么付得起两个人的医药费和生活费？

"我八十多岁了，还能活几年！只能是活着的日子就照顾他们娘俩，到哪天我走不动了，也无能为力，撒手不管了。"张大爷总是两眼潮湿地说着此话，深深的皱纹饱含着他一生的愁苦和磨难。

当年，张大爷因为家境贫寒，自己又老实不爱说话，很大年纪才娶了这么一个脑子不清白的桂婆婆。终于有了个老婆，成了个家。

张大爷的老母亲嘱咐他："崽啊，你现在成家了，就要抓紧生个一男半女的，接了这张家的香火啊。"

张大爷喜滋滋的，有老婆就不愁了，儿女还不是水到渠成的事吗？当年也不懂什么优生优育的道理，只求快点养儿育女。儿子小青出生之后，喜气洋洋的张大爷走路都飘飘然。那几年他曾一度感到幸福无比，未来如锦。可是小青到了三四岁还是懵懵懂懂不知世事，傻呵呵的连句话都讲不清楚。

多少痛苦无奈，多少劳累孤独的日子，他们就这么熬了过来。以前年轻，至少还可以勉强维持一家人的温饱，可随着年龄的增大，精力和身体状况都大不如前了，只要张大爷自己一生病，这个家就陷入暗黑苦楚之中。这些年，多亏政府的扶助和乡亲们的帮忙，这种状况才得到缓解，得以勉强度日。

四叶草的志愿者在村干部带领下向张大爷说明了来意，张大爷不敢相信自己的耳朵："不要钱给治病？还有这样的好事？"

张大爷的儿子小青呆呆地站在一旁，志愿者建议他们母子一起入院。桂婆婆呢？刚刚还在院内唱着跳着的。志愿者东张西望地找人。

张大爷说："肯定是钻到床下去了！"

"床下面？"大家不解："为什么要钻到床底下去？"

大家只能跟着张大爷一起走进房屋，在那张又老又旧的高脚床端头，泥地面上堆着好些干泥灰。为了让她待在床底下能舒服一点，张大爷塞了一些稻草进去，可久而久之，这些稻草都乱蓬蓬散在地上，泥巴、稻草混成一片。

"出来，出来！"张大爷向床下喊道。大家一看，天啊，桂婆婆像一只硕鼠钻在床下面的干泥坑里，那地面本来是平整的，但因多年来桂婆婆在那儿刨来滚去的，地面形成了一个坑。只要家里来了陌生人，桂婆婆立马摸爬滚打躲到床底下去，紧紧地趴在坑里，将头深深地埋在臂弯。张大爷蹲下来，低下头往床底瞅着："叫你出来！快出来！"桂婆婆愈发地往坑里缩着，光溜溜的双腿在泥土和稻草堆里蹭来蹭去，大概是想钻到更深的地层里去。可这泥土又硬又干，除了被她的脚刨出一些灰尘和稻草之外，怎么也刨不出一个更深的洞来隐藏她自己，她干着急，嘴里呜噜呜噜直叫，全身筛糠似的发抖，这个被精神病折磨了一生的可怜人，她此刻是多么恐惧！

志愿者心思凝重，他们串村走户，看到一些精神障碍患者不尽如人意的现状，可没有哪个像桂婆婆这样让人心酸，她患病几十年，却从来没有治疗过，她没有过一天健康人的生活，没有一天清醒的意识。而张大爷一辈子围着两个精神病人转，他们家苦难深重，这样的人我们不帮还能去帮谁？此情此景，志愿者恨不得马上救助桂婆婆母子。他们赶紧从包里掏出救助申请表登记情况，一边和大家协商怎样将桂婆婆带到医院去治疗，现在这个时期，国家富强，社会环境优越，百姓生活质量正在日益提升，桂婆婆居然还过着这样的生活，这不得不让人感慨和扼腕叹息。

一定要救助桂婆婆，不能让她就这么听之任之！这么大年纪了，必须让她过几年正常人的生活，这就是志愿者们此行的意义所在。

张大爷抹着眼泪说："她不肯出来的，只能将她拉出来，如果不硬拉出来，可能接下来几天她都会待在床底下不吃不喝。造孽啊！"大家深深地感受到张大爷的痛楚和无奈，几十年如一日，辛苦劳累都难不倒这个老汉，可是老伴整日整夜地趴在床底下不吃不喝，不肯出来，这才是让他最无力最揪心的。

大家都有些为难，强行将她拖出来，会不会吓着她呢？

张大爷鼻涕眼泪一涌而出，他像小孩一样抽泣起来，颤抖着声音恳求志愿者说："你们帮个忙，帮忙把她拖出来吧！你们看看，她哪里还像一个人啊，没做过一天好人，这都过的是什么日子啊！天啊，这什么时候是个头啊！"

看到张大爷伤心无助的样子，大家的心都非常沉重，只有按照他的要求，帮忙将桂婆婆拉了出来。桂婆婆果然惊恐不已，拼命地挣扎，全身发出难闻的臭味，头发凌乱，深蓝色单衣上混杂着泥灰和稻草渣，裤腿高高挽起，全身骨瘦如柴，颧骨高高突起，眼睛深深下陷，腿脚上白一块黑一块，大热天的，她身体却筛糠似的发抖。她瘫坐在地上，死死地抱住张大爷的腿，不肯站起来，也不愿意去医院。

张大爷在村干部帮助下，好不容易带着桂婆婆和儿子小青上了救护车，来到邵东民康精神病院，护工为桂婆婆洗净换衣，理发剪指甲，收拾停当，才给她做了检查，安顿好病房。

偏远农村精神障碍患者的处境让城里的人无法想象，他们很多从未进过医院治疗，生活质量差到让人无法相信。这些年，国家繁荣昌盛、扶贫力度不断增大，政府对精神障碍患者的重视和有力的救助及帮扶措施，正在覆盖全省的各个角落。随着社会各组织雨后春笋般地成立和成长，社会帮扶的分类更细更普及了，政府与社会组织双管齐下，对贫困精神障碍患者进行了全方位的救助。

后来，我们出差到邵东民康医院，特意去病房看望了桂婆婆，护士说，因为桂婆婆的头发实在太乱了，完全没办法梳清，只能剃掉。现在她的头发长成了寸头，穿着干净的住院服，脸色泛红，神情自然与入院之前视频里那个万分恐惧、超级病态的样子截然不同。她不认识我们，只是站起来，踱着小步，望着我们微笑。医院不但为患者治病，也适当训练他们的自理能力，并做些力所能及的事情。

看到她现在像正常人一样的状态，病情好转到让我们意外，我们打心里为她感到欣慰。

临床治愈之后，桂婆婆回到家里，扫地，洗衣，择菜，和老伴一起坐在饭桌上吃饭，晚上一家人围坐，聊天，纳凉，多么温馨的场面！张大爷又流出眼泪了，现在，他的眼泪不再是伤心难过无奈无助，而是感动庆幸的幸福之泪。

不久的将来，所有像桂婆婆母子这样的精神障碍患者都能享受国家发达的文明成果，享受社会各界的帮扶与关爱，很大程度地改变生存状态和精神面貌。

破阵屡试不中

又一个患者打伤人了！

听到这种消息，就想弄个来龙去脉，了解事情真相。

家住洞口县黄桥镇的潇潇（化名）高考又落榜了，他不明白，为什么高考会出现这样那样的意外，不是不能集中精力答题，就是担心时间来不及而焦急心慌。明明平常的成绩都是在班上名列前茅，在全年级也是处于第一方阵，班主任和校方都将他圈入最具希望上重点大学的范围。然而高考分数一出来，他总是差那么几分才能上一般本科，他不甘，一个成绩优异的人，却是专科的命运！

然后，弟弟后来居上，考上了二本，潇潇只能继续复课，也不知复了几年，弟弟已经大学毕业，并且有望考上本校的研究生。潇潇急啊！成天魂不守舍，自言自语。每年的高考之后，上天就给潇潇精神上加一环重量，一直压得他喘不过气来，他要被压趴了，濒临崩溃！很多人笑他："就是拙嘛！复了几年课都考不上个大学，也不晓得丑！浪费家里的钱，还带坏样！"有的人冷笑："生就个农民老大哥，没有大学生的命！他那个样子，再考几年也是一样的结果，作死呢！"

可是，潇潇又如何能甘心情愿地放弃自己的理想，像祖辈一样耕两亩水田种几分瘦土过平庸生活？他不愿成天跟着父母日出而作、日落而息，一生一世围着几分田地转，做个面朝黄土背朝天、长年累月捏着那些土坷垃过活的农民。他恨自己不争气，每次高考都考得一团糟，他打自己、骂自己！他摔书摔家具，他骂天骂地，骂这个恶作剧的运气。父母暗地叫苦，这孩子不正常了。但他坚持要复读，家里人谁都不敢阻止。这不，又面临高考，他要奋力一搏，虽然每次都是免学费减免生活费复读，但老师和学校渐渐地失去了耐心，一次两次没考好可能是考场上发挥不好，但多次考试结果都不尽如人意，就无能为力了，任其自然，说不定死马自活。

年前，他又开始紧张了，整晚睡不着觉，精神直线下降，老师让他寒假好好休息，先把复习放一放。他把自己关锁在屋子里，那一沓沓的复习资料已经将书桌堆得没了缝隙。弟弟风尘仆仆地从学校回来了，推着箱子高声喊："爸爸、姆妈、哥，我回来啦！"

潇潇听到在伙房打豆腐的父母兴奋地回应。他们进了堂屋，父亲在问弟弟一路上的情况，母亲从伙屋端出了豆腐脑，她叫道："潇潇，快出来吃豆腐脑，你弟弟回来了，快点！"

潇潇有气无力地从房间出来，看到喜气满面的弟弟一边接过碗，一边眉飞色舞地说着路上的事情，一幅荣归故里的模样，让人艳羡。吃完豆腐脑，和弟弟勉强讲了两句话，他就进屋了。

他真烦啊，这些书都要有意和他作对，要让他难堪、出丑，要摧毁他的理想和人生！潇潇恨恨地将这些书全扫落在地上，用脚踩、用手摔。然后躺在床上望着天花板发呆，好一阵，才又起来，一本本地捡起，码在书桌之上。就这样，他把自己关在房间茶饭不思，不想见任何人。父母和弟弟都非常担心他，却又无可奈何，从门缝里看到他什么都不做，就盯着那些书发呆，有时却静静地躺在床上，睁着眼睛望着天花板，像个活死人。这可怎么得了啊，要想办法让他走出屋子才行。可潇潇完全不想如父母之愿，他一个人守着孤独，大冷的天，别人都要烤火，他却穿着件薄薄的衣服躺在床上。见家里人都出去后，才走到厨房吃点剩饭剩菜。

一天下午，潇潇的父母正和邻居吵嘴，原因是这个邻居的房屋正在修建中，他们越盖越高，屋顶超过潇潇家的房顶很高了，却还没有要封顶的意思。潇潇的母亲忍耐了很久，实在忍不下去了，便走上前去和邻居理论起来。因为农村有个风俗，如果前面屋顶高过后面的，就是遮挡住后面那家的风水，一来会使祖先不安，二来会让被挡的那家不顺。所以，农村因房屋产生的纷争，这也是其中之一了。

邻居可不管那么多，他们说："我家有钱，想盖多高就盖多高，有本事你们也加高啊！"这样一吵，潇潇父亲为维护家里的利益也来帮腔了，双方都有两三个人在参与争吵，邻居因为正在盖房，帮忙的人比潇潇家多，双方闹得不可开交。潇潇两兄弟都是学生，不擅长乡骂，弟弟站在一边气愤，却骂不出一句话，潇潇更是不闻不问不关心。母亲很生气，跑到潇潇房门前大喊道："别人家都欺负到头上来了，你还窝在屋里不出来帮忙吗？你还是大崽，养着你有什么用！"

潇潇听了，怒火中烧，之前那邻居就总是奚落他，他正有一股气没法出，就走出房间，操起堂屋一把锄头冲出屋子，不由分说向着邻居男主人就是一锄头砸过去。邻居立马倒地，血流如注。

"疯了疯了，你这个癫子，你想杀人啊！打死人了啊！快报警抓杀人犯！"邻居家的女主人见此情景，大声呼喊。

潇潇又扑过去砸那女邻居，父亲和弟弟吓得不轻，赶紧去拉住他，夺下他的锄头。被抢下锄头的潇潇在晒谷坪内大喊大叫："我打死你，我打死你全家，你们欺负我们家，我要打死你们！哈哈哈哈，打死了，打死了！死得好，死得好！"

父母连拖带推，将潇潇强行拉进屋里，他依然在屋里不停地大喊大叫，还将父母推得趔趔趄趄，要挣脱拉扯冲出屋子。大家费了九牛二虎之力，好不容易将他控制在他的房间里。潇潇弟弟赶紧出去处理，带了钱，跟着救护车到医院为邻居交医疗费。好在潇潇因日不食晚不寝，身体虚弱，那一锄头没有落在致命处，只是背部软组织受伤，邻居就在镇医院住院治伤。

这个民事纠纷惊动了黄桥镇政府，镇里派司法调解员和负责该村工作的肖片长来调解。事情完结之后，潇潇还是一如既往在房间里闹腾，要出去打邻居。他父母心急如焚，只好找热情负责的肖片长帮忙，大家一起商议，咨询医生，集中分析，初步认为潇潇是患了精神障碍了，于是决定联系好邵阳市脑科医院，将潇潇送去确诊。潇潇说什么都不肯上车，无奈，村干部和潇潇父亲一齐将他拉上车，往市区奔去。

潇潇在车上一边挣扎，一边骂人："我不去医院，我又没有生病！你们非法抓我去医院，你们在犯罪！"

肖片长和村干部都在开导他："你肯定是生病了，生病了就要治疗，送你去医院是为了你好。"

他大骂道："你们这些没有良心的坏人！那个干部你记着，以后我要砸烂你的车！爷老子，你不是我老子，你是个哈宝，是个猪！帮着别人抓自己的崽，哪有这样当老子的！"

骂归骂，吵归吵，潇潇胳膊拧不过大腿，被大家强行送进了邵阳市脑科医院。经过确诊，潇潇果然是有轻度精神障碍，当即被心理科医生说服住下了院。他父母放下了悬着的一颗心，回到黄桥镇时，他们掏出钱来给肖片长："感谢肖片长帮忙，把我儿子救到医院，耽误了你一天的工作，这个钱你拿着，就当油费吧！"肖片长推了回去："不用了，您老人家拿去给伤者交医疗费吧，态度好一点，化解矛盾最好，都是一辈子的邻居，抬头不见低头见。希望潇潇早点恢复，考上大学后应该就不会有心理压力了。"

经过两个月免费治疗后，潇潇出院了，医生叮嘱他坚持服药。从医院回到家里的他情绪稳定，还向邻居表示了歉意，邻居家经过那一闹，房子也就封了顶，双方也没有再争吵。潇潇思维清晰，抓紧时间复习功课。

不久，又迎来一年一度的高考。这一次，潇潇终于发挥不错，顺利考入他弟弟所在的大学。

得到录取通知书之后，他和父亲特地来到镇政府，找到肖片长，潇潇说："肖片长，感谢你当时带我去邵阳脑科医院治疗，病治好了，我才得以考上大学。当时头脑不清白，还说要砸你的车，真的很混蛋，对不起！"肖片长笑道："我还一直在担心你砸我的车呢，现在放心了，你身体好了，又考上大学，比什么都好！"

其实，并非所有的精神病患者都是危险的。比如，那些完全沉浸在自己幻想世界里的精神病患者们，比一些正常人还安全许多。危险的，是那些徘徊于"正常"和"反常"世界的、内心无处安放、无处皈依的人。他们是最孤独、最无助的。每次与程一文聊到患者，她都会这样感叹。

休代会的新员工

四月清和雨乍晴，空气清新，气温宜人。那天，今日女报的记者来到四叶草办公室采访秘书长程一文，聊到女性精神病患者，因为今年四叶草有个项目，也是经典项目，"帮她飞越疯人院"，侧重点在女性患者上。当时，我们大概约了个时间去城步采访，我陪同，但后来因临时有了其他任务终未成行。

2019年6月，我独自去城步采访。城步民康医院，是四叶草慈善基金会的"爱心联盟"医院，是四叶草的公益项目实施之地。到达精神病院，在副院长和工作人员的引见下，我的第一个采访对象就是刘修鑫。

刘修鑫是城步民康医院的休代会会员，他现在生活在民康医院的大家庭里，搞卫生，照顾其他病友，非常开心和满足。

如果有哪位医生或护工与他开玩笑，要他离开医院回家去，刘修鑫肯定会头摇得像拨浪鼓："不，不，我不离开医院，我不回去，我要永远住在医院里！"

三年前，根据当地人提供的线索，志愿者找到了威溪乡的刘修鑫。当时，他衣衫褴褛，全身脏兮兮的，像传说中的犀利哥。志愿者对他说："刘修鑫，你不能再这样下去了，我们现在要帮助你，带你去医院疗养，你愿不愿意？"

刘修鑫带着难以置信的表情望着志愿者："疗养？有饭吃吗？有衣服穿吗？有床睡吗？"

"都有，统统都有，没有风吹雨打，没有饥饿寒冷！还有很多人在一起生活！"志愿者将医院的详细情况告诉他，又找到刘修鑫的叔叔，如此这般向他说明。

叔叔正愁着无力安置刘修鑫，刘修鑫也是孤单无依，尤其是他精神病发的时候，经常病倒在野外，长期以来，导致病情越来越严重。现在四叶草给予这样的好去处，刘修鑫毫不犹豫地跟着到了城步民康医院。

医护人员给他理发，带他洗刷换衣，用药调理。

"这里好吗？"我问他。

刘修鑫咧着嘴笑："很好！在医院里有新衣服穿，有水喝，有饭吃，他们还给我换衣服换铺盖，给我剪头发！"

这种被精心照料的日子，刘修鑫之前从来没有享受过，因此，他现在觉得非常幸福。

在交谈中，刘修鑫说起自己的身世。他出生后就智力发育不全，到了 12 岁，才勉强上一年级。

"我 16 岁的时候，爸爸突然得了急病，不久就死了，我就不再读书，因为没有钱。"刘修鑫原本有智力障碍，加上家里的顶梁柱不在了，家里又陷入困境，从此他便辍学在家，但那时，还有母亲照料，日子还勉强过得去。

刘修鑫皱起眉头说："可是，过了两年，我 18 岁，爷爷又生病死了，因为妈妈怕爷爷，就带着我。爷爷不在了，我妈妈就改嫁了，再也不管我。"因为遭到不断打击，刘修鑫的精神出现了异常，经常疯疯癫癫地游荡在外。

我问："你妈妈再也没有回来找过你吗？没有来医院看过你吗？"

"没有，妈妈不要我了，没有人管我！我没有家。"刘修鑫一脸不高兴。

"你有伯伯叔叔吗？"我问。

"有个叔叔，他要我干活，看羊，不干活，就不给饭吃！"

我想，刘修鑫的叔叔对他要求严格，是要锻炼他自食其力的能力，叔叔要求他看羊做点力所能及的农活，只要他听话，就会管他吃喝。而刘修鑫因病无法控制自己的行为，经常在劳动中发病出走，叔叔有时气着了，找回来便打，这么大个人了，成天游手好闲，将来要怎么生活？！叔叔不知道刘修鑫患了精神病，认为他就是懒，于是，他就只能饿一顿饱一顿，发病了叔叔也不太管他。

有一次，刘修鑫发病出走，因神志不清，重重地摔了一跤，把头给摔伤了，右腿粉碎性骨折。被人救到医院之后，医院给他做了开颅手术，腿也上了钢板，至今，钢板还在腿内。为此，他叔叔花了不少钱，对他更是不满，加上家庭经济条件差，对刘修鑫采取放任的态度。刘修鑫偏过头来让我看他头上的疤痕，指着腿上的钢板对我说："我不想要这个钢板了，能不能帮我拿出来？"

我说："这要问医生了。"

因为脑部的手术对神经有一定的伤害，刘修鑫头脑更加不清白。

他每天东走西走，游荡在乡野田间、大街小村。大街上是形形色色的人，刘修鑫看到那些被父母牵着的孩子，吃着汉堡、雪糕，年轻人成双成对或三五成群，满脸幸福的模样。刘修鑫傻呵呵地站在店门口，望着行人笑，店主便冲着刘修鑫道：一边去！这个时候，刘修鑫总是浑身一颤，赶紧往后缩退。

刘修鑫在医院疗养三个月后，医生对他说："刘修鑫，你现在情况比较稳定，可以出院了，但要坚持服药。"刘修鑫满脸愁容："出院？到哪里去？我没有家！"

医生说："你不是有家人吗？你可以住到你叔叔家。"

"不，不回去！"刘修鑫想起以前的生活，就浑身颤抖："我没有爸爸妈妈啊，没有家。我不要回到叔叔家，他会打我，怕！"

医护人员见他恐惧害怕的样子，也很同情，是啊，他是个无家可归的人，没有父母，没有兄弟姐妹，没有监护人，他不能饥一顿饱一顿地过日子，万一发病，可能没命。医院也不愿意让他再一个人孤独地穿行在大街小巷，风霜雪雨受寒挨冻，深夜里饿得晕倒在树下。他也害怕再听到店老板驱赶他的声音，更不要面对遭人嫌弃的眼神。

"不，我不出院，我还要继续住在医院里。我可以在医院干活，搞卫生，服侍病人。"半年过去了，医生建议刘修鑫出院，他还是这样说，他已经适应了精神病院的生活。就这样，医院为了安置那些没有监护人的精神障碍患者，成立了"休代会"，让病情已经得到控制的患者在医院工作，做保洁、护理工作。从刘修鑫入院到现在，不知不觉过去了三年，他一直服务在休代会，他把医院当成了家。

尽管城市已经有精神障碍康复会所了，但在县里和乡镇，康复会所依然还是一个梦想，因此，相对来说，精神病院是这些无家可归的精神障碍患者最好的家。"在县里建精神障碍康复会所，现在时机还不成熟，太难了，但以后肯定会建，我坚信！以前乡里没有养老院，现在不都在普及吗？我们现在只能努力做到救，以后有条件了，再做养的工作。"程一文总是这样说。

■ 走出漩涡

精神病院是患者的家，现阶段，助残扶贫的工作点主要是在偏远的农村。精神病院的医生每每提到精神分裂症、双相情感障碍时，就会有一种沉重之感。"双相情感障碍"又称躁郁症，是一种兼有躁狂、轻躁狂和抑郁发作的情感障碍，又称躁狂抑郁症，是精神疾病中最严重的一种。主要症状是情绪的巨大波动，即从情绪高涨或易激惹转为悲观绝望，然后再度循环，中间常伴随一段时间的正常情绪。情绪高涨时称为躁狂发作，情绪低落时称为抑郁发作。而客观上引起这种精神障碍的，大多源于情感。

《诗经》里有首《柏舟》的诗这样写道："我心匪石，不可转也。我心匪席，不可卷也。"这里的石，不是铁石心肠的石，是坚如磐石的石。

古今中外不乏对爱情忠贞不渝的人，他们为爱狂，为爱痴，为爱情熔化了自我。

理查·德·弗尼维尔说过：爱情是一片炽热狂迷的痴心，一团无法扑灭的烈火，一种永不满足的欲望，一分如糖似蜜的喜悦，一阵如痴如醉的疯狂，一种没有安宁的劳苦和没有劳苦的安宁。

爱情让人如痴如醉，让人疯狂，有的人因失恋而痛苦，随着时间的流逝，痛苦化淡，被新的感情所代替。而有些失恋的人，被更坏的一段感情取代，或者陷入一段孽缘，迷失了心智，便跨不过那个坎，把自己往死胡同里推。于是就被明末诗人夏完淳的诗给言中了——谁料同心结不成，翻就相思结。这个结多年来一直缠在患者的心里，入了骨、进了髓，很难解。

跳出烈焰的俘虏宫

2018 年 10 月 26 日上午，我们与精神康复会所怡馨家园在开福区中山路社区专门针对怡馨家园的会员们开展了一场精神障碍康复服务。在路上，我了解到，邵东民康医院进来了一位素养比较高的患者，是精神分裂症中的双相情感障碍，很值得我去了解。

有人说，真正懂爱情真谛的人，往往是那些在爱情中受伤最深的人，因为他们不仅经历过爱情刻骨的美好，更能切身体会到爱情痛失的悲伤。对于平伟（化名）来说，爱情确实是一场美丽的相遇，是一场不悔的沉醉。这个爽朗的汉子，笑起来总是大声地打着哈哈，谁又曾想到，他却是一个爱情的忠实信徒！就像汪国真诗里所说的那样：

爱，不要成为囚
不要为了你的惬意
便取缔了别人的自由

平伟没有让所爱的人成为囚，却被一腔深情囚住了自己，我很难想象，这么一个看似理智开朗的人却与精神障碍患者这个名称有关联，他患的是双相情感障碍。至今已经在医院住过十二三次院了，从广东到广西又到湖南，从湘雅附一、附二到湖南省脑科医院，现在他在邵东民康这个小小的精神专科医院里和我聊他的过去、他的思想、他尽善尽美的做事态度。

邵东民康医院也是四叶草的"爱心联盟"医院，"帮他飞越疯人院"项目的试点，就在该院，医院所有的住院病人都享受四叶草给予的自费部分医疗费、免费伙食和出院后半年的赠药。患者活动室内摆着一排排的桌椅，墙上挂着一台宽屏液晶电视机，几十位病人坐在那里看电视。

"平伟，请过来一下！"李医生远远地向一个患者招呼道。

他站起身，向着我们走来："什么事，李医生？"

李医生说："这位是作家刘慧，四叶草的工作人员，他想和你谈谈。"

他就是平伟，刚刚在医院大坪里我和你讲过的那个患者，很有思想的！李医生转脸对我说。

我面带微笑，向平伟伸出手说："你好！"

平伟也伸出他温热的大手，笑道："你好！"

"我想和你聊聊。"我说。

平伟发出爽朗的笑声："好，我很高兴，也非常乐意。"

其他病人一个个地围上来，饶有兴趣地看着我们。

李医生说："到外面去谈吧，这里人多，太吵。"

正中我下怀，其实我不太喜欢待在人群里，尤其是采访。我们走到活动室外面走廊上，天气有点冷，下着毛毛雨，走廊旁边的篮球场地面上一片潮湿。空气中的凉意与闹哄哄暖和的室内形成了鲜明的对比。

但我还是喜欢在室外，这样我们的交谈会有一个清晰的思维和清静的环境。

平伟高高帅帅的，他对我笑道："感谢你关心我们精神病人！感谢你找我聊天！"

我向他说明了来意，因为之前听李医生介绍过平伟的情况，所以想深度了解一下。

"好的好的，我知无不言，你想了解什么？"平伟绅士地伸手："请坐吧！"

李医生说："你们谈吧，我去处理点事情。"

然后，我和平伟对面而谈。

"你什么时候入院的？感觉医院怎样？"我问。

"嗯，还可以吧，我在医院快一个月了，当我感觉身体不舒服的时候，希望医生护士都来帮助我，度过一段困难时期，我恐怕一个人应付不过来。"言谈举止中，平伟自然流露出军人的英豪之气。谈起精神病理来一套一套的，这种比较专业的水平是有原因的，他不仅是久病成医，而且本身就是一名医生。他说："精神病人大概从精神原理上来说与社会脱节了，从内在的精神属性来说却是形而上的产物。"我如云里雾里，理解不了他所说的原理与属性。

"你喜欢抽烟?"我笑他，因为他一口烟牙。

他也不好意思地笑了："是的，喜欢看书、喝茶、抽烟。我出生在知识分子家庭，从小得到书香熏陶。我爷爷也喜欢读书，尤喜研究三国演义，经常跟我们讲三国演义里的故事。一个有学习传统的家庭，让我受益不浅，养成了爱读书的好习惯。"

平伟自小就表现出了聪明智慧的那一面，从入学到大学，学习成绩就一直优良，在别人的眼里，他就是个天生的能读书的料子。平伟父亲是娄底农科所的工作人员，他们家就在农科所内，处在邵东县城边界。母亲原在邵阳县九江煤矿，后调到牛马司煤矿。初中毕业后，平伟就以优秀的成绩考上了邵东一中。俗话说：少不读三国演义，老不读水浒。那时，虽然爷爷不赞同他读三国演义，但他自己一定要读，因而思想相对同龄人来说比较成熟，早早就明白天下大事合久必分，分久必合的道理。

在高中时，平伟情窦初开，和校友琳子（化名）相互之间产生了好感。

琳子也是一个非常聪明的女孩，家住邵东县城，数学成绩特别好，还很喜欢文学。那时，她非常喜欢汪国真的诗，曾用日记本抄了一本诗歌，赠送给平伟。

平伟问我："你知道汪国真吗?"

"当然！我年轻时看过他的诗歌，但后来我自己写诗后就不太喜欢读他的诗了。"

"只喜欢读自己的诗了？"平伟笑我："本来我高中的时候也并不是汪国真迷，只是琳子喜欢，我是爱屋及乌。"平伟又哈哈哈哈地笑起来，旁边走来了一位患者，他好奇地看着我们，平伟不在意，继续讲他的初恋故事。那时，我已经完全忘记了他是个患者。

琳子的诗集让他如获至宝，他曾在自习课偷偷翻阅过这本手抄本，也曾在晚上夜深人静时，细细咀嚼过那些让人心潮起伏的爱情诗，少年的心不断泛起涟漪，平伟背道：

> 有一个未来的目标
> 总能让我们欢欣鼓舞
> 就像飞向火光的灰蛾
> 甘愿做烈焰的俘虏
> ……

1996 年，平伟考上某军医学校，如愿以偿地和女友琳子在同一所学校就读服役。平伟似乎对学习有着永不褪色的兴趣，又能始终用功努力，刻苦钻研。用他自己的不太恰当的比喻来说是一泻千里，走火入魔一般。

当时学校管理非常严格，他和女友的恋情只能是地下活动。其实也就是朦朦胧胧、非常美好、非常纯洁的初恋，到现在，平伟还记得琳子当初的模样，皮肤黑黝黝的，英姿飒爽，在他的眼里，自是魅力无限。

我想象着琳子当时的模样，可以想象，平伟当时高大帅气，成绩又那么优秀，肯定招女生喜欢。

四年大学之后，要进入实习时期了。琳子早平伟一年毕业，在浙江诸暨西施故里实习，他曾去那儿看过她两次。平伟本有机会在北京实习的，但是，他想办法去了扬州。为什么放弃首都选择扬州，这源于平伟那颗浪漫的心。

扬州古称广陵、江都、维扬，历史悠久，文化璀璨，商业昌盛，人杰地灵。有着"淮左名都，竹西佳处"之称；又有着中国运河第一城的美誉，也是中国首批历史文化名城。

"故人西辞黄鹤楼，烟花三月下扬州。孤帆远影碧空尽，唯见长江天际流。"平伟摇头晃脑，抑扬顿挫地吟起李白的那首著名之诗来。一曲悠扬的歌声，表达了无尽的思念、惜别、问候和寄托。

自古扬州出美女，只要一提起扬州美女，人们就会想到西湖的瘦、杨柳的柔、芍药的腴、琼花的艳、月华的恬、水性的智、书画的雅、琴鹤的娴，从而不能不对钟灵毓秀的江淮名都扬州，顿生出无限的好奇与神往来。

"北京是首都，政治氛围浓，我当时正值青春年少，所以决定在扬州度过实习期。"回忆起当初的美好时光，平伟脸上泛起一片幸福和骄傲。

琳子在某地实习期间，他们的关系还是非常好的，纵然一种相思，两处闲愁，但他们还是保持着联系，那种相互牵挂的日子充盈着两人的日子。平伟生日的时候，琳子拍了玫瑰花的电报过来祝贺。圣诞到来之前，她亲手做了圣诞卡，悄悄地用邮件发给他。到了琳子的生日时，平伟满怀深情地给她订了蛋糕。他从南京，坐好远的火车去某地看她，那时的他们，正偷偷品尝着初恋的幸福。

琳子已经离开学校，完成了学生生活，毕业分配在广东某地。平伟在扬州实习，面临工作分配，何去何从，还是未知。后来，因琳子有意疏远，两人联系甚少，加上两个人所在地有一定的距离，也难得相见，感情逐渐淡化。

有的人与人之间的相遇就像是流星，瞬间迸发令人羡慕的火花，却注定只是匆匆而过。平伟与琳子的初恋就如流星一般，最终只能从天空一划而过，它擦亮过双方的心空，却又归于暗沉。

不久之后，琳子毅然提出了分手。

平伟死心眼，陷入爱情，无法自拔。有一段时间他感到情感相当低落，这种情绪显著而持久，整个人陷入抑郁悲观。严重的时候，平伟甚至绝望、度日如年、生不如死。这时候，他与为爱殉情传说故事里的主人公产生了强烈的共鸣。

一直以来，平伟觉得自己是优秀的，是家之骄子，是所有就学学校的优等生。对自己的外表形象，平伟更是自信满满，高、帅，家境不错，家庭成员个个清高儒雅。和琳子又是相互吸引，都真心为对方付出了最初最纯、至真至美的感情！可是为什么？为什么这份感情要走向死亡，要离他而去？

他说："马雅可夫斯基在爱情上也是个冲动、敏感、多情的人——'我没有大海，除了你的爱，没有太阳，除了你的爱'，他为了爱不顾一切，我也为爱热血沸腾，全身心地投入，总是甘心情愿地让自己被这种爱所伤害。"

可是，平伟想不通："我到底做错了什么？我是热血男儿，自古以来，忠义、忠孝难两全！"

那时，平伟在医院实习，闲下来时，他总是想起琳子："琳子啊琳子，你为什么不理解我不支持我?!"平伟紧握双拳，狠狠地、不断地击砸在墙上，雪白的墙上瞬间出现两个拳窝。直到墙上出现了鲜艳的血印，他才停了下来；无力地坐回椅子上。

静了一下之后，平伟想，可能自己的聪明才智，优异超群都是假象，他觉得自己其实就是个无用的人，连女朋友都留不住！还说什么义薄云天、履仁蹈义！

他什么都做不好，什么都失败，哈哈，一个废物！

平伟状态很差，他请了几天假，待在单位的宿舍里不思茶饭，不想出门，不想做事。一年的实习期很快就结束了，平伟本来是被保送的研究生，但是他最终没有去读研。研究生英语六级过关，平伟在大学就考了六级，而且得到 81 分的理想分数，因此，他觉得没有必要读研。

平伟在深圳南山待了七个月，努力想和琳子恢复恋情。

他们走在公园的林荫道上，平伟说："我不想分手，我也要来广东工作。"

琳子说："不要勉强自己了，反正我是不会勉强自己的，我已经不能和你在一起了，你的觉悟太低。"

"到底是我的问题还是你的问题？"

"是我的问题！我心里已经腾出了位置，我准备接受另外一个男生。"琳子坦然道。

一切都结束了！但永远陷入黑暗的只是平伟。他对我说："我不能接受别人，我认定了她，三生三世，我很传统，随我父母那一代的观念，我要从一而终。"

> 如果不曾相逢
>
> 也许
>
> 心绪永远不会沉重
>
> 如果真的失之交臂
>
> 恐怕一生也不得轻松

平伟情绪低落时，又翻出那本琳子送给他的诗歌手抄本，一遍又一遍地看，他读着那些句子，感到周围布满了悲伤。

在分配的单位上班的时候，平伟经过反复思考，男人就当为国效力，干一番伟业，不必陷入儿女情长，也许琳子早已对他没有感情了，他又何苦揪着不放？他似乎带着愉快的心情上班，待人接物。他以为自己调整好心态了！

然而，在工作上，他会突然变得思维缓慢，反应迟钝，脑子乱成一锅粥。有时会突然有恶心胸闷之感，晚上还会产生睡眠障碍。

纵然睡着，也是很早醒来，醒后又陷入胡思乱想中不能再入睡，搞得第二天上班完全没精力，应对来人时心不在焉，答非所问。这种情况马上被人反映到领导那儿去了，领导和平伟谈话，平伟魂不守舍，又极度自责，只能又提出休假。

这次休假后，平伟刻意地读书，不去想那些情意绵绵的情节。他读千古第一完人曾国藩，看到曾国藩的老祖父送给孙子的临别赠言："尔的才是好的，尔的官是做不尽的，尔若不傲，更好全了。"这句话讲到了平伟的心坎上，他认为自己没有这个缺点，最多只是自信，没有骄傲。曾国藩在日记中记载自己好色犯错，在朋友家看到主妇，"注视数次，大无礼"。在别人家里见到了几个漂亮姬妾便"目屡邪视"，自抨"直不是人，耻心丧尽，更问其他？"曾国藩自省爱美色，平伟也开始反省，自己为了儿女私情，为了一段无法挽回的感情，居然忘记自己的理想抱负，忘记了社会责任和国之大事，真是不该啊，太不该了！

平伟读到，儒家的圣人理想有着非理性的、反人性的一面。但从另一个角度看，这种"圣人学说"也不失为一个强大的心理武器。从曾国藩身上，可以悟出自我完善是成功的必经途径。

平伟要做圣人，他也要把圣人当作自己的最高生命目标。要做一个不凡、不俗的完美之人。今后，也要通过自己的勤学苦修体悟天理，掌握天下万物运行的规律，完成伟业。因此，研读完曾国藩之后，平伟情绪特别好，志向和抱负空前高涨。

后来，平伟的祖母生病去世了。从小在祖母身边成长的他，和祖母感情非常好，和蔼可亲的祖母永远离开了，再也不会向平伟展露一个笑脸。这个现实一度让平伟感到难以相信，心情从之前的极度亢奋突然转变为极度忧伤抑郁，脾气变得暴躁易怒，在工作上又总是出问题。

领导找平伟谈话，发现他情绪不能自控，一会儿笑，一会儿又哭，情绪转得特别快。领导找来他们医院的内科的主任为他检查，问他为什么又哭又笑？平伟说，想起自己为理想而奋斗，为革命而工作，非常开心，就笑。可是，想起祖母，又很伤心，就哭起来了。主任又请了几位脑科医院的专家来会诊，鉴定他无自制力，患了双向情感性精神分裂症。领导送平伟去广州广西军区精神卫生中心看病，在广西贵港 191 医院住院，这是平伟第一次住院治疗。

住院期间，平伟心情相对平静，除了看书，他喜欢在医院搞搞卫生干干活。医院很陌生，没有朋友，有时无聊就一个人在院内走，独自围着树转圈。那时，他读了《菜根谭》等几本书，他坚信："人就咬得菜根，则百事可成。"不管是个人还是一个国家，物质的追逐是没有止境的，只有精神高雅才是人类极致。接下来，平伟又沉心读了几本精神领域方面的书。两个多月后，平伟的妈妈来接他出院回家休养，在家里和家人在一起，心情倒也平和，一直谨遵医嘱，坚持服药。三个多月后，又回工作所在的医院上班了，由于身体原因，他不得不调动岗位，从外科到非临床。

平伟只能一直靠药维持，俗话说，病来如山倒，病去如抽丝。他有时自己主动要求住院，想抽丝剥茧。平伟说："当我感觉病情发作时，需要医生、护士、家属、领导全方位给予照顾，在大家帮助下，把病因找出来根治，单靠自己个人力量，肯定是恢复不了的。"

我和平伟的交谈非常愉快，时间过得很快，跟着他回忆过去，谈他的思想。

他对我高谈阔论："所有的精神现象，归根结底，考虑的问题都归于物质化排除的一个统一原理，精神情绪化的一个定义，要强加在某些人身上的时候，是统一不过去的，精神之外的东西迫切需要某种考量，希望达成精神家园。物质追求是低层次的，再有钱生活质量再提高，这个高都是有限的，只有精神是无限的，精神需求所带来的快乐更大，精神是最高概念，是人的顶级阶层……"

采访结束，当我夸奖他学富五车又有医学专业知识，是否有回报社会的打算时，他肯定地说："我是一位共产党员，多年来得到国家的培养和社会的帮助，我当然想回报社会，想为国家做贡献。现在因为身体状况差，体力劳动是肯定不行了，可能也不能继续胜任医生的工作。今后病情稳定时，会写一部关于提升全民精神面貌，提高人们思想品德的专著，以此献礼党和国家，献给百姓，希望能在提升国民的思想道德、让全国人民焕新精神面貌上，献出我的一份力量！"

憧憬幸福

一个身心健康的人，大都是渴望爱情的，著名文学家、历史学家遗山先生元好问曾写过这样的诗句："问世间，情为何物？直教生死相许？"

渴望一份好的爱情，却因不如意而受到精神刺激，导致精神异常引发精神障碍的患者有一部分都是精神分裂症。一般无意识障碍和明显的智能障碍，随着病程进展可有注意力、工作记忆、抽象思维和信息整合等方面认知功能损害。病程多迁延，反复发作，部分患者发生精神活动衰退和不同程度社会功能缺损。

有的人经历了一段糟糕的婚姻，因此陷入了绝境，却又不知返回，是人们所说的"死心眼"，曾经的感情，总是难放。在城步民康医院，我采访的第二个患者叫陈桂兰，是城步县西岩镇的居民，她已经是第二次被我们救助入院治疗了。追溯她的病因，却是让人唏嘘，一个重情重义的女子，趟不过一条情感小溪，挣不脱传统婚姻的桎梏，一头栽进水里，被浸淹得面目全非。

在副院长孙文超和办公室小刘的引导下，我在病房与陈桂兰见面了。

三十多岁的陈桂兰，有着精巧的脸庞，梳着马尾辫，很有礼貌，也很懂事。

但小的时候，她就不爱读书，她觉得上学是一件非常痛苦的事，书上的字认识她，她却不认识它们。作为家里最小的女孩，父母都是疼爱有加的，她不想读书，他们也没逼她，所以，小学二年级之后，她就辍学在家了。哥哥姐姐都在上学，陈桂兰从不羡慕，她就帮着父母干点农活，觉得很是轻松。

然而，一个女孩子家，也不能总是待在家里无所事事呀。院子里成年的男女都去深圳打工了，上过学的没上过学的都往外涌，陈桂兰有点动心了，16 岁的她，也随着打工的乡亲，去了深圳。在老乡的介绍下，她进了一家电子厂，做一些简单机械的体力活，刚刚进厂的时候，她每月也能挣个千把块钱，按 20 世纪 90 年代末的物价，也算马马虎虎了。

这个读书少、见识不广的少数民族县偏远山村的姑娘，在深圳这样的大城市，面对形形色色的人和万万千千像她一样的打工者，陈桂兰既自卑又骄傲，两种思想在内心紧紧纠缠、相互渗透。无形之中，陈桂兰有了双重性格，她有着初入城市的羞涩拘谨，又有着乡村女孩的自然清新。

陈桂兰开始慢慢适应，她没有大志向，只求开心。在深圳待了三四年之后，已有二十岁了。在家人的催促下，遵循男大当婚女大当嫁的传统观念，陈桂兰回到城步做嫁前准备，她带着对婚姻生活的好奇与憧憬，嫁到绥宁县一户同样贫穷的农家为媳。

开始那一年还好，公婆对陈桂兰还能以礼相待以客相宽，婚后两年过去了，新鲜感没了，陈桂兰的丈夫便很少着家，流连于花街柳巷，游乐玩耍。因为陈桂兰一直没有怀孕迹象，公公婆婆开始焦急抱怨。独在异乡为异客，在绥宁，她找不到家的感觉，丈夫成天游荡在外，公婆对她没有好脸色。

陈桂兰痛不欲生。去医院看病时，医生给她开了几瓶头痛散。

心情极差头痛发作时，她就服几颗药，忙着那个穷家里里外外的活计。

一天晚上，丈夫又是连续的几夜未归，公婆又在屋里责难她，这日子难过啊，何时是个头呢？陈桂兰想啊想，想不出个所以然，这命太苦了，还不如一死了之。想着想着，她翻出所有的头痛散，倒出所有的药片，一股脑全吞进了肚子里。她口吐白沫，在死亡线上痛苦地挣扎，公公婆婆发现她服药寻死，吓得不轻，抬着她到当地的小医院急救。眼看她的生命体征越来越弱，他们恐慌了，赶紧传信给陈桂兰娘家。陈桂兰娘家人得到消息赶到绥宁，将她火速送往邵阳市区治疗。

医生的诊断，给了一家人当头一棒，陈桂兰得了精神分裂症！好好的一个开朗妹子，被折磨成精神病，陈桂兰父母坚决要求离婚！

离了婚的陈桂兰，在家平静了一段时间之后，还是想不开，成天不是消沉低落，就是想打人。有一天，四叶草的志愿者找到了陈桂兰，目睹她家的贫困现状，建议她入院免费治疗，陈桂兰和家人欣然接受建议，填写好救助申请表，准备了残疾和户籍证明等入了院。经过三个月的系统治疗之后，陈桂兰获得了临床治愈，终于又恢复了神志。回到家坚持服药，平平安安过日子，帮父母做些家事，和母亲聊聊家常，倒也自在。

半年后，突然有一天，陈桂兰的前夫来了，大吵大闹要求复婚，一家人气不打一处来，一阵谴责之后将他赶走了。紧接着，身体本来就不好的父亲由于受到刺激生病了，而且一病不起，不久就扛不住了，临终前，他握着陈桂兰的手说："你不能与他复婚，如果你不听话，我死都不瞑目！"陈桂兰流着泪说："爸，您老放心，我不可能与他复婚的！"

家庭的顶梁柱轰然倒下，似乎天都垮了。陈桂兰和母亲两个体弱女人经历了失去至亲的痛苦，心情低落到极点，生活只能靠哥哥嫂子接济。同一个天空，为什么下在陈桂兰家的雨却是苦水；同一个春天，为何陈桂兰家开出的花就是苦菜花？

陈桂兰的母亲伤痛欲绝，经常以泪洗面，陈桂兰失去婚姻之后又一次受到失去父亲的打击。她再一次发病了，一腔郁气难散，总想打人，看到家里任何人都以为是前夫，就想去打他。好不容易清醒过来的陈桂兰对母亲说："妈，我总是想打人，我又发病了，你把我送到城步民康医院去吧，我要住院。妈，你别伤心，等我出院回来陪你！"

再一次住进城步民康医院的陈桂兰有着坚强的意志，她想尽快治好病回家陪母亲，和她一起种菜养鸡，一起做家务。她很好地配合医生，按时服药，准时休息，听他们的开导，什么事都不是事，自己身体健康才是大事。好在有四叶草的帮助，陈桂兰住院期间自负的医疗费和生活费全部免交，这让陈桂兰没有付不起医疗费用的后顾之忧，能安安心心养病。

听陈桂兰平静地聊着她的经历，面带微笑，就像讲旁人的故事一样，我问她："你对今后的生活有什么想法？"

"我想早点康复，出院帮妈妈干点活，我什么都可以干，只要妈妈开心就好。"陈桂兰对我说："我也想通了，不再想以前的事，过去的就让它过去吧。今后如果有人喜欢我，我就再嫁个好人家，如果没有人喜欢我，我就和妈妈过一辈子。我跟哥哥说，如果妈妈百年过世，我就跟他们一起生活，等我死了之后就将我火化，把骨灰放在妈妈的坟堆旁边陪着妈妈就行了。"

我搂着她，轻轻地责备道："你看你，怎么想那么远去了？保持好心态，什么都不用多想，好好过每一天就行。"

陈桂兰淡淡地笑了笑。我又问："有喜欢你的人吗？"

她脸上浮起一丝羞涩："应该有一个，我也喜欢他，但是我们都没有讲出口，他是我们团（院子）里的人，他父母也有这个意思，只是都没有讲出来。"

"你打算和他讲吗?"我问。

"打算和他讲,但要等我出院之后。我现在想通了,就算他不愿意和我在一起,我也不会难过,那我就和妈妈在一起过一辈子。如果他也想和我在一起,那我就把这个好消息告诉你!"陈桂兰会心地对我笑着说。

"祝你如愿!"我拥抱了她,鼓励地拍拍她的肩,并留下我的电话:"不管结果怎样,你都可以打我的电话,你有什么想跟我讲的,都可以和我讲。总之,凡事想开,好好生活,祝你幸福!"陈桂兰不停地道谢。

然后,我和她道别了。

或许,有一份对的感情,对她的病会有积极的作用。因为她那么善良、孝顺、勤劳,也拥有着对未来美好生活的无限向往,她会有一个比较好的后半生,我为她祈祷,祝愿她顺心如意,患者恢复健康、走上正常的生活轨迹,融入社会,拥有幸福,脱离困苦,才是四叶草救助精神病人的最终目标。从长沙到邵东,从邵东到城步,从城步到沅陵,面对患者就医前的生活现状,坚定了我们救助他们的信念,不忘初心,不负使命,日复一日,跋涉在精神障碍患者健康扶贫的征途上。

■ 破茧成蝶

有人说精神病院里只有两种人,一种是聪明过头的人,一种是愚笨过头的人。在四叶草慈善基金会救助过的 15 岁以下的小患者中,就有好几个是智力障碍,尤其是敏敏、小琴、凡凡三个女孩,可能就是属于愚笨过头的人了。其中敏敏最让人揪心,她身高已经有一米五多,却"笨"到不是聋哑却不会讲话,"笨"到有手却不会自己吃饭，"笨"到大小便任其自流不知道上厕所。

她们正当豆蔻年华，却不能在学校求学，不能与同龄的女孩欢歌笑语、吟唱舞蹈，而是出现在精神病院，她们到底是怎样的女孩，她们遭遇了什么，才落到现在这个凄惨境况！在精神病院，医生都会详细了解患者的情况，知其病因，治其病根。

敏敏：智力发育被按了暂停键

第一次见到敏敏，也是第一回从长沙出发去邵东民康医院那次，一进医院大门，就听到有个人在楼上病房"欧、欧"地喊叫，我感觉奇怪，这人是谁？为何要喊叫，是不是身体不舒服？但这是精神病院，又不是外科医院。医生为我解惑，说有个小患者吃了饭就会很兴奋，她不会讲话，兴奋的时候就发出那种声音来表达。

后来又到了吃饭的时间，我去病房，见她坐在床上，穿着男孩子才穿的那种蓝色背心，留着寸头，长得明清目秀，皮肤自然白皙，下半身盖着被子。

我问护工，这是女病房呀，她是个女孩吗？护工说是女孩。黎医生拿饭给她，她没有接也不吃，只是望着我们笑。主治医生黎林海介绍说："敏敏快 15 岁了，但智力约等于 2 岁，不能和人交流，也不会吃饭，大小便都是在床上，入院之后，护工们时时提醒她上厕所，方有一点好转。"我对敏敏有一种怜悯的好感，一对清纯的眸子，单纯地笑着，想和我们说话，却又讲不出来，只是"呃、呃"地冲我们招呼。

为了解敏敏的情况，我专程采访了她的父亲。敏敏出生时，父母非常欢喜，孩子五官端正，四肢健全，还非常清秀可爱。敏敏满月了，会笑了，她正常地成长着。两、三个月过去了，敏敏晃头晃脑地东张西望，这个世界的角角落落对她来说都是新奇的，每一个在她眼前逗她、和她说话的人，都是那么陌生。渐渐地，他们对着她笑，她也笑，有时，刚看到他们熟悉的面孔和灿烂的笑容，敏敏就先咧开嘴笑了。

"敏敏爱笑！敏敏的笑颜非常可人！"敏敏的父亲说。

三个多月时，有一天敏敏突然开始哭起来，哄不好的那种。到赤脚医生那儿，说是夜啼症，要哭一百天。敏敏刚满四个月时，妈妈的奶水突然断了，本来就哭闹的敏敏，因吃不饱肚子而哭得更为厉害。父母买来牛奶，她就是不肯喝。敏敏奶奶想了许多办法，用传统的迷信在电杆上贴过写着"天惶惶，地惶惶，我家有个夜哭郎，过往君子念三遍，夜夜睡到大天亮"的纸张。贴了一月，也没有什么效果，敏敏仍然不依不饶地扯起哑嗓子哭，这让家人束手无策，又无比心疼。

白天还好，乡村里有些喧闹，孩子们在院子里游戏玩耍，她看到新鲜事物和陌生人，还会停顿一下，眼泪汪汪地看着孩子们。要是有大人来摸摸她的头、捏捏她的手心，她立即就哭了起来，哭得上气不接下气，哭得让人肝肠寸断。村子里好心的大娘奶奶们曾告诉敏敏父母一些"土方子"，说有好些孩子的百日啼就是用知了壳和炙甘草熬水的土方治好的。

于是，敏敏父亲带着方子去请教医生，医生说小儿夜啼与脾脏虚寒、心（肝）经积热、暴受惊恐等有关。医生拿出医学书翻开给敏敏父亲看，他买回炙甘草和去了头和爪的蝉蜕回家，让敏敏奶奶用水熬煎，倒出熬好的药水稍凉，用调羹给敏敏一勺一勺地喂。敏敏同样吃不进，半灌半喂的，有时呛得不停地咳，又不停地哭，这不可停歇的哭声真是把家人的心尖尖都揪痛了。

熬了几次药，敏敏不知咽下去多少，没有收到任何效果，哭声依旧。

奶奶抹着眼泪水说："这可怎么好啊，孩子造孽啊！"

可不管采取怎样的办法，都没有在敏敏身上起到作用。敏敏整整哭了一百天，百天之后，敏敏的啼哭稍稍好转，可身体却相当虚弱，只肯吃点膨化食品养命，抵抗力相当差，三天两头生病。

敏敏周岁后，有一次不知吃坏了什么东西，一直泻肚子，拉得小屁股全红肿了。父母带着她去医院治疗，医生说要打针止泻，他们当然是听从医生的建议。

吊了几天水，却还是没止住泻，到底是什么原因？医生讲不出所以然，只是说："怎么这药在这孩子身上就不起作用呢？连庆大霉素都打了这么多，还是没效果。"他们只好抱着敏敏无奈地回到了家，敏敏奶奶又去问年纪大的邻居，用了一些奇古奇样的土方子，也不知是哪个土方起了作用，敏敏居然止泻了。这一病，让本来就弱如杨柳的敏敏身体更加瘦弱了，尤其是精神上显得萎靡不振，反应也比以往要迟钝很多，叫她、逗她，都无动于衷。

后来，敏敏2岁了，却一直是大小便失禁，脑神经也不像正常孩子那样受用，敏敏变成了"傻子""哑巴"，她不会自己吃饭、上厕所，不会讲话，脑子也不发育……

这一泻肚子竟然给敏敏带来了这么多不良后果，到底是为什么？敏敏父亲回忆反思，是哪儿出了问题呢？是不是敏敏没奶吃时吃多了膨化食品？会不会是铅中毒引起的智力下降？敏敏父亲又带她去医院检查，买了两个疗程的排铅药，但敏敏身体还是原样。

之后，敏敏父亲想起她那次腹泻在医院打针时，医生说"连庆大霉素都打了那么多还没效果"这句话，便去问赤脚医生庆大霉素打多了有什么不良后果，赤脚医生翻了一本书，念道："大剂量使用可有尿闭、急性肾衰及神经系统症状，还偶可引起多发性神经病变和中毒性脑病。停药后如发生听力减退、耳鸣或耳部饱满感，需引起注意。偶有过敏性休克，主要症状为呼吸道阻塞及循环障碍、半数以上病例经抢救无效而死亡，故有人认为本品的最严重的不良反应为速发型过敏性休克。"

赤脚医生读完抬头，皱了眉望着敏敏父亲，心事重重的样子。

敏敏父亲吓得目瞪口呆，好一阵才反应过来："庆大霉素这么毒啊！我敏敏肯定是耳朵被庆大霉素毒聋了，小大便失禁，一定把肾给搞坏了。不行，我得赶紧带孩子去市医院检测。"检测结果出来了，不偏不倚，正好是耳朵有问题，肾功能减弱。这个结果让敏敏父母急得要命，他们开始争吵，你说我错，我说你错，不能接受现实，只剩相互埋怨。

"不能耽误孩子啊，赶紧带她去医院吧！"乡亲们都说。

他们便带着敏敏去省儿童医院治疗，在治疗的两年期间，敏敏父亲每天陪孩子打高压氧脑循环，还要给洗大小便弄脏的衣服，经常是省城和老家两头来回奔波。两年后再次去检测听力，结果听力提升了一点点，但是智力却下降了，话也不会讲。敏敏父母咨询了医生，医生很遗憾地摇着头对他们说："再怎么治，这孩子也就是这样子了。"敏敏父母百思不解，生下来健健康康的，好好的，是什么原因让她成了这样呢？医生沉默着，没有做答复，那时候，敏敏父母的心彻底碎了。

听说戴助听器可以让耳聋的人有听力，敏敏父亲便去给她买了助听器。可敏敏觉得不舒服，只要助听器一入她耳朵，她就不管不顾地揪掉摔在地上。父亲想跟她讲道理，但她又不能像正常孩子那样听话，助听器被她摔坏几个，想买贵一点的，一看价格，要一万多块钱一副。一个普通的农村家庭，过着清贫的生活，加上这几年一直为敏敏看病花钱，家里已经很贫困了，根本没有钱买那么贵重的助听器。无奈，只能听之任之。

这个世界不会为任何人离开而改变，时间也不会为任何人而停留。敏敏不可能穿越时光隧道回去，逃过那些命中的灾难，只有认命。敏敏五岁时，依旧是大小便失禁在身，每天要给她换裤子十几次，给她洗排泄物洗得她父母又烦又累，又悲又哀。眼看着同龄的孩子都上学了，父母送她到幼儿园，希望她能融入集体生活，能学小朋友的榜样，慢慢自理。不到一个月，老师就不许敏敏去幼儿园了，因为每天有几次大小便失禁弄脏衣服，而且老是喜欢在上课时叫嚷。敏敏父母不死心，又给她换幼儿园，换了三个地方，断断续续上了三个幼儿园，都是如出一辙。八岁时，他们又将敏敏送进聋哑学校，在聋哑学校也只待了两个月就被送回家了。

为了能给敏敏的现状带来改观，敏敏父亲下决心带她去医院治疗，有次在湘雅医院，敏敏父亲还被医托骗了，好在敏敏父亲反应快，找了个借口，趁机逃脱。之后，敏敏父母打听到长沙有语言培训班，但学费昂贵，每月一千多元，还必须家长陪读，家长另加六百元每月。他们问老师："老师，如果孩子在这里培训之后没有效果怎么办？"老师回答说："我们学校的培训不包效果的，这没办法包。"他们担心又是骗局，就不敢贸然决定。再说，一个家长陪读，耽误了一个劳动力，贫困的家庭哪里负担得起，家里老的老、小的小，都要照料，不但不能劳动赚不了钱，还要每月交那么多钱。

敏敏没有进那个语言培训班，她父亲在家里尽力给她做病理调节，耐心地教她说话发音，但不管怎么教，她都不配合。

后来，敏敏就没有再上学。农村种田种地农事繁忙，加上家庭负担重，敏敏父亲就只能带着她出去打工。这样一拖就是几年，敏敏十四岁了，智力是幼儿，身体却已是少女。

有一次，四叶草几个绿马甲来到敏敏家里，对敏敏家人介绍了民康医院和四叶草慈善基金会，从他们说话中了解到，医院和基金会可以对敏敏进行 90 天的免费治疗和看护。敏敏家人欣然接受了，多年来对敏敏的照料都没有让她的情况有起色，是不是因为脑神经的问题，去精神病医院治疗，说不定就有了好转。然后，敏敏父亲带着敏敏，满怀希望地来到邵东民康精神专科医院。

刚入院时，敏敏大小便不会自理，她总是坐在病床上，吃过饭之后就喜欢喊叫一阵。在医生护士的悉心照顾下，过一段时间就带着她去厕所，慢慢地锻炼她自己主动上厕所。敏敏自己不会吃饭，不会洗澡，医院的护工手把手地教她，耐心地引导她，渐渐地有了些许好转。

入冬，我去邵东民康医院出公差，因记挂着敏敏，特去病房看她。黎医生和护理人员对我说，一般情况是，她来月经前一周就会叫，敏敏上个星期就开始叫，昨天她就来月经了。

敏敏不像上次那样坐在床上，而是站在走廊里，看到我来，很是兴奋，她咧着嘴笑，对着我"啊啊啊"地喊，那是她与人打招呼的方式，我对着她笑了笑。问了一下护工她的情况，护工说没有多大好转，大小便都要及时催她才行，每当敏敏处于月经期，护工就更麻烦了，要不停地帮她更换，因为她只有两岁小孩的智力。而且她的智力发育已经被按了暂停键，没有增长的希望，这就意味着，她会永远保持这种不能自理的状态。我心事重重，却只能离她而去，她依然对着我喊，我对她扬扬手，以示别过。她肯定有些失望，我却只是无奈。

年后，正值灯树千光照、花焰七枝开的元宵佳节，我询问敏敏的情况，她父亲说："敏敏已转院到乐康医院疗养了，非常感谢党和政府的好政策，感谢四叶草和乐康行善，能免费给敏敏疗养。我现在不用照顾敏敏，在外省打工，希望努力工作，多赚一点钱，以后敏敏的生活就有依靠了。"我感到欣慰，愿敏敏有安详平静的生活，愿他们家越来越好。

小琴：婉约的反义词

2005 年出生的小琴被我们志愿者送到民康精神病医院救治时，年仅 13 岁，是廉桥镇东塘村人，同时，她的母亲也陪同她住在医院里。

记得那次程一文领着我去邵东民康医院实地指导健康扶贫项目工作时，特意去病房查看病人住院情况，刚刚走到女病区，就看见走廊上有几个人站在那儿。

一位老年女患者在做上肢伸展活动，一个少妇凝神地望着窗外，另一个女患者则蹲在铁门边的角落处嘤嘤地哭泣，还有个五十多岁的患者铁着个脸，向下瞅着哭泣的那个人。一个小女孩在走廊中间蹦蹦跳跳，那是夏天，大家都只穿一件衣服，小女孩的衣服比较短，她的肚子又由于自己没有自知力和控制力，吃得圆圆滚滚的，她跳起来的时候，那圆溜溜的肚子一颤一颤的，而她却笑得特别开心，毫无羞涩之感。

我想找一件长的衣服给她遮一遮，可是看到她开心的模样，又禁不住跟着她轻松愉悦起来。

她就是小琴，什么都不知道，简单得如张白纸似的小患者，十三岁的年纪，正是懂得羞涩、追求美好的花样年华，与她同龄的健康人，此时正在初级中学的教室里，聆听老师讲课。可以想象，一个男生不经意的打量，她们的脸颊上便会飞起一片红云，这是多么美好的年龄啊，她们歌唱、跳舞、看书、讨论、参加课外活动、被评三好学生……

可惜这一切，都离小琴太远了，远到仿佛不在同一世界，远到她根本不知道像她这样年纪的女孩还能那样精彩。

清纯、优雅、婉约、聪颖、乖乖女、楚楚动人、秀丽可人等形容少女的词汇，小琴都没有得到，她只知道开心大笑、无拘地蹦跳，我在被她感染之余，难免为她感到哀痛。

黎林海医师为我介绍，这女孩才入院不久，是那位哭泣患者的女儿。然后他走过去问："你怎么了？为什么要哭啊？"见医生来问，小琴妈抬头，用手指着旁边青着脸的患者："嗯、嗯、嗯……"

原来，小琴妈妈先天性聋哑，智力也有障碍，又非常脆弱，别人盯她一眼，她就会哭。所以常常被那个患者欺负，护工走过来扶起她，转身对那个女患者说：别老是欺负她啊！你再欺负她，就要罚你的站了。

那女患者小声哼了一哼，扭头走了。

护工让小琴进房间去，别在走廊大声嚷嚷，影响其他患者休息，小琴还在那儿跳着笑着，一点都不觉得累。小琴妈妈见医生来关心她，为她主持公道，情绪马上好转，有了管女儿的心情，她冲着小琴"阿欧阿欧"叫了几声，小琴便停下来，带着兴奋的余感走进病房。

小琴在医院一直表现得特别兴奋，她入院之前在家的时候，由于家庭困难，生活很是清苦，家里还有个弟弟，一家人全靠父亲种田过日子。

小琴妈妈劳动能力极弱，在家时连饭都煮不好，只能勉强做点洗衣清扫之类的活。小琴喜欢到处乱跑，嘻嘻哈哈的，院子里的邻居都叫她小疯子，她发病时总闹得邻里不得安宁，吓得比她更小的孩子哇哇大哭，个别受到骚扰的村民好几次要将小琴赶出村子，她妈妈便去给乡亲们磕头，无声地苦苦哀求不要赶她走。

小琴东跑西奔时，她母亲因身体虚弱又没有语言功能，管不了她。不得已，父亲只能将小琴关在房间里。

白天，父亲外出之后，小琴的妈妈只能从门缝里塞一碗饭给她吃。晚上，小琴父亲回家，她才可以被放出来。出了屋门，小琴特别兴奋，虽然不敢走到野外去，但在家里的庭院里蹦蹦跳跳，也是多么快乐的事啊！

小琴开心的时候很喜欢手舞足蹈，跳来跳去的，她的症状是智力发育停滞。也就是说，她这一辈子，智力无法提高，也没有自理能力，更不能自食其力。她笑着，很天真无邪。

小琴今后的岁月，肯定会历经很多风雨、辛苦和困难，但令人欣慰的是，有政府和社会的关注和帮扶，经过医院里各种生活能力的训练，至少可望有个衣食无忧、简单快乐的人生。

凡凡：横眉的袖珍女孩

四叶草的志愿者将凡凡救助到沅陵民康医院有一个多月了。在病房，我第一次见到凡凡，她年龄已经十四岁，但看起来就像小学一年级的学生。事实上，她连幼儿园都没上完。

身体、智力全部发育迟滞，导致凡凡一直保持着六七岁的模样。

五一区网 2017 年 1 月 6 日发布的《世界上最矮的女人"乔蒂·阿姆奇"》报道了 2011 年 12 月 16 日就被吉尼斯世界纪录认证为世界最矮女性的乔蒂·阿姆奇的一则消息。这位袖珍姑娘家住印度纳格普尔，因发育不全阻碍了身体的正常发育，结果直到现在，身高只有 62.8 厘米，体重只有 5 公斤左右。据医学专家说，乔蒂·阿姆奇只能是这样的身高了，她不可能再长高 1 厘米。但幸运的是，乔蒂非常乐观，智力发育也没有停滞，不但不被人们歧视，相反还受到极大关注，甚至有些人称她为"上帝派来的天使"，她将有望成为受欢迎的宝莱坞女星。

我们的凡凡没有乔蒂那么一张时常咧嘴而笑的乐观面孔，也没有正常智力发育的好运气。说起凡凡的病因，凡凡妈胜湘表现出几分无奈："以前去过省中医院检查，医生说是先天发育不完全，没办法治疗，后来也就放弃治疗了。再说家里经济条件也差，当时去省城检查的钱还是借的，哪来钱求医问药。"

那年，胜湘为了女儿，东拼西凑了些钱，抱着孩子一路辗转，坐了一天的车，终于来到省中医院。胜湘忐忑不安地看着凡凡被医生和仪器摆弄来摆弄去的，经过一系列检查，医生告诉胜湘一个让人难以接受的结果："凡凡是先天发育不完全，这种情况没办法治疗！只能在康复医院尝试康复。"

胜湘伤感地说：“康复医院医疗费非常昂贵，家里经济条件那么差，哪里有那么多钱给凡凡康复治疗呢？无奈啊，只能放弃了。”

凡凡不能正常成长发育，带养起来是不是比一般正常小孩难呢？

胜湘对我说：“女儿不哭不闹还好，就怕她发脾气，发脾气也不需要多大理由，她要什么、做什么或者不满意，就打、闹、哭、摔东西，一闹就是几个小时，特别是农忙时白天干活本来就很累，晚上她还要吵，真的特别烦。可毕竟是自己身上掉下的肉，有时打起来心也痛！”

凡凡脾气不好，这个我亲眼看到过了。凡凡大多时候是一副“凶”相，她的眼睛总是闪着一束凶光，让你不敢靠近。那天下午，我去病区的活动室找另一位女患者的时候，凡凡跟着进来了，她用手用力推了谁，有人说：凡凡，你太调皮了！

“哇”的一声，凡凡大哭了起来，她伏在窗台上，拼命地哭，有人来哄她，越哄她越哭，然后护士说：先别管她，让她先哭一会儿，过一会儿就没事了。

我问胜湘：“凡凡会不会一个人走出去玩？”

她说：“会啊，有一次她出走失踪，差点没把我吓死。”

胜湘对凡凡那次失踪一直心有余悸。

前两年胜湘在外省打工，有一天晚上，她婆婆打电话来：“胜湘，坏事了，坏事了，凡凡丢了！这可怎么好啊！”

胜湘说：“怎么回事？别急，你慢慢讲清楚。”

婆婆语无伦次地述说：“下午凡凡走出去了，天黑了也不见回家，我们就到处去找她，找到晚上八、九点钟还没找到，不知道她跑到哪里去了。”婆婆说着就哭起来。

胜湘接到这个电话真的又急又痛，可是她只能干着急，报了几个地方，让家里人去找找看，家里分头在找，夜深了都还没有告诉她消息。胜湘一夜没睡好，真怕有个三长两短。第二天天刚亮，胜湘迫不及待地打电话回家："怎么样？找到凡凡了吗？凡凡回家了吗？"婆婆说："找到了找到了，阿弥陀佛，凡凡走出了村子，走了十几里山路，转到一处岩石边走不过去了才停下来，幸好有那个岩石啊，不然一个晚上不知要跑多远。"

"老天啊！"胜湘心头的石头总算落地了："凡凡一定吓坏了吧？"

婆婆说："找到凡凡时，她正站那哭，如果不是有哭声，我们还找不到她呢！"

胜湘现在想起那件事，还是会感到后怕。后来，胜湘就辞工回家了，现在县城打工，还能偶尔看看凡凡。

第一次在群里看到凡凡的照片，是她刚被志愿者瞿宏邦接到医院时在救护车前的镜头。她小小的身子立在那儿，两手插着衣兜，满脸的阴沉，当时给人的第一感觉是，这孩子好可怜，这么小年纪就出现了精神障碍。到底是什么原因导致她的现状？我有着很多的疑问。

我向护工打听凡凡的情况，护工告诉我，经常有年纪大的女患者来告状，说凡凡很凶，经常打她们，骂她们。不但是对病友，对护士、医生，也是如此。她不会畏惧任何人，也很难听进去他人的话。

她有多动症！有人说。

"不就是一个六七岁的孩子嘛，她能怎么凶？"我很不解。

他们告诉我："凡凡十四岁了呢，只是发育停滞，不长身子，不懂事而已。"

2019 年 4 月 10 日上午，我到沅陵民康医院住院部，刚进门，那个熟悉的小身影就从她病房的门边闪到了离我不远的地方，她狠狠地盯了我一眼，我不禁内心一颤。然后，一个中年女患者从另一间病房走出来，经过凡凡身边向我这边走过来。

凡凡立即伸手将她往后用力一推："你干吗？回去！"

那个患者弱弱地看了凡凡一眼，往一边绕了两步才走。

亲眼看到凡凡的行为举止，我陷入了沉思，凡凡不只是不懂事，她根本不懂爱，也许，她的凶便是她自我保护的方式吧。

但凡凡也有可爱的时候，2019年春节时，工作群上传了一个小视频，那是沅陵民康医院的春节联欢会，凡凡和病友们一起过年。春节前夕，她穿上崭新的红色羽绒服，登上了医院的迎春晚会舞台，她开心大笑，还拿起话筒与另一名女孩一起唱歌，我反复播放那个小视频，我们看到她终于开心地笑着，昔日刁钻的凡凡不见了，大家看到的是快乐、可爱的凡凡，那一刻，她是个全身心布满快乐因子的孩子，是让人可以接近，可以去爱的孩子。她是那么亮丽，那么招人喜欢，让人安心几许。

"你女儿粘你吗，她在民康医院这么久了，你想她吗？"我问胜湘。

"想，怎能不想。没办法啊，我必须赚钱，家里还有两个小的在读书，还有老人家要养。我女儿看似没头脑，但跟我特别亲，毕竟我一手带大的。现在她在医院有你们关心照顾我非常放心。我最怕在打工的时候，她离家失踪。"胜湘说起女儿，一改沉默寡言的性格，滔滔不绝。

2019年正月，凡凡妈又去看凡凡了，陪她玩了一个多小时。当她说要回城上班时，凡凡非常不开心，吵着要跟妈妈回家，工作人员把她带回病房后她还一个人趴着铁栏杆朝外望，凡凡妈悄悄躲在监控室里，看到凡凡使劲地在那儿哭泣，她的眼泪都要流出来了。而且每去一次她都要哭一次，其实，做母亲的哪个不心疼自己的孩子？谁愿意骨肉分离？

"凡凡这个现状，作为妈妈，你对她的未来是怎么想的？"我问她。

胜湘说："我们都是农民，没有固定收入，也不懂生意经，只能趁现在年轻，打工赚点钱吧，因为家里负担重，老人年龄大了身体差要吃药，家里还有一大一小都在念书。只有努力工作，在政府和社会的帮助下改善家庭条件。幸好国家政策好，老人有低保金，社会也对我们一家有这么大的帮助，凡凡在民康医院被照顾得很好，我可以放心工作。再在外面打几年工，我们就带着凡凡回家种田种地，孝顺老人，培养凡凡的生存能力，团团圆圆过日子。"

我们衷心地祝愿他们一家顺心如意，希望凡凡经过医院的疗养和康复训练能帮到她自己，待她再长大些，能参加家务劳动，和家人过平静快乐的生活。

慈心总在救苦扶危不分东西南北，善事常施消灾造福无论春夏秋冬。

在专注精神障碍患者的工作和采访过程中，我看到很多精神障碍患者及其家庭在各方帮助下与病魔做斗争的感人场景，对精神病医院的医护人员和慈善机构工作人员与致力于精神障碍患者的志愿服务人员怀着深深的敬意，他们往往要抱着挨打的危险，不怕脏不怕累，给他们端屎端尿，为他们洗衣喂饭和剪头发刮胡子，用百倍的爱心去救治和照顾他们。患者在被救助前发生过种种惊骇人心的事，在治疗过程中又有着万千感人至深的故事。我因工作之便，见证了一些过程，那些过程真实反映了社会问题和公共卫生问题，彰显了千千万万参与救助的医护人员和慈善公益人士与志愿工作者的爱心，他们都在助力打开精神障碍患者那扇封闭的苦难之门，为他们启开全新的温暖世界，帮助他们努力实现美好人生的梦想。

第二章　皎皎白月光

人生处处有磨难，活着就是一种修行。说是人生无常，却也是人生之常。人生总会遭遇一些风暴洗礼，一场灾难，一个意外，使前进的帆船飘摇不定，甚至折断了桅杆。每个人都要征服自己的崎岖之路，每个人都会获得各自相应的价值。当指尖划过流年，一缕光和暖流过来，照亮前程，就可以奋勇地扬帆启程了。

我所见到的精神病患者只是残疾群体中的一类，除了精神残疾，还有肢体残疾、脑瘫残疾等等。那么，我省的残疾群众生存现状如何？对残疾群众的社会关注、关爱如何？带着这些疑问，我走出了四叶草，走进了一个更加庞大的残疾群体。

1990 年 12 月 28 日第七届全国人民代表大会常务委员会第十七次会议审议通过的《中华人民共和国残疾人保障法》第十四条规定："每年五月第三个星期日，为全国助残日。""卢橘垂金弹，甘蕉吐白莲"，正值万物生光辉的时节，对广大残疾朋友而言，也有重生更新的寓意，更是中国残疾人的节日，标志着从那以后每年的这一天，国家、社会各界都会给予残疾人士更多的爱。

湖南省以政府购买服务和民办公助促进残疾人康复事业发展的

机制，走出了一条"政府主导、部门联动、社会参与、资源共享"的残疾人康复服务体系建设的新路。加强残疾人康复服务体系和机构规范化建设，确保到 2020 年基本康复服务覆盖率、辅助器具适配率达到 80% 以上，推动实现残疾人"人人享有康复服务"。并呼吁更多爱心企业、慈善机构，共同关心、支持、发展残疾人事业，不断满足更多残疾人美好生活需求。

众人伸出援助手，爱心浇注生命花。俗话说"赠人玫瑰，手留余香"，世界上总有这么一小部分人，因病因残不能自理，又没有亲人照顾和监护，在养老机制还没有完全覆盖的情况之下，一些康复机构和慈善个人也在做监护扶养的善举，这个日益文明的社会，越来越多的人具备乐善好施的高尚品质，这是社会主义核心价值观的具体体现，是中华民族传统美德的具体体现。人们的善行使社会正能量得以充分发挥，大家都能献出一点爱，汇聚成一缕光，照亮残疾朋友们的人生之路，使他们顺利前行。

行走在三湘大地，我们会从残疾人身上看到生活的无助，也会看到战胜无奈的无限希望。

■"修复"残肢

初夏，"泉眼无声惜细流，树阴照水爱晴柔。小荷才露尖尖角，早有蜻蜓立上头。"宋代诗人杨万里，从一眼小池，就看到了倒映在水中的无限风光，一首小诗展现了一幅生机勃勃的初夏景象。

2017 年 8 月，省民政厅社会福利和慈善事业促进处对《实施意见》和《发展规划》进一步修订、完善和提升，推动了该文件出台实施和发挥作用，促进了我省康复辅助器具产业加快结构调整和实现跨越式发展，更好地满足了社会需求和增进民生福祉。

2018 年 5 月 20 日，"我爱你"，这是个多么好的日子。这一天，阳光明媚，万物生辉，广大残障朋友和从事残疾人工作事业的人员及关心关爱残障朋友的慈善人士迎来了第 28 个全国助残日。湖南人们正是从这个助残日的小活动中，看到了肢残人士的春天。

怒放的生命，永不言弃的精神和奋力拼搏的意志，让人们无比感动，在努力征服命运之棒、积极进取幸福生活的残障朋友身上，人们不但看到了他们面临的困难，同时也感受到了他们坚强的意志，很多爱心人士和企业纷纷加入帮助的行列！呈现出了另一种美的姿态。

跳跳女孩

2018 年的 5·20 活动现场，我就坐在受助女孩曹珂座位的右边，和她隔着一个过道。我当时并不认识她，但她闲置在座位旁的拐杖引起了我的注意，她安静地坐在那儿，背着一个缝补过的书包，残缺的那条腿明晃晃展露在众人面前。我不敢多看她一眼，也不敢和她交谈，怕引起她的不自在。

这些年里，我国助残意识得到大幅度提升，民众参与助残也得到普及和日常化。康复的希望，就从 5·20 活动现场冉冉升起。由湖南省民政厅、湖南省慈善总会、湖南省康复辅具技术指导中心主办的助残日活动暨湘康·善基金成立仪式在长沙市芙蓉区万家丽广场隆重举行。参加活动的有各界社会组织代表、助残机构负责人和很多残障朋友。湖南省民政厅时任党组书记、厅长唐白玉走到台上，致贺词。

后来，曹珂跳着走上舞台接受湘康·善基金的帮助，这个勇敢的小姑娘脸上露出自信的笑容，她一直镇静自若地单腿站立在舞台上。我在台下为她捏了一把汗，以"金鸡独立"的神姿势站那么长的时间，这种坚持感动着我，也感动了现场所有人。

曹珂是湘乡市育塅乡人，她还有一个非常特别的名字——"跳跳女孩"，这个名字包含一段非常痛苦和艰辛的往事……

2008年夏天的一个中午，曹珂的父亲曹冬辉骑着摩托车载着两岁多的曹珂在村里的乡间小路上穿行，突然对面一辆农用三轮车飞快地开了过来，由于路况差，三轮车在与曹冬辉的车交会时突然翻倒，车身重重地压在了曹冬辉骑的摩托车上。随后曹冬辉和曹珂都被送到了湘乡市人民医院急救，受伤较重的曹珂最终只能截肢才可保全生命。

那真是一场飞来的横祸，改变了曹珂一生的轨迹。幼小的曹珂在医院整整治疗了一个多月才醒过来，她当时不知事，不知道因那辆轰然而倒的三轮车，两岁后的生命都将只有左腿相伴。双腿不再完整，人生不再完美。那次事故，不但夺走了一个女孩的腿，还花光了她家里所有的积蓄。按交通规则判，肇事司机应赔50多万给予曹珂，但因司机的家境也不太好，最终只赔付了10多万元。

曹珂的父亲每每说起这个祸事，都忍不住泪流满面，多年来，自责几乎从未离开过他。但身残志坚的小姑娘并没有抱怨命运，也不轻言放弃，她从不因为自己腿不方便而理所当然地坐享其成，甘受父母和姐姐的照顾，而是克服种种困难勇敢地迎接生活。

为了能够自己独立行走，减轻爸爸妈妈的负担，四岁的曹珂每天依撑着家里的墙壁，单腿跳着练习走路。

一条小小的腿，要承受全身重量，还要往前行走，这是多么困难。曹珂用一双小手交替扶着墙，一步一步跳着前进，跳累了的时候，她多想伸长另一条腿落到地上，支撑一下颤颤发抖的身体。

然而，右腿已经缺失，永远触不到地面。小曹珂幼小的心灵，已经接受了这个残酷的现实，她似乎从小就自带坚强功能，每天坚持不断地练习跳行，一次次地超越自我。功夫不负有心人，经过无数次的尝试，小曹珂伸着双臂，左右晃动，用心摸索平衡身体的各种方法。每一次放手，都有一阵小小的激动。

"我终于不用扶墙了!"小曹珂心里暗暗兴奋,后来,她终于能离开墙壁,稳稳地跳着行走了。从这堵墙到那堵墙,从这扇门到那扇门,从这间屋到那间屋,曹珂就是这样一点点、一段段地突破,最后,她跳出了自己的家门,和院子里的小伙伴玩耍。

曹珂除了坚强,还非常勤劳,她尽力去做自己力所能及的事,甚至努力去做别人认为她做不了的扫地、洗碗、做饭等家务。

时间一天天地过去,曹珂到了上学年龄,看着同龄的孩子都一个个背着书包去上学,曹珂的心也是蠢蠢欲动:"爸,我想去读书。"父亲心疼地说:"孩子,我也想让你去上学啊,可是,爸爸还要打工赚钱,读书这么多年要坚持,我能送两年,但以后你怎么办呢?"她说:"我自己跳着去上学,不要送,爸,你就让我去读书吧!"

之后,曹珂终于像其他小伙伴一样,背着崭新的小书包,开开心心地跳着走进了幼儿园大班的门。6岁时,曹珂开始上小学一年级,她本来有点自卑,怕同学们笑话她只有一条腿,还跳着走路。但出乎她的意料,刚入学时并没有受到同学的歧视或笑话,他们还经常帮助她,她很快融入班集体,为了方便曹珂出入,老师还安排她坐在教室的第二个位置。

有了老师的照顾和同学的关心,她完全放下思想包袱,一心扑在学习上,她的语文和数学成绩都不错,读三年级时还任副班长。三年级开始写作文时,曹珂感觉作文挺难的,但她认为没有克服不了的困难,后来慢慢越写越感觉容易。

曹珂虽然行动不方便,但是她从不示弱。每次轮到曹珂他们那组扫教室的时候,同学们都关爱地说:"曹珂,你就别扫了,我们扫就行了,你先回家吧!"

曹珂反对道:"不行,我也是这一组的,我应该要和你们一起扫教室,我可以扫的!"曹珂就这样拄着拐杖,一点都不怕苦不怕累,和其他同学一起打扫卫生。

　　小学的课程对曹珂来说是比较轻松，遗憾的是上体育课和课间操的时候，眼看着别的同学都到操场上去集合、做操、玩各种游戏，只有她落寞地坐在教室门口，羡慕地看着大家玩。

　　"你是不是想尝试和同学们一起去玩玩？"我问她。

　　曹珂说："是的，但我有尝试过和同学一起玩。有一次，我们班上的人在上体育课，当时他们都到那玩跳绳啊什么的，我也就想尝试一下。本以为他们会讥笑我，说我腿不行不能跳之类的话，但是没想到他们都鼓励我，说我一定可以做到的。然后，我尝试着跳绳，后来果然成功了，能和同学一起跳。就算是六一儿童节班上同学排节目跳舞，我也能参与，和同学们一起跳。"

　　我由衷地说："你是最棒的！"

　　虽然曹珂只能一条腿跳，但她参与了，自信心和集体荣誉感都得到很大的提升。

　　从曹珂家到小学学校，大概有一公里左右的路程，很小的时候一般是爸妈送。长大些后，就自己上学了。对小曹珂来说，1000 多米远的路，靠一条腿行走太遥远了，因此，她在半路上累了，就会停下来歇一会。尤其是还要背着沉重的书包，现在的学生课本和作业本又那么多，小孩很难背得动，背着沉重的书包跳行，更增加了她的难度。有时候在上学路上小伙伴或同学会主动走到曹珂面前说："来，曹珂，我帮你背书包！这样你跳起来会轻松些。"这让她非常感动，在她感觉有些累的时候，有人帮一下忙，会让她感觉顿时轻松许多。

　　读小学的时候，同学们对曹珂很好的。有一次，她不小心摔了一下，摔伤了膝盖，然后第 4 节课下课后，同学们都去吃饭了，就她因为腿痛没有去。曹珂原本以为那天中午要挨饿了。但是后来班上几个同学却帮她打了饭，送到她手上，说："曹珂，你脚不方便，我们给你打了饭，你赶紧趁热吃吧，等会儿你吃完，我们再帮你把碗放回食堂。"曹珂当时非常意外，没想到她自己并没有提要求，同学们居然会主动帮她。

放学后曹珂的爸爸来接她，在腿还没有完全恢复的时候，都是爸爸风雨无阻地接送。曹珂对我说："让我感动的事很多，别人对我的帮助，不管是大还是小，我都记在心里。最感动我的还是我爸爸对我这么多年来的照顾，尤其是我生病或者摔伤的时候，不管多远，我爸都会来接我，带我去看医生，我觉得爸爸很伟大！"

因为残缺，很多地方不能去，很多的活动没法参加。但曹珂并没有屈服命运，她总是在一次次地超越自己。有一次学校组织登山运动，个别两腿健全的同学都感到困难，难以到达山顶。但曹珂很想挑战自己，想要征服那座于小小年纪的曹珂来说可谓高不可攀的山顶。有了这种愿望之后，曹珂坚定地往上跳。

有的同学看着她，似乎在说："你腿不行，就别上去了嘛！在山下等大家就好了。"但曹珂看出了他们的内心想法，她一定要更努力地攀登，要用行动向同学们表示，她一定要跳到山顶，不会拉同学们的后腿的。老师很心痛她："曹珂，你可以不到山顶，山这么高，对你来说太难了。"曹珂坚定地说："不，我一定要自己跳上山顶，我一定能做到！"老师被感动了，陪着她慢慢向上，在老师的帮助下，她终于一步一个脚印地登上了山顶。她出了很多汗，全身湿淋淋的，但心里却涌出前所未有的舒服，觉得自己很强大。

直到现在，曹珂和我说起这件事时，还是非常高兴，一脸的骄傲。

不但是乡邻和小伙伴以及老师与同学们对曹珂的爱心相助，湘乡市残联和湘乡市义工联合会一直以来也都在给予曹珂关爱，经常送给她一些学习和生活用品。我在网上看到2015年的红网上就有新闻，报道了曹珂励志求学的故事。这篇文章曾经感动了很多人，她还在半年时间里用一条腿学会了游泳，健力美的王教练是她的专门教练，免费教她学游泳。

曹珂的爸爸说："孩子很懂事，总是为别人着想，太难为她了，有人送了一张轮椅给我们，我们让她坐着轮椅，这样可以省力很多，不会那么累了。但她处处为我们着想，怕我们难得推。等孩子长大一点，再让她去安装假肢，让她活得体面一些。"

就这样，不管是在家、上学还是劳动，曹珂已跳着走了7年，她也从小学一年级跳着读到将近小学毕业，要强的曹珂除了雨雪天泥巴路容易打滑时让父母接送以外，其余都是自己跳着行走在家和学校之间。

2018年1月21日，由湖南省慈善总会、湘康·善基金、湖南省康复辅具技术指导中心发起的"爱心圆梦计划"来到湘乡市育塅乡，当湘康·善基金了解到曹珂的情况之后，对她进行了全方位的检查，结果是她的身体够条件佩戴假肢，便将她纳入"爱心圆梦计划"第一批救助对象，为她定制安装假肢、提供康复训练以及三年免费更换假肢的服务等爱心帮助。湖南省康复辅具技术指导中心康复老师彭德成与曹珂结对帮扶，指导曹珂按时进行康复训练，经过彭老师的精心指导，曹珂已经安装上了假肢，能够独立行走了！彭老师说："对于有残疾的小朋友来说，是越早穿戴假肢进行康复训练越好，因为小孩会不断成长，假肢也需要及时调整，我们跟援助机构一起合作，制定了康复计划，想让她行走更方便、更安全，今后，我们会对她进行三年的更换假肢的服务。"

在省康复辅具技术指导中心宋名玮的安排下，由袁帅指引我参观了中心的各个工作场所，我看到一些正在配假肢或者是康复训练的人，都是单独住在一间病房。据袁帅介绍，这些大多是免费扶持的，包吃住，免费配假肢，免费康复。佩戴假肢也要看残疾部位的，有些不适合做假肢。能配的，像曹珂，当然是幸运者了。配假肢也有一系列的流程，首先是取样，然后制造模型。根据配型主体不断调整，力求最大程度的舒适感。曹珂就是在这里配型、接受训练的。

曹珂终于不必用一条腿跳着行走了，现在假肢正在用。我问曹珂假肢还习惯吗？是不是方便很多？曹珂笑着回答："磨合期的时候还是感觉有点不太习惯，但是不知道为什么，比起穿假肢，我还是喜欢跳来跳去一些，因为跳了十来年了，觉得跳着走路熟练自然。假腿现在对我有些很好的帮助，主要是安全，而且走路姿势也自然、好看。"

我对她说："长期用一条腿的话，会对这条健康的腿造成繁重的压力，会消耗它的健康。而且，随着年龄的增大，你接触各种事物和社交也会多起来，跳行可能对你来说会越来越不方便。"

"是的，我跳行的时候，路人会觉得很奇怪，如果别人老是看着我，我也会觉得有点难为情，所以，只能慢慢适应假肢。我每一年或者半年要去康复中心调一次，有时候是放假的时候才去长沙调，有时候会请假。"

"请假，那不是耽误功课？"

曹珂说肯定会耽误的，只能回学校后找同学和老师补课。同学和老师都很好的，非常关照她。所以，曹珂得到关爱，也总想着要积极参与学校的各种活动。她在泉塘镇石泉学校读书时，在班上担任文娱委员，成绩一直名列班级前茅，虽然只有一条腿，但每次学校的舞蹈她都会坚持参加。她也很有爱心，学校为湘乡的两位身患重病的男孩组织捐款时，作为困难学生的曹珂也踊跃参与，将自己一个月的零花钱 20 元全部捐献出来了，在场的每一位老师都被感动了。

说起同学情，曹珂又和我讲起一件感动的事。她初中是读寄宿，有一天下了一场很大的雨，曹珂当时正好要从教学楼回宿舍。这时候，有点"恨雨绵绵无绝期"的感觉了，她没带伞，一个人焦急地站在走廊上，不时地仰头看天，看老天爷是不是可以发点慈悲停止下雨，时间在一点一点地耗掉，曹珂心急却又无奈。正当望雨无助时，有个高三的女同学打着伞往食堂走，经过那栋教学楼，看到被雨阻挡着的曹珂，毅然向着她走过去。

"这位同学，你是几年级的？你是要去食堂吃饭吗？"她问。

"我想回宿舍，可是，雨一直下不停，我没有带伞。"曹珂无奈道。

那位高三女生说："这雨一下子停不了，我送你回宿舍吧！"于是她一只手扶着曹珂，一只手给她打着伞，一直走了五十多米远，将曹珂安全送到宿舍楼下。这种雪中送炭的事，总是让曹珂感动。

曹珂的宿舍在五楼，对于一个行动不便的女孩来说，可能太高了，一般两腿健康的人，爬个五楼都得气喘，因此，曹珂每天上下楼都要在中途歇息一两次。

曹珂很喜欢看一些课外书籍，一般是有时间就去学校图书馆看书，看完之后也会写点读后感。谈到理想，曹珂说："希望自己学习成绩越来越好，以后能读医学专业，当一名医生，能帮病人解除痛苦，还可以帮助更多的残疾人。"

看到曹珂与其他几个被帮扶的孩子，省民政厅党组副书记、厅长唐白玉说："她们的成长充满艰辛困苦，成才凝聚更多泪水汗水，在生活逆境中锤炼出乐观豁达、坚韧不拔的品格。从她们充满自信的微笑中，感受到残障朋友的力量和大爱，让我们动容，也更让我们感受到生命的尊严。"

义肢撑起彩色天空

一些肢体残缺的人，也和曹珂一样，得到了湘康·善基金的免费服务。

湖南省假肢矫形康复中心的湘康·善基金主要用于扶老助残，即关爱特困优抚对象、建档立卡贫困家庭、低保户、孤残儿童、见义勇为英雄和因公致残先进个人等，帮助他们重新树立生活勇气，提供康复救助和生活困难帮扶。2018 年 5 月 20 日在"慈心扶弱助残，共享一片蓝天"活动中，湘康·善基金举行成立授牌仪式，湖南省慈善总会相关负责人宣读湘康·善基金的成立批复并为基金授牌。

吉首市石家冲街道曙光村 60 多岁的周杰祖双手因爆炸事故导致残疾，但他从不向政府开口要钱，是最励志的残疾农民。他奋发图强，与家人和衷共济，靠残缺的双臂修起新房，走上脱贫之道。

周杰祖因为没有手掌，无法干农活，他便自力更生，自制农具，缠上布带套在手臂上，靠那些特殊的家具担负一家主要劳力的职责。耕田、挖地、铲土、砍柴，他都独自完成。周杰祖乐观开朗，不等不靠，和很多四肢健全的贫困户有些显著的区别。大冬天的，有时候大雪压断树，都没人出去干活，杰祖一天出去几趟，家里堆满了柴火。

他持家有方，上有九十多岁老母，身体硬朗，老婆在外打工，补贴家用，下有三个儿女，大女儿已经工作，一个在读高中，一个在读初中。家庭兴旺，与他积极向上的人生态度有着很大关系。生活很清苦，有时候他喝点酒，解解乏，仍旧继续扛起生活的重担。

如此坚强的周杰祖，他的事迹感动着湘西的人，也感动着湖南省假肢矫形康复中心的人，所以他们决定要主动去帮助他，为他免费佩戴假肢，经过一段时间的配型和调整与训练，他戴上了假肢，一点点学习操纵手指。假肢的控制对周杰祖来说，还是比较困难的，因为是语音控制，比如：抓、握等，因周杰祖普通话不是很标准，命令还得不到很好的执行，省假肢矫形康复中心的同志说，经过不断的训练，今后会越来越好。

30 岁的陈亚丹是省康复辅具技术指导中心数以万计受助对象中的一员，之前，陈亚丹被确诊患有恶性骨肉瘤，被迫接受左大腿截肢，突如其来的噩耗不但给她的身心带来巨大的痛苦，也给她的家庭带来了难以承受的经济负担。随着身体的逐渐恢复，陈亚丹陷在轮椅上的痛苦越来越深重，她渴望装配假肢重新站起来的愿望也越来越强烈，无奈家里为她治病手术已债台高筑，哪里还有钱给她配义肢呢！

2018 年 3 月底，陈亚丹的愿望终于可以实现了，她幸运地成为"福彩助残健康行"项目患重大疾病类型资助对象。为帮助陈亚丹装上适配的假肢，省康复辅具技术指导中心组织专家会诊，精心为她测量、取型、修型以及调试，免费为她装配假肢并提供食宿和康复训练等综合服务。终于，陈亚丹穿上了假肢迈出新生的第一步。

为贯彻落实省民政厅党组关心关爱伤残军人的指示精神，更好地服务全省伤残军人，省康复辅具技术指导中心根据上门服务工作计划及伤残军人需求，每年都组织技术力量，储备充足零配件，成立巡修小组主动下乡上门，帮助伤残军人解决因身体残疾或交通不便造成康复辅具等无法及时修护的难题。2018 年"八一"前夕，巡修小组先后前往常德市、临澧县、涟源市等三个乡镇地区，六个村庄，为数十名伤残军人提供了康复辅助器具配置和维修服务，让他们实实在在地感受到党和国家的温暖与关怀，积极营造全社会关爱功臣的社会风尚。

在雪峰山下，地处大湘西偏僻山村的怀化市溆浦县，肢残人员比较集中，近年来，雪峰山生态文化旅游有限责任公司通过旅游带动本地残疾家庭脱贫，同时越来越多的外地老年人和残障人士放下顾虑勇敢地走出家门。

为解决外地老年人和残障人士出行的实际困难，省慈善总会副会长、雪峰山生态文化旅游有限责任公司董事长陈黎明组织专业团队进行了大量的调查研究，于 2018 年 7 月 1 日在怀化溆浦县设立辅具服务站，免费配备轮椅、拐杖、手杖等康复辅具 100 余件，无偿进行租赁，帮助解决老年人、残障人以及有辅助器具应急之需基层群众的实际困难，更好地实现康复辅具融入日常服务、家里家外都可畅行无阻的美好愿景。

溆浦县统溪河镇枫林村 10 组村民张仁某，跛脚走路不方便，丧失劳动能力，因患各种疾病，每月治疗开销很大，生活困难。其母亲 74 岁，患有青光眼。他的弟弟死亡后弟媳失踪，他便将智力障碍的侄子收养为子，可由于自己已丧失劳动能力，没有任何收入，全靠救济生活，生活苦不堪言。省康复辅具技术指导中心党总支在溪河镇枫林社区建立康复辅具技术服务站时得知此情况后，非常重视，详细询问他们的疾病情况，并送上轮椅、助行器、皮鞋、充电电扇、应急灯、雨鞋等。

2018 年 5 月，湖南省康复辅具技术指导中心与辰溪县残联联合举办的"福彩助残健康行"辰溪站助残活动正式启动。经过前期实地考察，辰溪县被确定为 2018 年全省实施"福彩助残健康行"活动的首批项目执行单位。在该县残联的积极配合下，现场为 29 名肢残患者进行了假肢取型工作。为方便肢残受助者，工作人员将带着取好的假肢石膏模型返回长沙，在湖南省康复辅具技术指导中心完成假肢制作后将再次返回到辰溪县，上门为受助者进行假肢装配调试以及步态训练等后续工作。

湖南省假肢矫形康复中心原名湖南省荣誉军人假肢厂，创建于1958 年，隶属于湖南省民政厅，是专为革命伤残军人和社会残疾人服务的福利事业单位。该单位现有在职职工百余名，其中专业技术人才近 60 人，国家注册执业资格假肢或矫形器制作师 9 人，技术力量雄厚，并通过了 ISO9000 质量管理体系认证，是民政部在湖南省唯一定点的集假肢矫形器等生产装配、科学研究、康复治疗为一体的专业康复中心，为湖南省残联定点省级假肢矫形器生产装配基地和省公安交警总队定点湖南省交通事故辅助器具配置机构。此外，该中心是经省司法厅批准成立的湖南唯一的省级假肢矫形司法鉴定中心，是经民政部批准成立的民政行业特有工种假肢师矫形器师培训基地。同时，该中心还是经国家劳动和社会保障部批准成立的民政特有工种职业（假肢师、矫形器师、孤残儿童护理员）技能鉴定第 039 站。

省康复辅具技术指导中心希望，在各种项目的有效执行下，所有因肢体残缺行动不便而不得不终年封闭在家里的人们，都能走出家门，与健全的人一样，共享一片蓝天。

轮椅上的风华

崔红艳是长沙开福区人，从出生以来，一直住在长沙。像崔红艳这种重度身体机能障碍者，还能通过网络自食其力，能够养活自己，甚至影响和带动其他残友，是非常让人敬佩的了。因为对崔红艳的钦佩，我在甘建文大哥的推荐下，认识并采访了她。

现在，崔红艳大姐的生活完全不能自理，全身无力，就右手稍微好了一点点，但都抬不起来，连梳头发刷牙都不行。因为她现在身体不好，讲话多了精力就承受不住，每次只能讲一点。所以，对她的采访过程可以说比较漫长，经常是过几天谈一会。就这样，她断断续续地讲，我从零碎的采访中，慢慢了解到她不屈不挠的人生故事。

"那么，就从我小时候开始聊起吧。"崔红艳对我说。她说话时一字一顿，有些颤音，讲得很缓慢，我听得出她在尽力咬准字音："我从小身体就不好，十岁左右就不能走路了，所以从读书的第一天起，都是我父母，尤其是我妈妈用自行车接送我上学，一直读到高中。我1980 年高中毕业考大学就被拒绝了，因为我生活不能自理。那个时候，残疾人是不能上大学的。"

神圣的大学之门永远关闭了，这无情的现实很长一段时间都是她的伤中之痛。崔红艳从小就有两个志愿，做播音员与节目主持人或者当医生，因为父母都是在卫生系统，与很多医生打交道，觉得他们救死扶伤是非常伟大的事业。然而，这两个志愿都因为她不争气的身体而夭折。那个时候，崔红艳心情非常低落，觉得自己努力读了那么多年书，读书成绩也很优秀，却是这么个结果。除了伤心落寞和困惑，更多的是绝望。

可怜崔红艳的妈妈，多年来一直风雨无阻地接送她上下学，希望文化知识能改变女儿的命运。崔妈妈是位集中国传统妇女所有优点于一身的女人！除了女儿不能走路以外，她最大遗憾就是自己没有文化。这要归结于过去那个封建社会，原本崔红艳的外婆是商人家的女儿，家境比较富裕，给她请了私塾老师，学了很多知识。小时候，崔红艳经常听外婆念老三篇、毛主席语录、愚公移山等文章，她记忆力非常好，都能倒背如流。但最终外婆只能一辈子相夫教子围着锅台转，造成了她念书无用的结论。

崔妈妈小时候曾无数次抗争，甚至哭着求外婆："我想读书，如果因为我读书没钱了，我可以穿着短裤出嫁，我可以每天砍一担柴！"但是外婆还是那句话："读书读书！有什么用，我读了那么多书，还不是家庭妇女！"其实，外婆阻止崔妈妈上学有两个最重要的原因，一方面是旧观念，另一个原因是家庭太困难，她是老大，还有四个弟弟。所以她只三天打鱼两头晒网地读了一两期。后来崔妈妈在机关工作后，因文化素质低而遭遇很多的困难，别人都有文化，知识面广，出口成章，让她无比自卑。正因为如此，崔妈妈发誓要让儿女学文化懂知识。

崔妈妈经常用非常质朴的话教育崔红艳："你不读书就等于是聋子，是哑巴，是瞎子！因为你认不得字，别人讲话你也听不懂，你有嘴巴也说不出道理！"

所以尽管崔红艳不能走路，崔妈妈的工作也非常忙碌，但为了更好地照顾女儿，她自己主动要求到食堂去工作，为的是一早将馒头蒸在那里，然后抽时间将崔红艳送到学校，再赶回来将馒头卖给职工。崔爸爸偶尔也会接送她，但他是单位司机，常年跟领导在单位或是出差，因此家庭的重担主要就落在了崔妈妈身上。崔红艳的文化素质和学识，与其他残友们比都要高！这都归功于妈妈给了她青少年时期的精心培养。崔红艳不管和谁谈起妈妈，都是这句话："我母亲是世界上最伟大的女人！"

结果，母女二人多年来的艰辛努力都付诸东流，大学的校门拒绝向她们敞开。崔红艳的未来梦想像被暴雨打湿的风筝一样，从高空掉到了谷底，羽翼片片破碎……

物理学家霍金说："如果你患有残疾，这也许不是你的错，但抱怨社会，或指望他人的怜悯，毫无益处。一个人要有积极的态度，要最大限度地利用现状。"当时刚好出了个全国有名的张海迪，崔红艳了解到张海迪5岁时因患脊髓血管瘤导致终身截瘫，无法上学便在家自学完成小学和中学的全部课程。后来，张海迪还自学了大学英语、日语和德语以及世界语，并攻读了大学和硕士研究生的课程，编著了《生命的追问》《轮椅上的梦》等书籍。

张海迪的事迹对当时的崔红艳来说，是非常有激励性的。她陷入了思考，不能上大学，不能工作，今后做什么呢？怎么生存呢？思来想去，她针对自己英语和文科成绩比较突出而选择了学英语。因为她父母单位有资料室，可以去当翻译。

"那个年代的英语太单调了，都是简单的政治性用语，如：I studied hard for the revolution. 我为革命努力学习"崔红艳声音柔美地念出一句英语来。我感叹她还能念得这么顺溜，不禁为她点赞。

然后崔红艳就去湖南广播电视大学参加了自学考试，到现在为止，读大学还是她心中永远无法实现的愿望。崔红艳在结婚之前经常做三个梦，一个梦就是她背着一背包的书，往天上爬、爬、爬……爬了好高时，突然一脚踩空就踢下来了，然后哭啊哭啊就醒了。第二个梦就是开汽车，开着开着就不知道刹车，一直往前开，边开边喊"让开！让开！让开！"，然后就撞到墙上，又吓醒了。还有一个梦就是她总是坐在明亮的教室里上课，这个上课的梦不仅是结婚前做，结婚以后一直也做了很多年。可能是在潜意识里，崔红艳一直还是向往接受正规大学教育的。

那几年的自学考试别提有多难了，身边的人没有几个懂英语的，老一辈都是学的俄语，想拜师都找不到人。那时候买书也很难买到，尤其是英语方面的工具书。好在崔红艳父亲以单位的名义给她订了本医学专业词典，花了60块钱，二十世纪八十年代的60块钱，想想看是什么概念！1984年左右，崔红艳很有幸地遇到了位70岁的老人，他来头不小，曾经到英国剑桥大学学习过，英语水平不错，崔红艳就请他教英语。

毕业时已接近新年，长沙人民广播电台搞了个全国征文比赛。题目是"新年我有一个心愿"，崔红艳参赛了。她对我说："我也是位文学爱好者，曾经也想当作家的，可惜没当上。"她喜欢创作、投稿，也曾在报纸杂志上发过一些豆腐块，主要是给广播电台写稿："那时候读朗诵的是著名播音员徐莉，她经常念我的文章。"

崔红艳在那个征文里面写的新年愿望就是想当老师，但同时，她又有担忧，因为她不能上门教，只能在家，这个顾虑也写在那篇文章里了。崔红艳的那篇文章播出去以后，反响蛮好的，好多人就通过电话要了她的地址，还有很多听众给电台写信，要跟崔红艳联系。

然后崔红艳收了好多中学生，教他们英语。有个学生的英语在初三从来没有及格过，眼看马上就要考高中了，学生的爸妈急得团团转，便找到崔红艳帮他补习英语。结果考试时，那位学生争气地得了80多分，他父母好高兴，为了感谢免费给孩子教学的崔红艳，他们给她送了一斤桂圆，一斤干荔枝。在二十世纪八十年代，那可是高档的食品。通过家长的口口相传，好多人都找到崔红艳那儿学英语，她累计教了差不多 200 人。这个教学过程，给她树立了很大的自信，是她迈向社会的第一步。

那个年代流行顶职、招工，但是崔红艳都不够条件。当教了很多学生以后，她给父母所在单位湖南省疾病预防控制中心的领导写了一封充满真情实感的长信，在信的后面，红艳希望能够用上她的一技之长，一来达到自食其力的目的，二来为社会做点贡献。可能是那封信感动和触动了那个领导，他到崔红艳家里来看她，见此情景表示非常支持："崔红艳，你真不容易，是位自强的好青年，身残志坚，刻苦努力，值得表扬，你放心，我一定会尽力帮你就业。"后来，领导果然将她安排到单位情报资料室做文字翻译，他还对崔红艳说："你先干着吧，以后我再想办法给你转正。"

往昔历历在目，那时大众健康杂志还报道了崔红艳的事迹，江苏某部队卫生兵看到那篇报道后被深深地感动了，就心潮澎湃地给崔红艳写了一封表达爱意的信。当时，崔红艳就像站在瑞雪纷飞的空阔大坪上，那一封封的求爱信像雪花向着她飞舞而来，让她应接不暇。而在那一百多封求爱信里，崔红艳丈夫那片最耀眼的"鹅毛信"千里打靶般准确落入了她的掌心，融入了她的心坎！然后，崔红艳在失去工作时，命运之神将一生都对她呵护有加的爱人送到她面前，他们走上婚姻的殿堂，并有了女儿，她的人生在某种程度上实现了圆满。

21 世纪初，崔红艳开始上网，利用 QQ 聊天工具，认识了很多全国各地的朋友。大约 2004 年，崔红艳在联众棋牌游戏网站里开启了自己的网商之路。一直花钱玩纸牌游戏的崔红艳，在偶然的机会下，认识了个很有正义感又懂生意经的人，在他的引导下，崔红艳靠卖卡卖 ID 赚钱。然后又入驻淘宝网，后来淘宝网竞争太激烈，崔红艳差不多放弃了。这几年，崔红艳在网上主要做微商，她做过好几个产品，目前在网上销售煜康堂苗家贴，已经做两年了。因为这个产品不错，所以她一直坚持下来了。做网商，可以说是崔红艳人生中最辉煌的一段。但最富有成就感的，是她1996开通至今的红艳热线，接听接待了5万多人次的来电来访咨询，帮他们走出心灵困惑，找到自信和快乐所在。

现在的崔红艳生活丰富而充实，是开福区肢残协会的主席，经常组织活动，并成立了长沙市残障人网络创业公益帮扶中心，带着残友一起做网商。崔红艳行动不便，只能将残友请到家里，给他们上课培训，并免费提供午餐，外地不能来的就用视频教学。

崔红艳说："做网商的引领人需要具备几点关键素质，一是自己本身要有丰富的网商经验，我做了十多年网商，沉淀和积累了些经验，可以给残友们指条路，引导他们少绕弯。二是要富有奉献精神，残疾人的文化素质偏低，年龄偏大，教他们很费时间精力，教他们常常要耽误自己很多的时间。三是需要耐心和家人的支持，我本来生活都不能自理，残友来了要吃饭，这就需要我老公做饭招待。四是有些残友因身体障碍、文化素质低和已经习惯依赖低保生活怕吃苦等原因不愿意奋发图强，这是最重要的一点，首先得和他们谈心，使他们更新观念，改变等靠要与满足于低品位生活的意识。"

■ 开启"慢天使"的暗房

生命中最让人欣慰的，莫过于一觉醒来发现太阳还在，人还活着，周围的一切依旧美好。有些事，越是在乎，痛得就越厉害，放开，看淡，慢慢就化了。

生活中总有险阻，当你坚定意志，征服坎坷之途，就能挺过逆境拨云见日。

当你用心努力坚持，就会发现周围的爱，正在凝聚一股力量，帮你启开通往世界和美好生活的门窗，让暗房变成阳光屋。

家有脑瘫孩子，意味着那家长必须 24 小时不间断地对孩子进行看护。

家有脑瘫孩子，意味着每天都要付给医院数百元的高额康复费用。

许多家庭的脑瘫患儿，由于种种原因，被迫放弃治疗、任其自生自灭。

小儿脑性瘫痪又称小儿大脑性瘫痪，俗称脑瘫，脑瘫大多发生于儿童。脑瘫儿童是一个特殊的弱势群体，合起来就有万千个辛酸故事。

湖南省卫健委 2018 年 2 月称，近年来湖南在定点医院对脑瘫儿童实行免费抢救性康复治疗，迄今已有近万名脑瘫儿童实现免费康复治疗。

脑瘫儿的康复经历是家长与瘫儿共同的艰辛难诉的历程，这种家庭在经历确诊后的绝望、迷茫后，都不可避免地要迎接生活接踵而至的一连串拷问：去哪家医院治疗，怎样康复效果最好；如何解决孩子的教育问题，如何能一边带着孩子康复一边增加家庭收入脱离贫困……

对孩子来说，患上脑瘫是悲剧，对家庭来说，脑瘫患儿的降生是不幸。但有幸的是，脑瘫家庭从未放弃、从不后悔，为孩子的点滴改变而倾其所有，为孩子的幸福明天而不懈奋斗。更重要的是，国家也出台各种政策，很多单位和社会组织纷纷针对脑瘫患儿立项。上天为脑瘫儿关闭了一扇窗，国家、社会和家庭竭力为他们打开另一扇窗。

脆骨头遇上脑瘫儿

二十世纪九十年代初，丹丹出生在湘西永顺县青坪镇樊家坡这个贫困偏僻的地方，从小患有软骨症，如今是只能靠轮椅支撑的肢体残疾人。

我只知道软骨症是以维生素 D 缺乏导致钙、磷代谢紊乱和临床以骨骼的钙化障碍为主要特征的疾病，以为补钙就好，但事实没有我想得那么简单。因为乡村医疗常识缺乏，没有经过系统治疗，也缺失弥补，在成长过程中，她的大腿小腿多次骨折。据了解，软骨症一旦骨折就无法正常复原，所以丹丹的双腿已经严重畸形。

丹丹母亲经历千辛万苦将丹丹兄妹抚养大，现在又在全力抚养丹丹脑瘫的儿子，她讲话的语气虽然比较轻松，不带愁苦与怨悔，但我能想象她在近三十年来倾注在丹丹以及其幼儿身上深厚的爱和悠长的时光。

我问及丹丹小时候的事："丹丹，当你得知自己有一身脆骨时，是什么样的心情？"

丹丹说："打从有意识开始，最经常发生的也是印象最深刻的事就是骨折。各种方式的骨折，一个小小不起眼的台阶摔一下，腿骨断了；亲戚背着我，手搂紧了一点，腿骨断了；滑滑梯的时候，哥哥让我放心往下滑，说会接住我，我开心地往下落，结果腿还是不争气地断了。那种感觉就像腿被埋进了地里，我一动不敢动，因为一动就会疼，母亲只好用搓衣板平整的背面托着我的腿，另一只手则抱着我小小的身体，就这样坐几个小时汽车去医院。每次医生叔叔都会说：'小家伙，怎么又是你呀？'由于我的骨骼异于常人，即使矫正治疗了，也还是不能复原，只要纱布木板一拆掉，它就会慢慢弯曲变形。大腿小腿，一双腿全部畸形不堪。"

小时候丹丹和健康女孩一样，喜欢唱、跳，喜欢穿着漂亮裙子旋转。她非常羡慕别的女孩能自由蹦跳、登高远跑、追赶子玩游戏，自己却只能轻走慢行，每步都惊心动魄。

她也曾穿过漂亮的裙子，那时，她感觉自己就像个小公主，那么美丽、骄傲。她转啊转啊，裙子飘起来，像一把花伞。然而，一不小心踩到了没系好的裙带，丹丹再一次摔倒在地，造成了腿骨骨折。此后，丹丹再没有机会穿裙子了。

在童年的生活中，有苦也有乐，上小学一年级时，丹丹第一次洗自己的衣服，脏衣服洗干净了，就觉得非常开心，然后跟母亲炫耀："妈妈，快看，我自己会洗衣服了！"母亲竖起大拇指说："我们丹丹真乖！"丹丹脸上便绽开了欢乐之花。

小学四年级时，丹丹第一次学做饭。那天，爸妈还没回家，哥哥正在跟邻居家的孩子玩，家里就她一个人，她突发奇想：如果我能自己一个人给家人做一餐饭，爸妈和哥哥将会是怎样的反应呢？于是，丹丹用椅子撑着自己，慢慢挪到厨房，小心翼翼地进行着这一神圣的劳动：淘米、煮饭、洗腊肠和莲藕、切菜……

笨重的铁锅高挂在墙上，对常人来说，从墙上拿下铁锅易如反掌，可对于长着一身脆骨的丹丹来说，却是危险重重的大工程。她不敢轻举妄动，只能慢慢地跪在椅子上，高举起双手，一点点上升，当她安全地将锅拿下来之后，不禁大舒一口气，心里又紧张又开心，连手上被刮开了口子都不在意。那一回，丹丹独自顺利做完了人生中的第一顿饭："哇，终于做好饭菜了！嘿嘿，我真厉害！"虽然腊肠有一点焦，藕片已经炒得没有水分了，但还是压抑不住内心的兴奋和自豪。哥哥回来看到丹丹做的饭，一脸的不可思议，就像哥伦布发现新大陆，父母也是感到非常意外，对她赞不绝口，丹丹听到一家人的夸奖，便开始欢喜雀跃。

因为丹丹清楚地知道自己身体上的缺陷，所以一直都想尽力去表现得跟常人一样。有一次人家问她："丹丹，你的学习成绩为什么那么好啊?"

丹丹幽默地回答道:"我的身体不好,总得让学习好起来呀!"当时,丹丹自己只是随口一说,然而,一旁的母亲听了,却是无比心酸动容。

"我也曾是家里的小公主!"丹丹掩饰不住脸上的骄傲和幸福对我说:"由于我身体的特殊情况,整天都待在家里不能出去玩,每次听见爸爸开着自己家拖拉机回家的动静就很兴奋,因为不管春夏秋冬,不管累了一天饥肠辘辘,父亲都会在进门的第一时间,把我抱起来,让我骑在他的脖子上,带我出去溜达一圈,回来的时候,手上不是糖就是玩具,我总是满满的得意与开心。"

丹丹父母白手起家,父亲凑钱借款买了辆拖拉机,为附近几个村的乡亲们拉货,从外面拉进盖房子的砖头、水泥、卵石、砂子、钢筋、家电等,又从村子里替乡亲们拉出牲畜、粮食、蔬菜、瓜果、手工产品等卖到镇上和县城去,日夜奔驰在路上。从乡村通往镇上和县城的公路,丹丹父亲闭着眼都能跑,从之前的机耕路,到新农村建设后硬化加宽的水泥路,记满了那台拖拉机的车轮痕迹。丹丹妈为了改善家庭条件,一个人包揽了田里地里大多数的农活和家务。

丹丹的母亲对我说:"因为丹丹的软骨病,她小的时候,我总是用背篓背着她上山下地干活,到了山坡和田地里,就将她放下来,往地上垫些塑料布,任她东滚西爬。"

不管是北风呼啸还是烈日当空,不管是暖春酷暑还是冷秋寒冬,丹丹都得从背篓到地上,从地上又回到背篓。

这个家庭,在国家好政策的支持下,依靠丹丹父母踏踏实实勤耕苦耘,才终于得以脱贫致富,并在镇上建了房子,全家从樊家坡迁移了出来。体带软骨病的丹丹是很不幸,但好在有积极上进的父母,她的童年还是快乐无忧的。

可是在丹丹十岁那年,父亲却被医院查出患了肝癌!

"父亲生病的那段时间里开始调养身体，不再忙碌，会提前在教室外等我放学，带我去吃好吃的，然后开着拖拉机带我去兜风。"丹丹幸福地沉浸在往事中："当村里有人说什么土方法可以治我的腿，父亲总会选择相信并鼓励我去尝试。"到现在丹丹都还清楚地记得，父亲去世前有段时间喜欢坐在别人的面包车驾驶座上久久不动，那会儿她只是觉得父亲有点反常，后来才知道，他一直都想把家里的拖拉机换成面的，可是却没料到生命会如此短暂，短得让人措手不及。

母亲整天四处奔波，为父亲治病借钱，远亲近邻，能借的都借了，借不到的也去试过了。

2004 年的那个晚上，丹丹正一个人在家里楼上看电视，大伯在楼下叫唤："丹丹，爸爸去了……"那声音悲切颤抖，丹丹闻声心里一惊，瞬间像个哑巴，脑子一片空白，目瞪口呆、机械地对着电视，却什么都看不进去。

过了好一阵，丹丹回过神来，默默地把电视关掉，然后摸爬进里屋躺下，泪如泉涌："爸爸，爸爸……您为什么丢下我！"但心里却又出奇的平静，她自言自语地说："不，爸爸好好的，大伯刚才是骗我、吓我的。"或者，真正的事实是父亲只是出去装货去了，或者外出旅行，可能去的地方有点远，一时半会回不来，不久父亲还是会回来的，如此而已。

但是后来，父亲果然一直没有回来。

可能在外人看来，父亲的缺点比优点多，但是在丹丹心里，父亲却是最温柔的男人。在父亲发病后的三四年里，扔了十多万在医院，却还是没有保住他年轻的生命。家里的顶梁柱倒了，本来还算过得去的家庭变得债台高筑，极度贫困。从此，家里家外，都得靠母亲一人。

少时的丹丹，从来没想过癌症是这么可怕，她一直以为，是病总会治好的，就像感冒。父亲疼到忍不住喊出声的时候，丹丹却觉得他在无病呻吟，怪他打扰了她看电视。这是丹丹现在回忆起来，最后悔的一件事，当年的自己是那么无知！

丹丹的记忆中，父亲只有一次凶过她。那次，母亲去河里洗完衣服回来天已经快黑了，没有太阳衣服不能干，于是母亲把衣服和床单晾在火坑旁边烤。丹丹闲着无事，就在旁边用小木棍儿挑着灶膛里的灰土玩儿："啾，啾，啾……"东一下西一下，一不小心把灰挑到床单上，白净的床单上迅速吸附了一片片灰土斑斑。

父亲见到清洁的床单上沾了那么多柴灰，因为心疼母亲的辛劳，对丹丹的顽劣很是生气，他一边拿竹条一边冲丹丹叫道："丹丹！你在干什么啊！你把你妈辛苦洗干净的床单又弄脏了看到吗？你怎么这么淘气！看我怎么收拾你！"就作势去打丹丹："这么不懂事的妹子，今天要好好教训你一顿！"那会儿丹丹的行走方式是在地上溜，因为熟练溜得很快，一边围绕着火坑溜圈，一边喊："不要打我，不要打我！"母亲见父亲生气，赶紧过来帮忙拦着。那会儿，丹丹觉得挺好玩，因为父亲没追上她。

丹丹想起这件事，眼眶又湿了，其实不是父亲追不上她，是父母都舍不得打她，母亲平时看似严厉点，却也是个嘴硬心软的人。

尽管生活无比艰难，母亲还是含辛茹苦，四处求借，送她和哥哥上学。母亲一直是个能吃苦耐劳的人，因为要给父女俩治病，因为遭遇家庭变故，一个原本相对来说经济条件还很好的家，一下子负债累累，跌进了贫困户的行列。

丹丹高中毕业之后，因多次摔倒致骨折，双腿已经畸形，她干不了活，也找不到工作，甚至连双脚走路都不行，在二十多岁青春年华时，为了有个男人照顾，经人介绍与年近不惑的丈夫结婚了，丹丹丈夫也是右手残疾，生在边远山村，有个长年在外、曾经离异又再婚的哥哥，他没怎么管家里的老人，婆婆身体不好，家里都是公公收拾。丹丹的丈夫长期在外打工，因为没有文化，能力差，只能打点小工赚些小钱，公婆身体不好，打工所得全都给老人家治病了，他每年能给丹丹的家用，不会超过两千。所以，丹丹只能自己想办法，在网上找点活儿。

2018年，丹丹的儿子阳阳出生了，孩子有着小巧的身体和粉嘟嘟的可爱面孔，让丹丹单调的生活充满了阳光。阳阳没有遗传丹丹的软骨病，她非常感激上苍，这是不幸中的大幸。但因丹丹身体不好，孩子体质也差强人意，出生时黄疸值还在正常范围内，出院回家后就开始持续升高。一开始，丹丹以为不打紧，后面发现孩子精神极差、食欲减半，心慌意乱的，她哭着对母亲说："妈，阳阳这是怎么了？是不是生大病了？怎么办啊？"

丹丹母亲抱过孩子用唇贴贴他的额头："不烧啊，也不是肚子痛，痛的话他会哭的，到底怎么回事，赶紧收拾一下去医院。"

送到医院，医生检查了一番，就送进保温箱观察了六天，再抱出来之后，医生说："孩子脑部有未知阴影，肌张力高，疑似红胆素过高引起的脑瘫。"丹丹一听说阳阳脑瘫，感觉整个天幕都被蒙上了厚厚的忧虑。

每个月给阳阳去做身体评估的时候，报告结果也不理想，都是发育迟缓，反应慢。发育缓慢脑瘫是一种脑部病变疾病，脑瘫的发作会给孩子的智力发育和其他身体发展带来严重阻碍，要想减轻脑瘫的危害就离不开康复训练，而且在目前脑瘫的治疗方法当中也离不开康复训练。张家界医院建议阳阳住院做正确的康复训练，但是每个月两千的费用实在是太难凑了，而不及时康复治疗，造成阳阳的人生悲剧，那母子俩这辈子就苦无天日了。

丹丹看着可爱的儿子，心急如焚，却又束手无策。正在无计可施时，国家的好政策如一夜春风绿了丹丹家枯黄的江南岸。2018年底，镇政府的扶贫干部来到丹丹家走访，收集了他们的材料，对丹丹说："你放心，你这种情况，肯定要帮扶到底的。"将他们一家三口纳入了贫困户，残联主动联系帮扶，不仅给丹丹送了新的轮椅，还带来让人惊喜的消息，他们可以申请0—7岁脑瘫患者免费住入湘雅博爱康复医院做治疗。这个消息对丹丹母子来说，真如雪中送炭："感谢政府，对我们太好了，一下子帮我解决了几个大困难。"2019年春，阳阳顺利获得了去湘雅博爱康复医院免费康复治疗的宝贵机会。丹丹开心又感激，同时又忧心忡忡："妈，都怪我这双不争气的腿，我自己都照顾不了自己，阳阳出生以来，都是您在帮忙带着，现在他要去康复医院住院，又只能劳累您。"

母亲说："谁叫我没有把你生好呢？要是你身体好，也不会受这么多的罪，这都是我的命啊！"丹丹母亲为养育和照顾她已经付出大半生了，现在又要为她的儿子辛苦劳累。

母亲带着阳阳去了长沙，只剩丹丹独自在家，对难以自理的丹丹来说，一个人生活不知要克服多少困难。但为了儿子，只能这样，好在亲戚朋友和邻居都很热心，经常帮丹丹买米买菜，在这个时时处处倡导和谐的社会，丹丹母子经常得到关照。

而哥哥的孩子也生病在省城住院，他们也迫切需要母亲去帮忙照顾，哥哥心里很不平衡，他说："妈，我知道，丹丹身体是这样，她困难，需要您照顾，可是我们呢，您的孙子也在长沙住院，也要钱啊，您不能来帮我们的忙，我们就只能自己在医院陪护孩子。我们不赚钱，孩子拿什么治病？这一大家子的生活就更加无以为继了！"

怎么办呢？在这褙节儿上，这么多年经历种种磨难独自抚养一对儿女的母亲又果断做出了决策，两个小孩一定要在省城治疗，不能再出现不健康的孩子了，一个不健康的孩子，不但会导致一个痛苦的人生，更会影响一家人的生活质量。她对儿子说："你们放心在医院陪护孩子，我去卖山卖地，也要给孩子治病！"她卖掉了家里最值钱的赖以生活的资本，还了些债，给丹丹哥哥转了一些钱，便带着阳阳毅然来到长沙，住进了湘雅博爱康复医院提供的廉租房。

尽管不用付医疗费用，可祖孙两的生活费和日用处处都是需要钱的，带着个病孩，又不可能出去赚钱，生活之艰难，只有挣扎在陌生省城的丹丹妈妈才能深切体会。

阳春四月的一天，丹丹妈得知心念公益的陈阿姨正在帮扶脑瘫儿家属，招收学员在心之翼西点店免费学习西点烘焙技术，她便报了名，抱着试试看的态度带着阳阳来到心之翼西点店培训点。

丹丹母亲第一次来到心之翼西点店，看到了一个有趣的现象，一个门面的糕点店隔了个夹层，一楼是产品陈列柜和制作操练台，是生产场地，从楼梯上去，是夹层，一边放着电脑等办公用品，另一边则作为一个"儿童乐园"，地面铺着泡沫地板，并摆放着一些儿童玩具，也有被子，专供脑瘫儿玩乐休息。之所以这样设计，是为了让学员可以安心学习，不必担心孩子的安全。大家都是上午带着自己的"慢天使"来这里学习糕点制作，一起吃中餐，还能关照到孩子，下午又一起带着孩子们去湘雅博爱康复医院做康复。

当丹丹听到母亲说遇到贵人正在免费学习糕点制作时，别提有多兴奋了。后来就经常听母亲说到心念助残公益组织的领头人陈阿姨，陈阿姨是位善良、无私奉献的人，她耐心施教和无偿帮扶脑瘫患者家属的态度让人感动。陈阿姨也加了丹丹的微信，她在微信上对丹丹说："丹丹，你要坚定信心，你唱歌唱得好，人聪明，又乐观上进，生活一定会越来越好。如果你愿意学糕点制作，也可以来学习，陈阿姨免费教你！"这又是一个让人感动的事，丹丹感激地说："谢谢陈阿姨，您真是个活菩萨，我平时在网上也只能挣到极少的一点生活费，一直都挺想去学一门技术，可惜我腿不方便，不能去学习。"好在有母亲在学，以后可以传授给她，心里终于得到安慰。

在星沙心之翼西点店，陈阿姨在给阳阳喂包子和牛奶，孩子边吃边笑着叫妈妈。他已经康复得非常好了，不断从童车内站起来，舞动着双手，跳动着，一切都很正常，看起来不会有什么后遗之症，这是让大家欣慰的。

灵性的糕点

在长沙县熙熙攘攘的星沙片区，有个不显山不露水的湘绣苑廉租房小区，因为这里有湘雅博爱康复医院和一些配套的康复机构，此地常年聚集着差不多四、五百户脑瘫家庭。这片街道离湘雅博爱康复中心不足一公里，"城西"是病友们对它的统称，包括那片小区和民宅。为了孩子的康复治疗，他们从全省甚至全国各地来到星沙，每天往返于医院、康复机构和租住的房子之间，每一个家庭都有一个全职陪伴孩子的家长。

人们见惯了行色匆匆的大人，夹着脚模矫正器、流着口水、斜坐在推车上的孩子。孩子的父母在此购买生活必需品，然后回到住处，生火做饭，给孩子做康复、洗澡，再带着孩子回到医院，面对器械和疼痛。在他们的嗅觉里，只有医院特有的药水味和生活的苦涩。

在长沙县望仙桥社区有个温馨的"脑瘫家庭之家"，就在湘雅博爱康复医院附近，管理人陈运华，大家都亲热地称她为陈阿姨。陈阿姨是心念公益的创办人和领头人。2015 年，她带着老朋友林了梅和女儿凌力慧及慈善人士于雄高、李佳芝和脑瘫医生高峰投入资金和人力，购买烘焙工具，租下了店铺，开办了心之翼西点培训点，专门为脑瘫家长提供义务培训，在节日前，也会邀请以前在此培训过的脑瘫儿家长利用碎片化的时间来制作糕点，陈阿姨和"慢天使"家长们一起想办法销售，所得便给他们补贴家用。有时候，他们也会出去搞一些关爱活动，带着自己做的糕点去慰问老兵，看望孤寡老人和留守儿童等等。在这个"迷你"蛋糕店里，已帮助了近百个脑瘫患儿的家庭走出困境。

陈阿姨的想法很简单，基于授人以渔的理念，鼓励残障人士及家庭，改善家庭营养饮食结构，了解制作糕点方方面面的食品安全知识，通过一系列的学习，从而激发残障家庭自强自立的学习热情，通过自己的双手利用碎片化时间，为家庭增加收入。西点店有一位助教，名叫林恋菊，也是唯一的一位每月仅领几百元报酬的工作人员。

林恋菊三十多岁，是广东潮汕女子，三年前来到心之翼西点店，至今一直在这里工作，是陈阿姨的得力助教。她的工资相当微薄，但她看重的是心念公益的善举善行。

我问她："你是广东人，为什么会来到长沙？"她朗朗一笑："因为湖南的男人太帅了，所以我嫁到湖南来了！"我被她的幽默感染，也跟着笑起来。

林恋菊与她丈夫是在广东认识相恋的，两人结婚后就在老家新化安居。现在，她已是两个孩子的妈妈，大儿子八岁，读小学二年级。小儿子六岁，是个脑瘫患者。

林恋菊的小儿子出生时并无异常，三个月后，全身出现低温现象，体温只有36℃，在省儿童医院治疗期间，孩子已出现颅内出血和脑积水，然后是各种开颅手术和手工抽液措施。后来辗转到湘雅医院治疗，抽液就只能自己动手了，最初，林恋菊是无法接受亲手去抽孩子脑内积液的，但没办法，她狠着心麻着胆学会了。那是个艰难的过程，林恋菊回忆起当时的情景，并未将愁苦挂在脸上，她微笑："很多事情，你本来是不可能做到的，但因为种种原因，你不得不要去做到。"从林恋菊的笑容和平淡的语言背后，我看到一位历经情感跌宕起伏而变得坚强无比的脑瘫儿母亲。

从孩子半岁开始，林恋菊便带着他全国各地就诊，康复治疗从未停止过一天。后来，又反复插、拔导液管，现在，孩子的一边脑髓是没有的，必须切除。每个月孩子康复治疗至少需要 3000 元，加上房租，大儿子上学和一家人的生活费用，一个月的开销至少在 6000 元以上，这些全靠丈夫一个人打工的收入，所以生活总是过得紧巴巴的。后来林恋菊的小儿子获得了政府的扶持，每年得以免费在湘雅博爱康复医院进行为时三个月的康复训练。因为偶然的一个机会，心之翼西点店的负责人陈阿姨在廉租房小区招募免费烘焙学员，林恋菊心动了。

如果孩子身体健康，凭着自己的能力，她肯定是理所当然地找一份工作，和丈夫一起努力为家庭创收，过着比上不足比下有余的生活。然而，小儿子这六年的生命里，一直在不停地求医治疗中度过，家里就是有金山银山，也不够这么挖啊。这些年来日子捉襟见肘，困苦难描，只有他们夫妻自己清楚。她说："我反正是带着孩子，不能投入一份正式的工作，只能抓住这个机会，利用碎片化的时间，既照顾两个小孩，又能学到手艺，还能为丈夫减轻一点家庭负担。"

2016 年 12 月 7 日，脑瘫孩子家长烘焙免费培训班正式开班。林恋菊肯定会更辛苦，但她从来就不是个惧怕辛劳的人，为了儿子，为了家庭，她愿意拼搏。她马上报名了，并顺着地址，来到陈阿姨所说的小区。

走进茶叶市场，林恋菊就闻到了一股浓浓的蛋糕香，顺着那蛋糕香气，她迈着快乐的步伐找到了陈运华阿姨的"心之翼西点"。那是茶叶市场一个不起眼的门面，不足 20 平方米的西点店，整整齐齐摆着 4 台烤箱，所有的烘焙工具归置得井井有条。一位五十多岁的女人正在揉面团，林恋菊猜到她就是陈阿姨了。

因为这些年小儿子的病情，导致林恋菊总是眉头紧锁，脸上很难露出笑容，因为焦虑和急躁，脾气也不是很好，耐心在不停地被消耗。为此，陈阿姨开导林恋菊："你何必这样愁眉苦脸的呢？孩子已经是这个状况了，你开心和愁苦都是一样的现状，你有两个儿子，他们整天跟你在一起，你苦脸急躁，孩子也跟着你没有快乐，如果你开朗乐观，你的孩子也会感染这种情绪，对他们的成长，对你们的生活面貌都是有积极作用的。"

林恋菊顿时深为感动，陈阿姨不但教她烘焙技术，还教她调整心态，更在引导她乐观的生活态度。在陈阿姨的开导下，林恋菊终于慢慢改变了自己，她开始以愉快的心情投入工作和生活。陈阿姨说："在制作糕点的过程中，面点师心情是愉悦的，做出来的糕点才美味，因为糕点也是有灵性的，它会秉承着制作师的美好心情和甜蜜的希望。"

与普通的烘焙培训十天半个月就完成了全部培训课程不同，考虑到有些家长的特殊情况，陈阿姨还把有的培训时间设定为一年，每月一到两次课。

而林恋菊每天早上6点起床洗漱完毕后，会抓紧时间做一些烘焙食品，这大约需要花上她一个多小时的时间，然后给家人做早餐，之后带着小儿子到心之翼烘焙店，和另外的脑瘫孩子家长以及陈阿姨一起，开始制作产品。到下午1点，再带着孩子去康复机构，在那里，她需要带着儿子配合康复治疗师，完成一个多小时的康复治疗。

因为林恋菊接受力强，肯学肯钻，她是学得最好的学员，陈阿姨毫无保留地将技术传授给她，后来的培训班，林恋菊就成了陈阿姨的得力助教。陈阿姨将她留在店里，请她做了唯一的工作人员，因为是公益行动待遇低，但得到陈阿姨无私奉献传授烘焙技艺的林恋菊不在乎这些，她更在乎这份美好事业。

"如果不是这几年在西点店亲身经历，我还真想不到这样一个'迷你'蛋糕店，竟然在两年时间里帮助了近60名脑瘫患儿的家庭走出困境。"林恋菊对我说，在这条街道上，她和一个个脑瘫患儿的家长在此重拾生活信心，感受到生活中的"香甜"。

"孩子经过康复训练有什么改变吗？"我问她。

林恋菊开心地说："当然有啦，前几年，孩子只能躺着，也没有智力，急死我了。现在经过湘雅博爱康复医院的康复训练，孩子已经可以自己坐稳，还能做简单交流。"说着，她带我去阁楼上看他的小儿子。孩子正在泡沫方块地板上爬着玩儿，林恋菊叫着："宝贝，来，妈妈抱一下。"将他抱起来，放在墙边的沙发了，孩子望着她，小声地叫："妈妈。"林恋菊问他一些话，他点头或摇头，尽管如此，比起以前只能躺着，不知任何事来说，康复训练的效果已经是非常明显了。

在店里，林恋菊一边教学员们学习制作面点，一边在学员们练习的时候帮她们带孩子，她像爱自己的脑瘫儿一样，耐心去哄逗孩子们。她面带微笑，耐心地给脑瘫家长们指点糕点做法，亲自示范，不断鼓励，带动着一个个心事重重的家长像自己一样转变心态。

碰上节日，林恋菊会做很多糕点，以高于成本价不多的价格出售，赚一些手工费，提高家庭生活水平。每次看到自己劳动所得和被照顾得不错的两个孩子，林恋菊就信心百倍，对生活充满了希望。她的行动是榜样，引领着丈夫和孩子积极上进，她是最好的妻子和最好的妈妈，也是最棒的公益烘焙助教。

在心之翼西点店，林恋菊将全国"最美家庭"女主人陈运华当成自己学习的楷模，与解凤玲、胡晓毅、段瑞芬、陶四芸、林了梅、高峰、章丽君等慈善人士一道，坚守心念公益组织，默默地给予脑瘫家长们帮扶奉献，让他们掌握了技术，然后能以技术支撑生活和改善生活质量。

林恋菊很自信，她相信只要和众多的脑瘫患儿家长一样坚持，脑瘫儿童康复的路就一定在前方，脑瘫儿童的明天一定会更加美好！她带着感恩的心，在儿子康训练复和公益之路上继续前行。

此外，还有国防科技大学电子科学与工程学院高级会计师胡莉，是一对 19 岁双胞胎"脑瘫"孩子的单亲母亲。19 年来，她用坚强的毅力和执着的爱，战胜了常人无法想象的困难和精神压力，含辛茹苦地精心照料着一双患有"脑瘫"的双胞胎女儿。她热心社会公益事业，创办了湖南省第一个全方位为残疾人服务的网站。

"脑瘫天才"莫天池、"脑瘫诗人"余秀华、"徐动型脑瘫"小说家黄扬等脑瘫患者与命运斗争的故事感染了许多人。脑瘫患者的成功比正常人要难百倍，但是我们依旧看到，在政府和社会的关爱帮助下，很多脑瘫患者突破苦难的藩篱，收获了丰盈的人生。

■ 斑斓彩虹花

孩子是世界的花朵。由此，我专程走访了一个群体——残疾儿童。近些年，特别是精准扶贫以来，国家对孤残儿童的扶助力度无疑是很大的。比如教育部门专门针对重度残疾儿童实行的"送教上门"，让孩子有了相对方便的学习机会。送教的内容因人而异，多是帮助残疾儿童树立生活的信心，学习实用的本领。也有一些特殊学校，专门为残疾儿童而开设。这些举措无疑为无数的家庭送去了希望。

除此以外，还有社会福利院对孤残儿童的帮扶。笔者从长沙彩虹孤残儿童服务中心李明主任处了解到，自 1993 年国际关心中国慈善协会组织短期团队到长沙帮助长沙市第一社会福利院孤残儿童以来，对长沙第一社会福利院孤残儿童的帮扶从未间断过，并于 1997年双方开始正式合作。2007 年经双方努力正式注册成为长沙彩虹孤残儿童服务中心。主要工作目标为帮助长沙市第一社会福利院孤残儿童及青年人，为其提供康复、教育、医疗、护理等全方位的服务。中心的愿景是：为每个孤残儿童带来爱、希望和机会。

在湖南这片温暖的土地上，对孤残儿童的帮扶已培育出了一园斑斓的希望之花。

琴键开出快乐花

孙午是一名从小在福利院长大的女生，大家都亲切地叫她午子、小午。这个 80 年代末出生的女孩，身材停留在十六岁左右，她的容颜停留在二十岁出头，似乎已经进入特缓慢生长期。除此之外，午子长期相伴的脚托和拐杖，是她生活中不可缺少的行动工具。

如今，已到而立年纪的她，也许是个子和长相都偏小孩，看起来还像二八年华的女子。但她已取得钢琴十级证书，并成了名钢琴老师。她的学生都说："小午老师，你好像小孩呀！"午子就愉快地回答说："像小孩很好呀！这样就可以陪你们玩了呀。"

小时候的午子腿疾还不算严重，可以跑跑跳跳，也爱穿裙子。后来慢慢地长大，两条腿相差越来越明显，至今相差八厘米，必须带脚托支撑走路。如今，她不再穿裙子了，因为脚托露出来就很不好看，所以总是打扮得像个假小子，只有演出的时候，才穿着漂亮的长纱裙上台。

从长沙第一福利院搬出来，午子自己独住租房里，除了房子不方便煮饭，离上班的学校比较近，出入比较方便，一切都还不错。午子的收入还过得去，足以支付自己的生活费和房租与日常开支。除了在学校教课，她还辅导学生学琴，空闲时偶尔做点微商，日子过得充实而自在。

午子有个干妈一直在福利院工作，现在是工会主席，从小看着她长大，给了她无微不至地关爱。午子一出生，便患有先天性双脚马蹄内翻加马弓足，被家人遗弃之后又被好心人送到长沙市第一社会福利院。因此，她从小缺失的母爱，是从干妈那里体会到的。

午子说："我还记得小时候的一些片段，从婴幼儿起，我就住在福利院了。那时候，一间很旧很大的房子里住着许多孩子，不分年龄性别，也没有什么活动。我经常一个人坐在小凳子上，呆呆地看着走来走去的阿姨、保育员和其他孩子。后来偶尔会有简单的认字活动，生活比较单一。"

不管色彩是否亮丽，但午子活下来了，有饭吃，有衣穿，有人看管、有一群人伴在左右，这总算是对生命的一种尊重和交代。

那天，叶老师从办公室出来，午子正在和阿姨开心地玩着。叶老师走过来说："午子，喊我吗？"午子扭过头大声喊道："叶老师。"和午子玩的阿姨突然逗她说："怎么叫的呀！午子，你应该叫她妈妈呀！"

午子愣住了，她不知所措，只能站在那儿默不作声。这时，叶老师接过话说："午子，不就是叫声妈吗？你叫了，我给你五十块钱，好不好啊？"

阿姨也趁热打铁："是呀！快叫，有五十块钱呀！"这时，午子心里开始打鼓："妈妈？到底是叫还是不叫？叫了，就有妈和五十块钱，不叫就没了。"

可是，"妈妈"这个称呼对午子来说，要多陌生有多陌生，因为她从小就没妈妈，也从没叫过妈妈，一下子要从她的小嘴里甜甜地嘣出个"妈妈"出来，这还真难倒了午子。五十块钱对午子来说是巨款，但是，她不知道怎么开口。

叶老师和蔼可亲，午子很喜欢她的，现在居然要成为她干妈，太激动人心了！午子在心里不停地念"妈妈，妈妈……"但是，她嘴唇紧闭，就是发不出声。午子正在犹豫不决，阿姨却在旁边不停地笑催她。就在钱与干妈得失的紧要关头，午子终究鼓起勇气用蚊子般的声音叫了声"妈"。尽管这个声音带着羞涩、胆怯，叶老师还是听到了，她高兴地拿来50块钱给午子，说："午子，以后可得天天叫我妈了哦！"就这样，她一下子成了午子的干妈。

有了这个干妈，午子心里面就装进了温暖。干妈长得很美，乌黑发亮的眼睛和小小的嘴巴，留着长长的卷发，还有着特别苗条的身材，经常喜欢穿着漂亮的连衣裙。

刚一开始，午子还真的不习惯，有点害怕她，但又时刻想见到她。那时候，干妈每天都会来午子房间吃饭，和她说话，关心她。每次饭前午子都要打电话："妈，吃饭了，你下来吃饭吗？"本来很简单的话，午子都事先练上好几遍，就这样慢慢习惯。为克服紧张的毛病，午子可没少花功夫。

而叶老师真的就像午子的亲妈一样疼爱、教育她，比她的亲妈要好上百倍千倍，她永远记得干妈给予过自己那么多年无私的爱。

想起过去，午子就感到好笑。一天放学回来，干妈正要下班，两人毫无预兆地碰上了。午子其实是想叫妈，可嘴鬼使神差、又快又响地蹦出"叶老师"三个字。

她听到便微笑着问午子："怎么叫的呀？不是应该叫妈妈么？"午子尴尬得小脸都涨红了，赶紧害羞地改口。"这样才对嘛，下次记得哦！"干妈笑着说。

从那以后，午子总会悄悄练习，拿着干妈的照片叫"妈、妈……"对于从小没有妈妈疼爱和教育的孩子来说，要顺溜地叫人为妈，真是不小的挑战呢！

午子的干妈做菜可好吃了，每次午子去她家，她都会亲自下厨给午子做饭吃，特别是牛肉、青蛙腿做得好。但是，如果午子不听话，干妈依然会严厉批评，告诉她这样做是不对的。如果午子感到委屈，哭了，她就会有点不忍心，说："妈也不是真的要批评你，妈这样是为了你好，知道吗？"还会用餐纸帮午子擦眼泪。每年午子过生日，干妈都会带她出去吃饭，给她买礼物。每逢午子生病时，她也会细心照料她。

随着她们的感情积累，干妈在午子心里占据了一定的位置，在午子的眼里，干妈是世上最美最好的女人。

"我是一九九七年搬到 ICC 绿洲中心的，那年我九岁。"午子说，这是她人生的大转折，她成为最早转入长沙"彩虹"、接受家庭式护理照顾的孩子之一。ICC 绿洲中心，是中国慈善协会（International China Concern，简称 ICC）在长沙创建的关爱基地，使命是通过为中国的孤、残儿童带来爱、希望和机会，改变他们的生命。

如果说午子被亲生父母抛弃是一种不幸，那么，她有党和政府的关怀，被社会抚养，被后来的很多爱心人士关爱，则是幸运的。午子被 ICC 的石美珍阿姨选入到绿洲中心，并且住进了红宝石房间。那种生活就像小公主进入了富丽堂皇的快乐城堡，与福利院的生活相比，有了翻天覆地的变化。

"我们每天刷牙、有玩具、水果和三菜一汤。而且从外面回来到家里，要换鞋和衣服。感觉就像在童话世界里过着公主般的生活，被无微不至地照顾，被大家宠爱。还有个最大的变化是，我可以像正常学生一样去普通的学校读书了。"午子现在回忆起小时候的情景，还是有些激动难抑。

那年的九月，阳光格外明媚。午子高兴地背起新书包，被阿姨牵着轻步如飞地进入了黄土岭小学的课堂。刚开始因为脚不方便，她不敢走出来和同学们玩，在阿姨和老师的帮助和鼓励下，她终于慢慢地走在了同学之间，她发现同学们对自己特别友爱，这样的氛围使午子放下了羞涩和自卑，变得越来越有自信。

午子非常努力，老师见她学习踏实，成绩优秀，积极活泼，还选她任劳动委员、学习委员、纪律委员、副班长、班长以及语文、英语、美术课代表等。每次期末，她都能捧着各种奖回到福利院，让其他孩子们羡慕，让福利院的工作人员为她感到高兴。

时光如流水，六年的小学时光，像门前小溪般悄无声息地东流而去。午子长大了，又整装待发跨入中学的校园。一转眼，三年就过去了。初中毕业后，午子没有读高中，而是选择了读职高，学一门技术，这个决定对午子来说是明智的，腿脚不便、没有父母和兄弟姐妹关照的她，必须有一技之长用以养身。

午子喜欢电脑，也喜欢美术。她觉得自己长大了，能够选择自己喜欢的美术专业。果不其然，一开始就是学画画，素描、速写、水彩画，这些学习正好圆了午子的美术的梦，老师也说午子对色彩的感觉特别好，这个专业可谓一举两得，一来学了自己喜欢的美术，二来也学会了电脑。

职高的第三年是实习，午子自己写好了简历，投了十来个单位。但是，第一次找工作就全军覆没，午子感到十分落寞。最后，朋友提醒午子说："要不，我们去你以前寒假做过事的地方问问要不要人？"于是，午子又打起精神，抱着一份希望来到了之前她曾打过寒假工的仙踪林餐厅。

时光流逝，物是人非，仙踪林餐厅里的大部分人都换了。不过，午子并没有胆怯，而是勇敢地递上她的简历给店长，店长看了之后说："我们这正好缺一个收银员，你什么时候可以开始上班？"午子简直不相信自己的耳朵，经过了那么多的失败，这一回顺顺利利就被录用了，心里真是喜出望外。

不过，聪明的午子没有喜形于色，表情很淡定地说："我随时都可以上班。"

"那好，你明天上午十一点来上班吧！"店长说。

午子高兴地点点头说："好的，谢谢！"走出餐厅之后，午子和朋友都高兴得手舞足蹈。

这份工作，午子扎扎实实做了差不多九个月。后来，为了锻炼午子的自主独立以及面对工作生活的困难与挑战。一位在福利院做义工的叔叔帮午子在广东佛山找了一份拣石的工作，就是挑选钻石。于是，午子暂时离开了生活二十来年的长沙，远走佛山，感受他乡的生活与工作环境。

之后，午子因为回长沙做腿脚手术，有很长一段时间的观察期，便没有去广州工作了。

"长沙的工作，的确挺难找。"午子说："有幸的是，当时正好ICC 长沙项目的晨光中心缺一名特教助理，而我又特别喜欢晨光中心的孩子们，于是我就在那里开始了工作。"

晨光中心的十一个学生中只有一个聋哑同学，他没法和别人交流，午子与另外那名老师都不懂手语，交流比较困难。但这位同学非常聪明，午子特别喜欢他，因此，午子为了他特地去其他班上听了一周手语课。后来，午子和他的交流越来越顺畅。自此，聋哑同学的学习比以前进步了不少。

在晨光中心，有位患自闭症的小女孩，有着一双像洋娃娃一样又圆又大的眼睛，扑闪扑闪的，特别可爱。但是由于她病情的原因从不与人交流，而是封闭在自己的世界里，并且还常常自残。于是，午子每天都会和她交流，抱抱她，在她耳边说话，拿手机给她听音乐，喂她吃饭。功夫不负有心人，在午子真诚细心的关爱下，她慢慢地熟悉了午子的声音，虽然她眼睛依然不会看着她，但是她会对午子的行为有所反应了。当午子叫她名字的时候，她的头便会转向声音的地方；当午子用手逗她，她会有反应而笑起来，性格变得开朗多了。

午子说："我是在福利院长大的，并且得到很多爱心人士的关爱，我清楚地知道，在这些身有疾病的孩子身上，必须花一定的耐心和爱心，并且要细心观察，用真诚的心去教导他们，关爱他们。"

2011 年，在 ICC 晨光中心担任特教老师的午子已经有 24 岁了。一个偶然的机会，她看到中心的望弟弟在学钢琴，她就陪在旁边，跟着模仿老师的动作。随着每一次听琴，午子想学弹钢琴的欲望越来越强烈了。

有一次，午子又在看老师弹钢琴，眼神中毫不掩饰地流露出羡慕与渴望，刚好被一位国外义工林老师发现了，她就找午子谈话："午子，你是不是很想学习钢琴?"午子连忙兴奋点头："是的，非常想!"

林老师对午子有顾虑："你不会是一时热度吧!"午子斩钉截铁地说："我真的想学钢琴!"林老师思考了片刻，严肃地跟午子强调道："那你学了钢琴，就一定得认真刻苦地学下去哦!"午子按捺不住兴奋的心情，爽快地连声答应着："一定的，一定的!"

就这样，林老师个人资助午子第一期学习钢琴的学费! 让她有了那个非常难得的学习机会。第二期，林老师帮午子申请到了ICC的资助，这样一来，午子自己只要付一半学费。学了一年左右，午子开始自己独立支付学费了，后来经外国义工Angela的介绍，午子认识了至今还在教她钢琴的ICC义工——丽丽老师。

"我有两个闺蜜，一个是丽丽，一个是木木。木木是丽丽老师介绍我认识的，她和丽丽一样长期在ICC做义工，也是我们学校的声乐老师，我们的年龄都差不多。"午子非常骄傲地告诉我。

午子说，自从丽丽成了她的义务老师之后，她比往常更加刻苦练习了，一天中除了上班的时间，她会抽出两到三小时的时间来练琴! 在丽丽老师三年来不分寒暑假的义务教导下，午子只用了两年时间，就顺利拿到了中国音乐家协会钢琴五级、八级证书。学习钢琴之后，她与丽丽老师成了最好的朋友。之后丽丽让午子去她的学校教钢琴，从此，午子成了钢琴老师。现在，她教的班已经有将近20来个学生了! 2018年7月底，午子利用业余时间，勤奋练习，并考过了钢琴十级。

午子告诉我，从2014年至2017年，她参加了绿之韵《心跨越梦同行》万人年会、长沙市首届橘洲青少年钢琴（电视）大赛，并在长沙音乐厅做过百姓大舞台表演嘉宾，还在那儿参加了国际钢琴公开赛并获得第三名。除此之外，午子还参加过李云迪大师公开课，亲自指导《辉煌的大圆舞曲》，在国际助残日里的"助残你我同行"活动中表演钢琴独奏，并举行了"孙午珍心回馈钢琴独奏音乐会"。这一切让午子更增添了自信，她不但靠弹琴赚钱养活自己，钢琴还成了她陶冶情操的最好途径，更重要的是，她可以教更多的人学钢琴。

"小时候，我经常生病，发高烧，医生和护士会给我打点滴，很和蔼地照顾我；阿姨也教会我做家务，洗碗、扫地；在普通学校里，我跟老师和同学相处得很融洽。这么多人的爱倾注在我的生命中，使我变得越来越有自信。"这是午子由衷的言语，一个缺乏亲人之爱却又得到更多胜似亲人之爱的女孩，在成长过程中，对爱的感受特别深刻。

由于午子身体的原因，她常会去医院检查。在她懂事以来，腿就做过多次手术，第五次的手术，大大地改善了生活品质，她终于脱离了轮椅的束缚，可以自由活动了。午子真希望那是最后一次动手术，因为每做一次手术，她都要大半年的时间来恢复，而且每次手术与康复的半年里，都需要阿姨无微不至地照料，为此，午子总是心存感恩。

"我的梦想，是举办一场个人钢琴演奏会，并帮助更多像我一样的孤残孩子，获得接受艺术教育的机会！"这句话像一只飞翔的彩蝶，在一位名叫孙午的女孩心里翩翩起舞，后来，便指引着她飞入了长沙音乐厅的舞台，成了整个音乐厅的主角！

叮叮咚咚……孙午的手指在黑白相间的琴键上优雅地跳舞，行云流水一般，时而单纯，时而丰富，时而如水滴轻落以臻化境，时而如战鼓猛擂气势磅礴，《梁祝》《放马曲》《风之丘陵》等一系列钢琴名曲，通过孙午刚柔相济的指尖，在长沙音乐厅的舞台中央，向四周悠悠流淌。穿着美丽长纱裙、身材娇小的孙午正陶醉在钢琴的演奏里，孩子们整齐地站在舞台，响亮默契地合唱。

专程从香港赶来、一直关心和帮助午子的爱心家庭、和午子一起长大的伙伴们、福利院的工作人员、护理阿姨、康复老师以及助养人、捐赠人与爱心朋友、观众等，纷纷坐于现场台下，为孙午献上热烈的掌声和由衷的赞美！

如果你在现场，一定会被这个女孩感动得热泪盈眶。你会喊出"小午，你真棒！午子，我爱你！"

也许你会说，钢琴考过十级，这算不得什么，成为一名钢琴老师，也不足为奇！然而，对于午子来说却是不易的。

如果没有福利院，午子的生命之花也许不能在这个世界绽放；如果没有社会上那么多的仁慈善良的人士，午子的音乐之声也许不能在长沙音乐厅奏响。国家的责任、社会的温暖，成全了生命，又使得生命因奋斗而精彩，孙午，有了精彩的人生，午子，有更精彩的未来。

如今的午子，已经从懵懂的小女孩变成了能自力更生的青年。

午子深有感触地说："我觉得我的将来会有无限美好。这都要感谢福利院和ICC抚养我长大，给了我那么多的学习和成长机会。我真诚地感谢每一位无私关心我、爱护我、照顾我的阿姨们。我将传承这种精神，将爱播撒到有需要的人身上。"

恩乐诗的甜蜜花

"李仕其实不是我父母给我的名字，我身份证上的生日也不是我的真实生日，我是在社会福利机构长大的一名孤儿。"李仕说："我的妈妈生了我的姐姐和我，在我一岁的时候，我的父母发现我说话口齿不清，身体的协调性也特别不好，到医院检查之后发现我是一名脑瘫，但是他们依旧在继续抚养我。"

你是什么时候到福利院的？我问他。

"1992年，我五岁时，父亲去世了，家里亲戚看我妈妈一个人无法负担两个孩子的抚养，尤其我还是一个脑瘫，就把我带到长沙丢弃了。但是我的大脑没有问题，这只有我自己的心里清楚。我在长沙流浪了半个月的样子，被民警送到了长沙市第一福利院。"

一个五岁的孩子，如果在一个不是贫穷的家庭，应该是被父母含在嘴里怕化，捧在手心怕掉的待遇，牛奶要喝热的，菜要精美绝伦的，主食过后，时令水果，美味点心，哪样不是被捧到宝贝面前。给孩子讲故事，陪孩子玩游戏，带孩子逛游乐场，这些必需的项目，样样不会缺。而李仕呢？在他完全不知事的年纪，或被诱骗或被强行带离家里，来到车辆穿梭、行人拥挤的高楼之间。他饥饿，他干渴，他看不到熟悉的人，找不到回家的路……

一个小小的流浪者，天亮了，被来来往往的车辆行人赶来赶去；天黑了，蜷缩在某个暗黑的角落。夜凉如水，饥肠辘辘。看到这个场景，大家可能会想到安徒生童话里卖火柴的小姑娘，天寒地冻的漆黑夜里，小姑娘怀里只有一把没有卖出去的火柴，这些火柴是她人生的全部希望，希望中有温暖、有美食，有妈妈的爱……而当时靠在墙上全身无力的李仕，连一根火柴都没有，他的茫然和绝望，谁又了解呢？

好在李仕命大，被民警发现了，并将他带到福利院。自此，李仕才有了安身之所。

丰衣足食的福利院生活过了两三年，李仕便到了上学的年龄，但因为他身体的原因，不能像正常孩子一样上学，但李仕希望自己也能成为幸福的小学生。福利院的领导想了很多办法，和学校反复交涉，后来，学校终于同意让他入学。

终于能上学了，对李仕来说，真的是令人欢欣鼓舞的大好事。在学校，李仕努力克服困难，控制自己因病而产生的异于正常孩子的行为，认认真真、踏踏实实度过了几年求学生涯，虽然有些同学因为他身体的特殊而轻视他欺负他，比起充分体验了不一样的学生生活、增长了很多的见识、各方面的素质都得到很大提高来说，那又算什么呢！

但是，从特殊学校毕业之后，李仕再次感觉到了现实的残酷，那就是就业难，难于上青天。李仕找了很久很久的工作，没有一家公司愿意接纳他，他们总是以各种理由委婉地拒绝，曾有一段时间，这种打击深深地伤着了他，让他的内心再一次陷入了无以言诉的失望的情绪之中。

为了锻炼生活能力，李仕卖过报纸、卖过槟榔，只是由于身体不协调，说话不清楚的原因，总是遭到阻碍。李仕的形象总是会在不经意间让别人感到突如其来的惊恐，他感觉到一种强烈的挫败感。

后来，李仕终于明白，没有一技之长，又怎能在这个世界上立足？有一次，李仕在大家的帮助下，终于争取到一个机会去特殊学校学计算机，他心里又燃起希望之光，经过学习懂得电脑技术之后，他就可以和其他人一样去上班和工作了。

但因为多次求职失败的经历，他已经没有了信心去寻找工作，没有勇气面对现实，他不知道，如果再接着碰壁，他是否会再一次地遭遇"鼻青脸肿"。

直到 2018 年 2 月，李仕和恩乐诗的负责人聊起找工作的经历时，那位负责人带着肯定和鼓励的眼神，温和地对他说："或许你可以去恩乐诗试试。"其实，很久以前李仕就听说过恩乐诗巧克力。

李仕感到特别意外："怎么可能！恩乐诗愿意接纳我？我是在做梦吗？"他难以置信地扯了扯自己的耳朵，不是做梦，是真的！之前找工作的一切不顺和失望，都在这一刻如烈日下的冰雪一样化掉了，渴望了那么久的工作，终于来到了面前，触手可及，真是太让人激动了！

他们约定 2018 年 3 月正式开始上班，恩乐诗也根据李仕身体的特殊情况，安排他负责恩乐诗巧克力产品的质量检查工作。刚刚走上工作岗位的李仕，兴奋和紧张并存，员工们都非常热情，他们教李仕认识产品，懂得合格产品的几个标准，教他分辨什么是合格的产品和不合格的产品，教他做质检的所有工作流程。

"我的手脚不协调，但可以做检查的工作，我说话不是太清楚，但相处久了，同事也都能听懂我说的话。"李仕说。

至 2018 底采访李仕时，他已经在恩乐诗工作快半年了，有很多的工作流程都已经熟悉，虽然有时还是会出一些差错，给大家的工作带来一些小麻烦，但同事还是以一种包容的态度对待他，一次一次地给他机会，一次一次地提醒监督，在恩乐诗工作，李仕感到非常快乐，他爱着这个岗位，他在努力中。此外，他还做一些工作之余的小生意，基本上可以自己养活自己了。

李仕的心态很好，性格也比较开朗，他说："对于生活，我从来不会奢求太多，只想和这世界上的普通人一样，好好活着，如果能开个小店，实现我的梦想，快快乐乐、健健康康地度过生命中的每一天，我就非常满足了。"

在福利院长大成人的孩子，像午子和李仕这样通过社会的抚育与慈善组织及爱心人士的帮助，最终达到自食其力的还有很多，如经营"沙漠之花"公益微店的秀秀和贵贵，在社区家庭"春晖之家"希望农场开展农业生产的建新等等。

以上只是我所列举的部分残疾种类，此外还有自闭症患者也是比较常见的残障类型。自闭症又叫孤独症，表现多样，但一定存在交流障碍、语言障碍和刻板行为这三个主要症状，同时在智力、感知觉和情绪等方面也有相应的特征。该症影响个体的社交能力和建立人际关系障碍，重者生活难以自理，轻者也会有不同程度的社会功能损害。

为了使自闭症患者能得到更好的康复和生活环境，不仅要有家庭成员的努力，还须专业的康复与托养机构。在湖南省内有十几家康复机构，成为我省又一项助残扶贫的爱心工程。比如2014年5月成立的长沙市岳麓区星梦家园，就是一家致力于为自闭症人士提供终生的康复、教育、托养、就业、养老等全方位服务的机构。2018年12月，星梦家园启动自闭症人士终生服务机构筹建计划。由于一般自闭症康复机构与家长不太愿意将患者的日常生活曝光，因此，笔者没有做深入采写。

我笔力有限，所谈到的残疾人现状只是实际情况的冰山一角。但从这冰山一角中，我们也欣慰地看到，在政府和社会力量的关爱下，残疾人的生存和发展处境有了很大的改观。相信随着社会的进步和发展，针对残疾人这一特殊群体的基础性保障会越来越健全。

第三章　栗栗秋之粟

　　生活之路不乏荆棘，让行进之路变得困难，病痛与苦难就像日落花衰那般自然。当残障人士遇到困难时，有人能给他们助一把力，让他们涉过沼泽之地，脱离困境，再经过自己坚持不懈的奋斗，不断累积，就可以抵达幸福的彼岸。感同身受，我能懂你，别惧低洼，别怕高处，我们携手同心，以梦为翼，振翅翱翔，飞向理想的天空。

　　"播厥百谷，实函斯活""获之挃挃，积之栗栗"。劳动是人维持自我生存和自我发展的唯一手段，因此，只有通过自己的双手去劳动，才能努力脱离贫困；只有勤奋劳作的人，才有望积累财富。

　　贫困地区的贫困户渴望摆脱困境，奔上小康之路过丰衣足食的日子。可因为种种原因，那些尚且贫困的人们，正艰难跋涉在脱贫的道路上，他们需要政府和社会力量推一把。他们，是亟须精准扶贫的对象。

　　残疾群众，多是身残志不残。以下，我仅以沅陵的助残扶贫和长沙心翼会所对精神病患者的帮扶，以及社会志愿者志愿行动为例，阐述政府和社会两方力量对残疾群众的感召。我们会看到，他们通过力所能及的劳动自食其力，实现了脱贫，也实现了自我价值。

■ 一个都不能少

怀化沅陵，这个全省土地面积最大的县，残疾人数也不少。

我去过沅陵民康精神病院两次，深入了解了袖珍少女凡凡与正在接受救助治疗的精神障碍患者张四，她们的家庭借助医院和慈善机构之力，在走出低谷的路途中努力攀登。

近年来，沅陵县出台一系列助残扶持措施，拿出专项资金奖励残疾人创业，先后帮助 283 名残疾人创业，涌现出 47 位自主创业残疾人典型，建立了 4 个残疾人创业模范基地。县残联还免费发放 200 多套轮椅、腋拐、手杖、助听器等残疾人用具，多家医疗机构为残疾人免费看病送药。

2019 年 1 月，从长沙到沅陵县城，四个小时的车程。只能乘汽车，高铁的轨迹，还未延伸到此。

春日的细雨，以不限流量的趋势福洒沅陵大地，雨中沅陵，是美得让人心疼的山水。

"脱贫路上，残疾人不掉队！"这是沅陵县在脱贫攻坚战中的明确态度。沅陵县残联理事长张远友日夜牵挂的事，也是该县残疾人的饮食起居和脱贫致富。

从县扶贫办了解到，在湖南省第五次残疾人事业工作会议上，北溶乡覃明头村岩生界组村民卢德建获得了 2017 年"全省自强模范"称号。与其他 49 名"自强模范"受到副省长谢建辉等领导的亲切接见。我打算择日对他进行深入采访。

像卢德建这样患有残疾，得到社会各界帮助支持努力创业并感恩回报社会的人，在沅陵还有一大批。沅陵县共有建档立卡贫困残疾户 8452 人，社会各界帮助部分贫困残疾人创业，先后涌现出胡春燕、姚茂英、李慧、曹治富、谢正茂、杜昌辉、曹仕清、卢德建、刘三英、张文官等一批残疾人创业正能量典型，为沅陵县贫困户树立了榜样。

沅陵残联张远友主席介绍了另外几位在自强脱贫路上表现优秀的残疾朋友的情况。

李慧是沅陵县筲箕湾镇金华山村视力一级残疾，六岁时因病导致双目失明，生活不能自理，全靠父母过活。通过残联与社会的帮扶以及本人的几年磨砺，终于经营了一家盲人按摩店，安置了更多的残疾人朋友，成了县残疾人自强感恩公益协会的副会长。他弹得一手好吉他、唱得一曲好歌、主办了多场公益活动、多次到福利院为老人免费推拿按摩、免费传授养身知识。

27岁的姚茂英因病导致肢体二级残疾，初中肄业在家搞点零星养殖。自幼性格倔强的姚茂英在外面屡次就业碰壁，决心自主创业摆脱贫困。在县委书记的亲自帮扶下，他凭借当地的好山好水，获得养蜂养鸭的成功，被评为县残疾人创业示范户，获得县残联产业发展金奖励，姚茂英相信，不久的将来，他就能走上致富的道路。

杜昌辉五十多岁，肢体三级残疾人，年幼时因意外事故失去左手造成终身残疾。他身残志坚，在会同县开了家沙发店，还收获了爱情。之后杜昌辉学会了罗马柱艺术围栏及仿古屋檐的制作及安装，有很稳定的收入。杜昌辉认为："人的幸福生活是拼搏出来的，只要敢想敢拼，纵然身有残疾，也不会比别人差，一分耕耘一分收获。"

黄坡塔的铁手

2019年在沅陵出差时，正是早春二月。8号晚上联系上卢德建，表明了采访意向，他欣然同意，说随时可以。

9号下午2点多，从民康医院返回县城，汽车站前排着好些出租车，我打听卢德建家所在的北溶乡覃明头村的行程，工作人员说上午北站有一趟车进去，下午出来。若是出租车，单程至少需要两个半小时，从北溶乡到覃明头村，至少需要半小时，从公路走山路到卢德建的果园住地也要二十来分钟。就算三点动身，到达目的地，采访之后，在返回的路上肯定是晚上九、十点的样子，在陌生的山路上，让人缺失安全感。于是，我给远文同学打电话，问他有没有熟人的车让我租。

不久，电话就回过来："慧子，你别急，稍等一会，我和一位兄弟开车陪你去采访！"我长舒了一口气，心里荡起一股温暖。

下午四点，我们从沅陵县城出发，车往北溶乡行驶。远文同学的兄弟叫云宸，也是一位诗歌爱好者，我们一路谈论诗歌、文学，和当前文学界的一些趣闻杂事。沅陵的山水是原始的、纯粹的，沈从文先生形容它们的美让人心痛。那水绿得像碧玉，那山连绵，青翠欲滴，细雨纷纷，山头笼罩着白雾，仿佛给这新娘般的山水披上白纱。我们蜿蜒在一百八十弯的绕山公路上，将沿途洒满诗意。这么美的环境，如果百姓的生活也像山水一样丰饶而美好，就是世外桃源了。

我的采访对象卢德建打来了电话："刘老师，你到哪里了？到了北溶乡政府之后，还要往前走……"他手中捏着一根引路的绳，不断地引导我们要怎样走，将我们越拉越近。

终于，在淡淡的夜色中，我看到了等在马路旁边的卢德建，他骑上摩托车，带着我们继续往前。几分钟后，他让我们泊好车，步行下公路，云宸打着手电筒，我将手中的一点小礼品交给卢德建，他开心地说："这么远来，还提东西，太辛苦你们了！"

我们跟着他走向通往果园的路，这是县扶贫办整修的马路毛坯，泥巴路，尚未通车，像这种下雨天，骑摩托车和走路都要小心路面打滑。我小心翼翼地踩在这条来之不易的山路上，尽力稳住双脚。卢德建向我们介绍这条路的由来，大步向前，他走了几年，闭着眼睛都能走。

冬月之初，又是雨天，天上的星星都被厚云遮住了。山区的夜是真正的夜，山野寂寥，四周黑沉沉的，上山坡、下山坡，几个来回之后，气喘吁吁的我终于看到了那片山头之间的灯光。

卢大嫂早就迎了出来，她一个人在这些山林之间，守着那间简易的木架塑料棚屋。换作是胆小女子，定会吓哭。卢大嫂招呼大家坐到柴火旁边烤火，便带我去看他们养的猪，一圈是猪仔，另几个猪圈里都是壮实的大猪。卢大嫂说："我们都是喂玉米和青草菜叶，从不用饲料养。这些大猪过年前都会出栏，我们还搭了两个山鸡棚。"她用手指了指左侧："两个鸡棚共装着一千只山鸡，那些喂壮了的山鸡，很多都被下了订单。"

因为天黑路滑，我没去领略鸡棚的壮观。

"今天送了两趟山鸡到马路上，洗了两桶葛粉，一天就过去了。"卢大嫂一边引我进棚屋一边对我说。

"葛粉？怎么洗？"我好奇地问。

卢德建赶紧让卢大嫂给我们三人冲葛粉糊糊吃，说我们远道而来，一路辛苦，要用他们的山珍慰劳慰劳我们。他自己拿出一袋烟丝，如今自己卷烟抽的人不多，他却喜欢。

"卢大嫂准许你抽烟吗？"我坐下来笑问。

"哈哈，怎么不准！那时候我在外面打工，她就在家里给我种了烟！"卢德建爽朗地笑。

"这个贤内助，真是贤得特别！"说着，我们几个都笑了。

他们夫唱妇随的，有什么困难，总是夫妻两个一起商量，一起扛。

我问卢大嫂："你和卢大哥在这远离城市和村落的山林中辛苦劳作，有没有怨言？"

卢大嫂笑道："说没有怨言是假的，以前也曾抱怨卢德建，为什么在外面打工好好的，却要回家开荒种黄桃，住在这简陋的棚子里。

尤其是当卢德建外出学习，我一个人在这荒无人烟的山里时，当我只能用肩挑手提一大堆物资、奔波穿梭在夜色里的山路上时，就会在心里埋怨。"

后来，卢大嫂在卢德建的带领下，慢慢实现了他们的一系列梦想：满山的黄桃长势良好，一头头壮猪在栏内嗷嗷叫，一群群山鸡在林间咯咯鸣，一个个山鸡、鸡蛋、猪肉的订单，让卢大嫂尝到了收获的喜悦，他们夫妻俩越干越有劲。

年底了，农人们都在家里置办年事，准备过丰盛年。但卢大哥却没有停歇，他每天都上山挖野生葛根。

"这山里有野生的葛根吗？"我好奇地问。

"漫山遍野都是，万千呢！"卢大嫂说。

葛根是好东西，因为野生葛根内含12%的黄酮类化合物，如葛根素、大豆黄酮苷、花生素等营养成分，还有蛋白质、氨基酸、糖和人体必需的铁、钙、铜、硒等矿物质，是老少皆宜的名贵滋补品，所以有"千年人参"之美誉，说是山珍，还真不为过。

这么好的野生宝贝，村里其他人不来挖吗？

卢德建笑着："现在的一般村民，生活基本上都过得不错，谁来挖这些东西，天又冷，山也难爬，挖葛根又那么辛苦。我是不怕累不怕苦的，一天能挖一两百斤葛根！"卢德建自豪地说，接着介绍："葛根有乌葛和黄葛两种，乌葛营养价值高，这是真正的山珍，原生态的健康野生葛粉，我从山里挖了野葛根回来，洗净后用机器打碎，再放在大桶子里用山泉水洗。山泉水比自来水好，非常好喝，无污染，很清甜。"

棚屋另一头，是葛根加工葛粉的地方，那三只巨大的红桶子是用来滤洗葛根粉的。

"葛根打碎之后有很多碎渣，必须反复漂洗，将这些渣滓捞出来，然后沉淀，通过沉淀的葛根粉上面还有一层黑色的凝汁，将这层厚厚的黑色东西刨掉，沉在底下的，就全是白净的葛根粉了。"随着卢大嫂的演示，我看到沉在大桶子里雪白的葛根粉。然后，卢大嫂将白白的葛粉捏成一个个丸子，她掀开白纱布罩着的一堆白丸子，我初一看，那些葛粉丸有点像我们邵阳的猪血丸子，只是没有加猪血，不是红色，个头捏得比猪血丸子要大。

"这么多的丸子，要多少葛根啊！"我问。

卢德建眉飞色舞地介绍："大约 280 斤做成了 33 个，约 10 斤葛根可以做成 1 个葛粉丸子，别看这么一个丸子，可以卖五六十元一个，很多人买。"

"好东西啊！"我们感叹。

卢大哥生于二十世纪六十年代初，读小学的时候，听力就出现了点状况，他从别人异样的目光里，体会到了命运的不公。读中学的时候更加严重了，总是听不太清楚，他却并不在意。当时他父亲是位工作人员，那时候有接班的政策，但卢德建把接班的机会让给了当民办老师的哥哥："哥，我喜欢劳动，可以出去打工，你有文化，你接班吧。"

打工期间，卢德建听力越来越差了，但他一直克服听力障碍带来的困扰，以致当时和卢大嫂谈恋爱时，居然都没有发现他耳朵有问题。结婚之后，有了小孩，劳动强度和生活压力的增加，导致听力愈来愈弱，只能依赖助听器，没有助听器根本听不清楚别人说话。

二十世纪八十年代初，卢德建刚结婚那会儿搞的农业经济是养泥鳅，后来因为水土不好，泥鳅死了很多，亏了本。然后又陆续种植白术等药材，但都没有收到预想的效果，卢德建受到失败的打击后并没有产生消极情绪，多年来的生活磨炼，培养出了他不服输、乐观上进的个性。

卢德建侃侃而谈："我虽然听力残疾，但心态非常好，不管遇到什么困难，不管碰到多么郁闷的事情，从不愁眉苦脸、唉声叹气，也从不怨天尤人、轻言退却。弹弹二胡、唱唱歌，心情就豁然开朗了。那些年创业总是失败，两个嗷嗷待哺的小孩，一个需要金钱支撑的家庭，迫使我拖家带口，远走宁波去打工。"

卢德建在宁波进了一家五金厂，开始他什么都不会做，但他勤恳的工作态度与谦和的为人，得到了大家的认可："我在五金厂学会了很多机械的操作，做冲钻、螺丝螺帽等活，后来又由一名普通的体力劳动者成为一个技术工人，也得到了老板的关注和提薪。"卢德建骄傲地说。因此，他才能将一对子女抚养成人，并且非常优秀。但他总认为打工是短暂的，自己创业才是长远的，现在很多五金厂都不太振气，打工不是长远之计，所以还是自己搞农业靠得住，虽然之前有过几次失败，但不是有句话叫作"失败是成功之母"吗？一个有理想的人，是不会轻易被失败打倒的！卢德建是个非常踏实的人，他坚持自己的信念："只有靠自己的双手努力劳动，才能得到富裕生活，天上掉馅饼，那只是神话。"

2015年10月，卢德建打听到政府有个黄桃种植帮扶项目，1200元/亩的补贴，包括树苗、肥料等。他不能错过这个发展农业经济东山再起的机会，立即从宁波辞工回来，承包了村里黄坡塔85亩荒山。将打工攒下的20万全部投入种植，采取组里分成5%、农户分成10%的模式，对那片荒山承包30年。自此，卢德建带着卢大嫂，开始了以山为家的日子。请了几个村里的贫困村民，修整荒山，挖坑栽树。由于山林中石头多，泥土硬，开荒相当困难。

"我当时全靠锄头挖，你们看，这墙上挂着的就是我开荒挖断了的7根锄头。"卢德建带我们走到棚边去看。那些长短不一的锄头一溜排开，整整7根。

至2016年2月，共种植了黄桃2800多棵，由于他们夫妇的精心培育，达到了100%的成活率。

我问："当时并没有拉出毛坯泥巴马路，还是弯弯曲曲的羊肠小山路，从马路到果园，还有将近一公里山路，那黄桃种、肥料是用什么拖进来的？"

讲起往事，卢大嫂便绘声绘色地描述起来："那时的路比现在要难走几倍呢！树苗都是靠双肩担到这果园的，我们就是往返在山中的荆棘山道上，有时滑倒在地，树苗也摔在地上，只能又爬起来，挑起树苗继续往前。有个时期，是给树苗施肥的时候，我们在沅陵县城买了5000斤肥料，5000斤沉甸甸的肥料啊，一大车呢！可不是树苗那么轻巧！如果再靠双肩将这些肥料担到果园，非得压断脊背不可。"

"那怎么办呢？肥料是不会自己那么听话走进果园的！"我说。

"可不是嘛，只能请人马帮忙。我联系了一个熟人的马，用马驮。那时，一人一马500元/天，还是优惠价，那堆得像座山一样的肥料，足足让那匹马驮了三天才驮完。不容易啊！"卢德建回忆起那时的情形，满怀感慨地说。

要致富，先修路，这句话是真理啊！路不修好，进进出出都是一个难字。

好在黄桃树长势很好，这让卢德建信心更足了，为了增加农业种养知识，他申请参加了2016年10月在安江的怀化职业技术学院的农业培训。老师对他们说："你们每个学员都要好好学习，掌握了知识就可以应用到农业生产上。"

卢德建学习很踏实认真，结业的时候被学校评上了优秀学员。之后卢德建又在长沙参加了2018年湖南省创业致富带头人创业技术型第六期培训班的学习，这次学习他又被评上了优秀学员。就在他去长沙参加学习前不久，卢德建父亲因病去世，失去亲人的伤感在心里挥之不去。刚巧培训班搞文娱活动，大家说："老卢，你喜欢唱歌，唱个歌吧！"

卢德建就算心里难过，也不愿意扫大家的兴，调整了一下情绪，立即亮开嗓子唱起歌来。在黄桃种植养护过程中，如果劳累，他也会唱上一曲，心情便舒畅了。遇到难题，他就咨询技术员或自己摸索解决，从来不带畏难情绪。

卢德建爱动脑筋，勤于思索，在栽种黄桃的同时，又想办法发展其他产业，他们在黄桃树中间种上良种红薯、优质玉米和各种瓜菜，用来自给自足，喂猪、养山鸡。俗话说"靠山吃山"，这么好的山林条件，委实不可辜负。他们找到沅陵县城里专门卖山鸡苗的地方，"刚从蛋壳里孵出来的苗 6 元/只，最开始我们买了 500 只苗，后来养得不错，接着又买 500 只，建了两个大鸡棚。"卢德建笑道："白天让它们漫山遍野地自由找食，晚上呼它们进鸡棚。"山里的老鹰很多，而且都胸怀癞蛤蟆想吃天鹅肉的伟大梦想，它们对这群活蹦乱跳的山鸡早就看在眼里爱在心里。卢大嫂说："我看管很严，每天守在鸡群左右，没有特殊情况不敢离开。"有次卢大嫂去山上做事离开了一会，老鹰就从空中俯冲下来偷袭山鸡，咬死一只四、五斤的母鸡，吃掉了鸡头，因为鸡大、重，一时衔不走，好在卢大嫂及时赶回，从老鹰嘴里给卢德建夺回了一顿下酒菜。卢大嫂说起这回事，卢德建咧开嘴笑了："要不，那么壮的山鸡，我哪舍得下酒！"

现在山鸡都在下蛋，买山鸡蛋的人很多，经常供不应求，山鸡蛋营养价值高，口感好。卢德建说："我在长沙培训时，每天食堂都有鸡蛋吃，那口味就远远没有我们自己养的山鸡下的蛋这么香醇了。来，我们煮几个荷包蛋，你们尝一尝！"

2019 年，卢德建将进一步扩大产业，再增建鸡棚和猪圈，计划养山鸡 5000 只，养猪 100 头。在果园开发期间，卢德建带动了本组6 户贫困户家庭，优先安排他们参与果园的用工，给他们利润分红，共同富裕。将来扩大产业之后，卢德建会解决更多困难户和残疾人的用工，使他们不需要背井离乡，就能挣到一份工资。

"很多人都在旁边看着我们，认为我们面临这么多困难，迟早会半途而废的，但我们勇往直前，绝不后退，一直坚持，永不放弃!"卢德建信心百倍地说。

卢德建的黄桃林2018年初挂果，2019年普挂果。眼看着多年努力就将成功，丰收在望，但他心里却有一颗大石头压着，这满山坡的黄桃如果大丰收，它的价格又会是怎样的呢？

"重要的是路没硬化，车开不进来，将来黄桃怎样运出去呢?"卢大嫂忧心忡忡地说。

卢德建宽慰妻子道："上面已经将路面硬化纳入工作计划，只是工作太多了，不可能这么快就完成，到2019年黄桃成熟之前，一定要争取把这条路搞好。"

卢德建说："领导总说我'老卢，你肯干!'是啊，一个劳动者，不干活怎么生活下去呢？难道天上能掉财宝？我不怕累，我有一点好，就是肯干、能干!你们看我的手，就是一双劳动的手。"说着，他伸出一双黝黑的手。

我们看过去，卢德建铁一样的黑手掌上，布满了深深的黑纹路，那是劳动的痕迹。正因为这双勤劳的双手，才让一个听力障碍者克服他人歧视和各种压力，成家立业，并带领全家努力拼搏，远离贫困，走上富裕。也因为他积极乐观的心态和不懈进取的精神，才能不安于现状，不得过且过，甘愿在这山坡艰苦的环境里，开荒种养，为自家，更为本村的残疾和贫困人员提供劳动机会，引领村民一起脱贫致富。

春燕泥香

年去年来来去忙，春寒烟暝渡潇湘。

低飞绿岸和梅雨，乱入红楼拣杏梁。

闲几砚中窥水浅，落花径里得泥香。

千言万语无人会，又逐流莺过短墙。

唐朝诗人郑谷的诗《燕》中写到忙碌的春燕，在落花径里衔泥的灵动场景，很符合本篇抖音明星春燕的写照。

怀化沅陵的春燕做网商相对来说条件不错，虽然春燕行走不是很方便，但从进入网商时就有政府结对帮扶干部一步步指导帮助，这条路，她走得相对平坦些。

"我从来没有放弃过对工作的追求，可是我从来没有上过学，没有学历、没有专业技术，找不到工作。"不管在成功分享会上还是面对想了解她的人，春燕都这样说。

我问春燕："你从未上过学能打这么多字，是怎么做到的？以前学过手艺？"

她骄傲地笑道："我是从我妹妹的教课本上自学的。一直以来，我都在试图自食其力，曾经在沅陵县城学过按摩和艾灸，也在深圳找过福利厂想做手工、去美发店应聘洗头工……可是，因手脚不灵活，手艺学不会，工作做不好，处处碰壁遭排斥。"

春燕在求职遭到无情拒绝和冷眼相待时，也曾一度心灰意冷、自卑绝望过，无奈，她只好背着行囊，放弃打工梦，默默回到老家村里。

我说："你看，所有的失败，都是为了给你的成功引路！"

似乎命运就是这样，让你碰壁、受困、遭难、经历痛苦，然后才会有一条合适走的路向着你铺开。

春燕出生于二十世纪八十年代末，是沅陵县明溪口镇一个普通农家的女儿。三个月大时，春燕因突发重病导致脑瘫，左手和右腿功能受限，落下残疾。从小到大，虽不是官商之女富裕之家，但有父母的呵护，有妹妹的照顾，有邻里的关爱，日子还算过得去。可是，尽管是残疾，也总是会长大，长大成人了，就得自理自立、自食其力。然而，对于春燕来说，这八个字脱口而出不难，可要做到，又谈何容易！

作为身体残障的女子，从知事至今二十多年来，春燕不知经历过多少坎坷和艰辛。当她必须独自承担一些繁重的家务劳动时，当她生病没钱治病时，当她历经严重妊娠反应终于生下孩子又要拖着残躯照顾女儿时，当她遭受精神与武力双重伤害时，她是多么希望自己能强大起来啊！因此，春燕暗下决心，一定要努力拼搏，挣一个有尊严的人生出来。

2017 年，快到而立之年的春燕，还立不起来，孩子已经要上幼儿园了，生活捉襟见肘，缺衣少食的困窘每时每刻都纠缠、逼迫着她，一直将她逼进了死胡同，不能动弹，只能干着急。

一天下午，镇里的杨毅群书记顺着村民的指引，来到了穷得老鼠都懒得来打洞的春燕家里。春燕不知这位干部有何贵干，怎么会走错路闯到了她的穷屋檐。

"你是春燕吧？"他问。

春燕一愣："我是春燕，你怎么知道我？你是哪个？"

他环顾她家简陋的房子，自我介绍道："我是明溪口镇政府的杨毅群，是你的精准扶贫帮扶人。你有什么想法，有什么爱好，能做点什么，都可以告诉我，我尽力帮你想办法解决问题，帮助你脱贫。"

有人帮我了！我终于有摆脱困难的希望了！在杨书记的帮助下，我一定要走出困境！春燕心里暗喜，似乎在黑暗的胡同里看到了通往出口的光芒。她赶紧请杨书记坐下，将这些年来她打工遭遇的不顺和学艺不成的情况一一和他讲了："想做一样适合自己的事确实是太难太难了。赚不到钱，生活贫困，孩子也跟着自己挨穷，人活得完全没有尊严。"

杨书记听完春燕的一席话，沉吟了一下，说："你们胡家溪村是古寨，是中国传统村落，这是传统文化和地理优势，你可以在家做电商，卖当地特产，我觉得吧，电商可能更适合你。"

"电商？我完全不懂啊。"春燕觉得太遥远，不现实，当然，杨书记可能也是一片好心，她只能笑笑了事。

杨书记说："只要你想做，就能做得了，你等着吧，有培训的机会我就让你去学！你记下我的电话，今后有什么困难，你都可以联系我。"

春燕是胡家溪村土生土养，对本地历史非常了解。2016 年 11 月，胡家溪村住房和城乡建设部等部门列入第四批中国传统村落，成了国家 3A 景区。胡家溪过去是个一脚踏五县的土家族古村寨，古时商贸繁荣，交通相对也好，有枢通沅江、酉水及周边五县的官道，有辉煌得不可复制的二十七座水碾房和可追溯两千年的人类聚集点历史。胡家溪村前有一棵披红挂彩的黄连树，这棵树被当地村里人视为"神树"和"龙树"，是一棵寿达千年的古树。春燕曾听老辈人说过，村子前如果有黄连古木，村里必出贵人，胡家溪自唐代就出过皇妃胡凤娇，明朝又出过连中三元的进士胡鳌。村子对面是颇有名气的"酒盏塘"，对面山上还有三棵古枫树，村民称枫树为"三炷香"。自春燕知事以来，就看到很多慕名而来胡家溪村的游客。

不久之后，杨书记果然给春燕打来电话说："春燕，培训机会来了，县粮商局马上要开展一次电商培训，你做好准备去参加吧。"

春燕别提有多高兴了，收拾好行李，将女儿交给母亲帮忙带着，便搭中巴到了沅陵县城，参加了那个难得的电商培训。在培训期间，春燕与很多贫困或是残疾的人在一起学习，大家渴求知识、脱贫致富的心情都是一样的。

"就是那一次的电商培训，让我有了梦想，今后的人生，因此而变得有了意义和希望！"春燕由衷地说。经过学习，她知道了做生意不一定要在街上租店铺，不一定几万元甚至几十万本金投资。

从县城培训回来之后，春燕信心百倍的心里像燃烧着一把火，想趁热打铁，立马将电商做起来。她热火朝天地买材料，准备了一袋袋农家腊肉、干竹笋，一瓶瓶土蜂蜜、剁辣椒、豆腐乳等等。可是，现实的问题来了，村里没有网络，又怎么做电商呢？而且春燕也没有电脑，家里过得紧巴巴的，哪里还有钱去买那么个高科技消耗品，看来，这个梦想离春燕遥遥无期了。

春燕有点泄气了，胡家溪村的天空是那么美，却又那么高远，自己就像一只折了翅膀的燕子，想飞又怎么飞得动？要是村里能通网络就好了，春燕想。突然，她灵机一动，杨书记不是说过有困难找他吗？

春燕赶紧联系杨毅群书记："杨书记，您好，非常感谢政府安排我去参加了电商培训，这次培训对我的影响非常大，我很想把所学的知识用在实践中，不仅自己要脱贫，还想去帮助我们周边与我一样的人一起脱贫致富，所以我要努力做好胡家溪村第一个农村电商。但是，杨书记，我们村现在还没有网络，你看我们村大概什么时候能有网络，能不能尽早把网络牵进来？"

杨书记马上回复说："好，放心吧，一定尽快连通网络。"

2017 年底，互联网果然通到了胡家溪村，春燕家终于有了网络，她可以在网上进行销售了！可是，俗话说"人强不如家伙强"，一部家人用旧的老式手机，又怎么能将网商做起来呢？后来杨书记询问："春燕，网络通了，可以开始做电商了，有什么需要帮助？"

春燕只好坦白实际困难："做电商需要电脑，需要手机，我一没有电脑，二没有新式手机。"后来杨书记就通过网上募捐筹款，让春燕去手机店里买了人生第一台新手机，她非常开心，新手机速度很快，还可以安装各种软件。

之后，在杨书记的帮助下，春燕的农村电商符合县粮商局的验收标准，得到了县粮商局的 10000 块钱补助。春燕又用这笔钱买了电脑，真空机，和一些创业早期必须有的工具材料，准备大干一场。

"春燕，你觉得创业最难的事是什么？"我问。

"如何把产品卖出去！我从来没有上过学，没有同学，没有朋友，没有任何人脉关系，如何才能让大家相信我，并且购买我的农村土特产，就成了我特别难的问题。"回忆起刚刚开始销售的那段日子，春燕深有感触。

微店开通三个月了，却没有任何一个人来购买产品，她感到非常难过。甚至一度认为是自己不行，做不好农村电商，没有人脉，没有销售方式，没有人会买土特产。那几个月，春燕特别消沉，她对自己的梦想开始产生怀疑。由于腿脚不方便，鞋子特别容易磨坏，她经常穿着一双烂鞋蹒跚地在村里走，脚趾常常露在外面。冬日的一天，天下着雨，北风呼呼，感觉大地快要结冰了。春燕又穿着那双露脚趾的鞋去县里参加一个活动，为了赶上活动，她去得特别早，到达指定地点时，活动还没开始，现场冷冷静静。春燕一个人待在外面等，越等越冷，于是，无聊中就发了一张自拍的照片到朋友圈，并写道："今天的沅陵特别冷。"

没想到朋友圈却被杨书记看见了，还看到了春燕脚上的破鞋。他问："春燕，你穿多大码的鞋子？"春燕不知杨书记有何事，回复："38 码。"

没过多久，杨书记真的托胡家溪的村干部给春燕带过来一双新鞋子。鞋子的外包装和质量都特别好，是黑色有毛绒的磨砂皮内增高的真皮鞋，显得非常高档，春燕很激动，她这三十年来，还从未穿过如此高级的鞋。可当这双鞋摆在她面前的时候，她真的有点不敢相信，春燕从来没有想过，她这么个残疾的腿脚，有一天居然也能穿上这么贵这么好的鞋子。对春燕来说，这双鞋子不仅因为是杨书记买的，而且很昂贵，更是激励她走上创业路的第一步。

虽然穿上了新鞋是开心的，但同时春燕也感到深深的忧郁和愧疚，因为经过县里电商培训这么久了，微店里都没有卖出去一样农产品。不能这样了，必须销脱产品，于是春燕想各种各样的办法去推销。

"我开始利用微博去发产品，天天在微博上发广告，一天都要发100多条，渐渐地，有人来买我的东西了，有人来相信我了，并且看见我的经历来支持我了。那段时间，我终于有销售额了，我特别开心。我明白这是广告的效应，于是就坚持天天发广告。可是有一天我的微博被别人投诉了，说我发的广告太多，而且还封了我的微博账号，从那以后，我一下子又不能卖产品了。"春燕一阵兴奋，一阵忧愁地诉说。

但是她没有气馁，始终相信自己是有机会有办法改变现状的。然后，春燕接触了抖音，拍了很多视频，慢慢地聚集了很多粉丝。有一次，在沅陵县残疾人的活动中，春燕认识了又一个重要的贵人，那就是教她做辣椒豆豉的师傅。当他知道春燕在做电商，便问她："你现在卖什么产品？"春燕说："有蜂蜜、腊肉、剁辣椒等。"

"销量好不好？"师傅问。

春燕回答说："不好，因为价格贵，产品单一。"

"没想到师傅居然说免费教我做辣椒豆豉，我别提多开心了！因为我非常想学东西，只是没有机会。师傅刚刚认识我，就愿意给我机会，世上还是好人多！"春燕由衷地对我说。后来她就去师傅的店里很用心地学，回到胡家溪之后，就动手做出了第一批辣椒豆豉。春燕将制作豆豉的视频发在抖音里，粉丝们都非常喜欢吃辣椒，于是那批货很快就卖完了。因为做的产品不多，供不应求，当时还帮师傅卖了好些。

为了获得更多的知识、提升销售能力和电商管理能力，沅陵县残联也经常免费为残疾朋友们举办创业培训和电商培训。每一次学习机会，对春燕来说，都是难能可贵的，都是她事业成功的基石。说起县残联对残障人士的扶持，春燕也是感动满怀："在我最需要资金的时候，县残联给了我1万元创业金，解了燃眉之急，让我顺利开启电商从业之门。"

后来因为电商越做越大，顾客越来越多，需求品种也多起来。春燕根据顾客的需求，研究了新产品，有剁辣椒，辣子鸡，油炸辣椒，还有她父母做的霉豆腐，都卖得非常好，经常遇到断货现象。有的商家得知春燕成了网红，产品热销，纷纷找她帮他们做代理。为了使春燕相信他们产品的质量和卫生，老板还专门接春燕去他们的基地实地考察，参观他们产品的制作、打包、发货流程和卫生标准，通过亲眼见证，春燕感觉非常好，这家的食品是完全可以放心的。而且老板是一个特别诚信又接地气的人，春燕又提出一些要求，后来就一直代销他们的产品。现在已有产品土蜂蜜、辣椒豆豉、剁辣椒、霉豆腐、辣子鸡、油炸辣椒、腊豆腐、酸辣椒、王辣子、腊肉、山竹笋、蒜蓉豆豉、萝卜皮等等。

乡里离县城远，快递费用太贵，为了节省快递费，春燕每个星期都要去沅陵县城发快递，每次去都要坐差不多一个小时的车。

采访到这里，我为她的拼搏精神所感动，佩服她能克服重重困难，坚持到成功："你的腿不方便，要背着那么多东西走路坐车，很辛苦吧？"

春燕说："辛苦当然是有的，但是因为有粉丝和顾客的支持，有这么好的销量，我是累并快乐着。而且，世上有很多好心人，我经常坐车去县城，司机都是个体户，他们见我腿不方便还提那么重的东西，就会帮我，有时候，他们就会免费把我带到沅陵。如果我是坐公交车去发货，那就要在沅陵转一次公交车，这期间我要提着一包货物徒步走上一段大约20多分钟的路，我经常遇见好心人，他们会主动过来帮我提。有一次，居然还有位70多岁的老奶奶，也帮我提过货物。我非常感激那些认识和不认识的人，他们不求回报，心甘情愿地帮助我，因为有这么多人的帮扶，我才能取得今天的成功，才能摆脱贫困，过上好的生活，这个世界，让我感到无限温暖。"

■ 心之翼结出梦之果

这是春节过后连续阴雨天气中难得的一个好日子，太阳似乎获得大赦，从厚厚云雾的层层封闭中被释放出来，光芒洒满大地，长沙一片久违的灿烂，温暖的感觉迅速覆盖人们全身。我带着饱满的精神，一早从河西梅溪湖到河东的香樟路去，赴一个年前之约。

巴士在猴子石大桥上缓缓行驶，透过左边的玻璃窗，看到滔滔湘江水中橘子洲头的青年毛泽东雕像长发飞扬、意气风发，像位巨人驾驶着一艘航母，迎风破浪，开往未来。看到此景，就让人想到那首著名的诗：独立寒秋，湘江北去，橘子洲头。看万山红遍，层林尽染；漫江碧透，百舸争流。鹰击长空，鱼翔浅底，万类霜天……

就像眼前五彩缤纷的色彩一样，我所工作的四叶草公益基金会只是扶助精神病患者的其中一个社会组织，在湖南，还有很多或来自政府、或来自民间的组织，对精神病人伸出了援助之手。精神病患者这个特殊的群体，越来越多地受到社会的关注和关爱。

随着社会、经济等的快速转型发展，竞争不断加剧，我国常见精神心理疾病患病率明显增加。

湖南民政践行"民政为民、民政爱民"的工作理念，积极回应人民群众美好生活需求，大力保障特困精神障碍患者基本生活，完善社区治疗康复体系，规范流浪精神障碍患者救助管理，通过改革创新、先行先试，已经探索出药物救助、会所康复、院所联盟的"湖南模式"。

2007年，长沙市精神病医院创办了我国第一家社会公益性精神康复所——长沙心翼会所，为精神病患者提供免费的职业训练、心理疏导、行为矫正、教育支持和社会就业等后期康复训练。2018年10月10日，省民政厅为长沙市精神病医院授牌"湖南省精神障碍社区康复孵化基地"，到2018年底已在长沙市成功孵化了8家专业社区精神康复机构，注册会员约1500名，构建了"医院—会所—社区"三位一体网络，形成了独树一帜的社区精神康复体系。

长沙市政府副秘书长戴建文介绍，"湖南省精神障碍社区康复孵化基地"的成立，将为帮助我省精神障碍人士重拾信心、回归家庭、融入社会、开启美好人生作出更大的努力。

让我看到你的微笑

穿过车流与人流，在香樟路站下车，跟着电子导航走几百米，便看到长沙市精神病医院的高楼。我要去见的人早已等在这栋楼上，她就是罗月红，长沙心翼会所的主管，从事精神障碍康复会所运营与管理11年。

虽然是周日，会所休息，但罗月红主任特地从家里过来，早早地等着从河西赶赴采访的我。她带着我穿过接待前台、会员课程和工作安排区、交流区、阅读区、娱乐区，然后来到会议室，与我一起坐下，畅谈心翼会所的历程和自己十多年来的会所管理体验。从她的言谈中，我深刻感受到她对这份工作的激情和热爱，对会员的信任与尊重。罗月红是一位用一颗真诚炽热的心无私地帮助处在困境中的会员重新振作起来、把希望和快乐带给最需要帮助的会员的普通共产党员。她致力于以会所模式为精神障碍患者提供职业训练、心理疏导、教育支持和社交就业服务，她冲破世俗对精神障碍患者的偏见和歧视，与这个特殊人群平等并肩工作，引领他们走出精神的禁锢，走出心灵的低谷。

在长沙心翼会所这个精神障碍患者的心灵家园里，我们看到了一张张朝气蓬勃的脸庞，看到与常人无异的灿烂笑容。这笑容里包含着一个共产党人对精神障碍患者的无私奉献，对康复事业的不懈追求；这笑容诠释着一个共产党人为人民服务的最朴实情怀和坚定信念。

2007 年，长沙市精神病医院时任院长唐江萍带领该院专家团队，得益于香港嘉道理基金会的资助和湘雅附二医院精神卫生研究所的技术指导，按照国际精神康复模式，成功创办了我国大陆第一家社会公益性精神康复会所——长沙心翼会所。

会所的创办，为精神疾病患者提供免费服务，犹如给他们的心插上了翅膀。

会所模式，当时对大家来说是闻所未闻的新事物，这种模式是让被认为有危险和被监管的精神障碍人士，在会所里以会员的身份获得自由活动的权利，甚至还能自己决定生活方式和选择职业。有人明确反对，认为纯粹多此一举——精神障碍人士就应该被关起来，受到严格监控。虽然阻力巨大，但院长力排众议，决定勇开先河，要把会所搞好。那一次，医院的管理层聚集在一起观看会所模式的宣传片，受到启发，决定挑选一个人任会所主管。

当时，罗月红任护士长，正处于事业上升期，因为她有精神科的临床护理和管理经验，再加上她面试的优异表现，在十多个报名者中脱颖而出，担当了会所主管。正式负责会所工作时，便给会所起名为心翼，就是想让会员们展开心灵的翅膀，走向人生的精彩。最初，心翼会所总是"摸着石头过河"，从寻找场地、发展会员和制定会员职责等点滴做起，慢慢建立起会所活动与教育秩序，一步步完善工作流程体系。

2007 年 7 月 2 日，会所开始试运行，共有 3 名职员与 9 名会员到场。9 月 7 日正式开业，到同年年底，会所总注册会员数为 50 人，每天到场人数维持在 10 人左右。当时整个会所只有两个部门。一个部门负责制作午餐，打理内部事务，一个部门负责行政管理和对外联络。会员在会所里参与搞卫生、下厨房等劳动，与一般单位上班不同，上班或家庭劳动重结果，会所注重过程。以职员带动会员一起来工作，大胆探索和创新，把颠覆传统医院模式的会所模式坚持下来，帮助会员掌握技能，达到回归家庭和社会的目的。

很多时候，会员们对推动会所发展起到了关键作用，比如去税务局缴税、为来参观考察的领导介绍会所情况和解说答疑等，会员们的出色表现，增加了相关部门对会所的信心与支持。

会员只要病情稳定，坚持服药，他们就是正常人，罗月红对我说："你相信吗？我曾经和会员一起去国外，我还让他管理生活。"

那是 2007 年，罗月红与会员代表小马（化名）及另外的同行人员一起前往澳洲布里斯班的 Stepping Stone 会所接受培训。到达布里斯班之后，大家一起住在三室两厅的大房子里，因为会员小马英文好，其他方面也都很优秀，罗月红便请他担任临时主管，负责安全与生活等，大家对他表现出了百分百的信任和需要。在这种信任的支持鼓舞下，会员小马在培训期间非常出色地担起了翻译员及生活委员的重任，给同行的人留下了非常好的印象。

罗月红深知担任会所主管的责任和担子，相比之下，她管家很少。当这一头的会员和另一头的幼儿都需要她的照顾时，她在两难中最终选择的总是前者。

有一次，会所里有个会员阿龙（化名）状态不好，到了下班时间他仍在会所周围徘徊，会员们邀请他一起回去他不听，坐下来和他谈话他也不理。天色已晚，看到阿龙紧张而颓废的样子，罗主管心里明白了，阿龙因为母亲过世不久，害怕一个人回到家里独自面对。她想，她必须得帮阿龙渡过这个难关。

她关切地拍拍阿龙的肩膀，坚定地说："别怕，我送你回家！"一路上，她不断地开导和安慰他，用温暖的关怀化解了阿龙的恐慌和担忧。

年幼的孩子打电话来说："妈妈，我饿了。"罗月红心里非常焦急，但又不可以丢下阿龙不管，她心里在做激烈的斗争，但工作的责任感战胜了她作为母亲的责任感，只能让儿子自己先找点东西吃。然后她一直帮着阿龙做饭，照顾阿龙吃完饭，服了药，直到阿龙的姐姐赶过来之后，她才放心地离开。

开门的一刹那，一直没有开口说话的阿龙站了起来，说："罗姐，谢谢你！我会听你的话，好好调整自己的。"

罗月红回头给了会员一个鼓励的微笑，说："希望明天能够在会所看到你的微笑。"

等她回到家里，儿子已经趴在桌子上睡着了。她常常这样舍弃了儿子的期盼，然而会员们却因为有了她，多了一份宁静和收获，会员的家庭因为有了她，多了一份亲情和融洽，我们的社会因为有了罗主任这样的人，而多了一份和谐和美好。

心翼会所与其他康复机构最大的不同就是：不强迫。不仅不强求会员每天到场，而且会员是否吃药，是否看医生都由他们自己决定，全程贯穿自愿、自主、自治的原则，几乎所有事情都协商决定，共同遵守，只是表明会员须为自己的行为承担选择的风险。

会所里的每个会员都是平等的，会员拥有充分表达自己意见的空间，同时每个人的自由表达都能得到充分的关注和尊重。每月第三个周三的下午是当月的生日会，月会、周会及形形色色的讨论会，所有会议都由各部门轮岗主持，大家共同来运营这个机构，自愿参与。正是基于这种平等的关系，平等的权利，共同承担责任，使会所的自愿、自主、自助成为可能。这里，没有人们想象中的铁门封锁，没有围墙阻挡，有的是干净舒适的环境，开放接纳的理念。

3000多个日子里，心翼会所为会员营造了一个温馨家园，而她，就是那个为会员解开心灵枷锁、敞开心扉的守护者。会员最初都很难走出家庭，安心会所。为了帮助困苦失意的精神障碍患者走出来，罗月红不知付出了多少耐心和精力。她像对待自己的亲人和朋友那样，时刻设身处地为会员考虑，尽力去理解他们。

小李还不满18岁，就不幸患上了精神疾病，出院后整日蜷缩在家里，不与任何人交流，焦急的母亲带他来到了心翼。母亲的担忧全然写在脸上，不断催促小李和人打招呼，然而越是期待，越让小李显得更加茫然无助、一言不发。

凭着多年的专业经验，罗月红主任连忙满脸笑容地打破这尴尬，一边安抚小李妈妈："阿姨，你不要着急、放松心态。"一边对小李说："来，放松一点，不用紧张、不要害怕，我带你去参观一下会所吧。"

小李跟着罗月红走，听着她介绍，他心里慢慢松懈，但整个过程仍然没有说一句话。罗月红始终满怀热情，不时给予小李鼓励的眼神和真诚的赞赏，参观完之后，小李已经完全没有紧张感了，罗月红看到他眼里闪着一丝光，便适时相约小李明天来会所。小李第二天再来会所时，罗月红坐下来耐心和小李交流，当她了解到小李对做饭菜感兴趣时，便介绍生活部职员给小李认识，并给他机会自己动手学习做菜。

小李觉得自己没有优点，总是自卑。罗月红便组织大家搞个小活动："我们做个小游戏，每个会员都说一说你们心目中的小李好不好？"大家很快响应了，一个个轮流发言，说出小李很多的优点，这让小李的自信心一下子增强了很多。有一天中午，大家在夸小李做的菜很好吃时，细心的罗月红看到了小李脸上露出的微笑，眼神里还闪烁着一份自信。

渐渐地，小李主动和人打招呼，有了要好的朋友，还邀请朋友去他家里玩，能够独立做好饭菜等妈妈下班，尝试着做一些有薪酬的工作，最近又在为将来开一家宠物商店的理想而努力。真诚和关爱融化了小李的心结，会所又多了一张充满阳光和朝气的笑脸。

　　罗月红的爱心是一片照射在冬日的阳光，使贫病交迫的人感到人间的温暖，她的爱心是一瓢纷洒在春天的小雨，使落寞孤寂的人享受心灵的滋润。

　　心翼会所以"复原社群意识"为康复理念，以"工作日"为主要康复形式，如社会上一般公司的运作，为其创造平等、安全、有机会的康复环境。

　　会员自由选择自己喜欢的工作，与职员共同管理会所日常工作，会所所有的工作都是为满足会员的需求而设置的，如午餐制作，是因为我们需要吃午餐，这个午餐制作过程中所有的工作就变得有意义。在一个现实的真实的环境里生活、学习、工作，而会员在参与完成这样那样的工作中获得认可，实现自我价值，从而发展技能，获得生存能力。

　　在"自愿、自主、自助"的环境下，人的潜能是无限的，会拥有无限的创造力，而创造力是无价的，这也就是为什么全球那么多家会所，没有一个与另一个是一模一样的，即便统一的运作模式是"会所模式"，但依然如百花开放一样的精彩纷呈。

　　心翼会所从"身、心、社、灵"四个方面去关注会员的人生发展，透过会所的"过渡、小组、辅助以及独立就业"四项就业计划，实现工作的梦想；透过会所的社交与教育，获得友谊与信心；透过日常生活与社区支援，可以生活独立，扩大社会支持网络。

　　每一位会员都可以选择自己的负责职员，形成一对一的关系。在一个正常秩序的框架下，会员与其负责职员一起讨论，并参与决策，使目标执行更富有主动性和责任感，因为这是他自己想要做的事，而不是别人让他这样去做的。

　　譬如，会员希望去就业，职员就和会员共同讨论职业目标，当前状况，适合什么样的岗位，期待的薪酬待遇，需要提升哪方面的能力，怎样达到该类岗位的要求，以及交通、睡眠时间的调整、如何减轻药物带来的影响，等等，根据会员的情况，为会员提供个性化的支持和协助。在不同阶段设立合适的目标，并不断朝着目标努力。

全球通用的 37 条服务准则，由职员和会员共同讨论形成，每两年征求意见进行修改和完善，以确保会所可以顺利运行。准则既是职员的道德标准，也是会员的人权法，每周一次的准则讨论会，让会所全体成员都明白如何运作会所，会员同样为确保会所顺利运作共同承担责任。

安全的氛围营造和正当的权益维护固然重要，但要让会员们回归社会，这些仍不够。更重要的是培养他们特定的工作能力，从而实现真正的社会融合。目前在心翼会所，会员通常分为无就业、过渡性就业、辅助就业与独立就业几类。至于辅助性就业，会所会提供部分支持，包括提供就业信息，协助准备个人简历，指导面试技巧，等等。这适用于能力稍弱但有一定自主性的会员。过渡性就业是会所对能力较弱、工作技能较匮乏的多数会员提供的就业支持。精障者就业的难点一般来自两方面：一方面是精神障碍人士常常将自身封闭起来，导致自主性和个人动力的丧失；另一方面则来自社会的偏见，雇主常常不问缘由便弃用精神障碍人士。

这就需要政府的大力配合，长沙市民政局也的确给了会所很多方便。曾有会员给民政局局长写信，请他帮忙寻找就业岗位。这给会所打开了口子。至今，会所已经与长沙市内包括医院、驾校、商业公司在内的多家机构达成了合作，过渡性就业岗位包括保洁员、仓管员、园艺工、服务员等较为初级的工作。职员会先搜集有关信息，之后进行招募。会员到岗以后一般会工作 6—9 个月，之后再轮换。

2009 年，心翼会所成为全国第一家通过国际认证的会所。三年后，长沙市民政局将心翼会所当作范本，要求长沙市每个区都组建一个会所。由心翼会所传播经验，孵化出类似的社区康复机构，构建"医院—会所—社区"三位一体网络，形成了独树一帜的社区精神康复服务体系，在市内各区成立了8家社区精神康复机构，它们是：开福区怡馨家园、天心区百康心翼会所、雨花区怡馨家园精神康复会所、芙蓉家欣心翼精神康复会所、岳麓区心悦会所、开福区怡嘉阳光家园、长沙阳光心翼家园、雨花区怡馨家园井湾子服务中心。截至2018年，又有长沙市感恩之旅精神健康倡导中心、湘阴康怡家园、邵阳市宝庆精神病医院心愉会所、益阳怡宁家园与娄底市康复医院阳光心灵会所等经过孵化相继成立与运营。

长沙心翼会所发展至2019年春，已有700多名注册会员，其中80%以上都患有重度精神障碍。每天有40—50名会员到场进行日常活动，在罗月红主任的心中，这些会员都是她的伙伴、朋友和亲人，她十年如一日地精心为会员服务，完善会所所有的设置。目前会所设有生活部、教育部、就业部、文宣部等部门，分别负责会员们的日常活动与饮食安排。每个部门由职员牵头，感兴趣的会员同职员一起协商任务分工并执行，共同推动和维护会所的整体运转。民政局针对精神障碍人士就业问题下达文件，会所可以从民政下属单位中寻找合作对象。现正在独立就业的会员有200多人，他们一部分是加入会所时就有自己的独立工作，选择加入会所更多是为了找到一个集体，获得情感上和自我认同上的支持。另一部分是通过会所的推荐，找到就业岗位，实现了自我价值，获得自食其力的能力，真正地走上了社会，融入了社会。

一位在心翼获得康复的会员小菊讲述了她的故事。2007年的夏天，一名精神分裂症康复者，第一次走进长沙心翼会所。当时会所还没正式运行，她也不了解什么是精神康复，更不知道精神疾病患者应该怎样去康复，但那天走进会所的感受却记忆犹新。当时墙壁上介绍会所理念的一段话中有这样一句："纵使会员在严重疾病当中苦苦挣扎，仍然可以迸发出有益社会的潜能!"那一刻，小菊的内心瞬间产生了一种巨大的震撼。"毫不夸张地说，会所让我看到了希望，也赋予了我无穷的信心，我人生的轨迹亦从此改变!"小菊感慨地说。

人人平等! 不管是健康人，还是患有精神疾病的康复者，都是平等的，疾病的存在并不会造成我们之间任何的差异从而形成上下或者高低之分。罗月红说:"因为平等，所以我们要学会尊重，不管会员处于什么状态，我们都必须百分之百地尊重他们。当会员得到尊重和理解时，隐藏在内心的潜能便会被激发出来。我想，平等和尊重正是会所模式最核心的理念，也正是因为这一理念，才建立了会所模式中的自愿原则，会员在会所进行的任何活动都是基于自愿原则来展开的。"

当会所职员遵循这些理念和原则去和会员们一起并肩工作时，会员和职员之间的伙伴关系也就逐步建立了起来，良好的伙伴关系会让会员拥有一种强烈的爱与归属感，从而在工作中不断创造价值、获取自尊、重拾信心，最终重归社会。

许多已经就业的会员仍然会回到会所，与罗月红主任分享工作的苦与乐，告诉她用自己赚的钱为父母买了新衣服。罗主任都认真地倾听，真诚地祝贺，同样为会员的成功感到自豪。为了让企业愿意接纳精神障碍人士就业，帮助会员实现工作的梦想，罗主任不放过任何一个机会去争取。她逐个了解会员的工作意愿，带着会员去参加各种招聘会，一次一次向人们展示会员的才华，想方设法说服用人单位提供就业岗位，帮助会员维持良好的工作状态。在这个精神障碍人士不被理解，许多人唯恐避之不及的年代里，她一次次受到打击，又一次次迎难而上，全心全意帮助会员走出心灵的阴影，走向人生的精彩。

对于会所模式，会员的家属最有发言权。有位阿姨在分享会上说："我女儿小乐（化名）已生病二十一年了，经过长期的服药治疗，几经波折，现在加入了康复会所，成了怡馨家园的一名会员。经过很长一段时间的适应过程，现在，呈现在大家面前的开朗、活泼、充满阳光的小乐，她能独立处理自己小家的一切问题，并且能体贴人、关心人、照顾人，这是我亲身体会到的。"说着，她用纸巾擦了擦湿润的眼睛，她的话语带着颤音："来到家园后，小乐发生了翻天覆地的变化，精神面貌改变了，自理能力和自我意识得到了提升，更好地融入了家园，融入了社会。家园的存在是功不可没的，希望家园明天会更好，越办越好。同时也希望这种会所模式和康复理念要向社会推广，让社会上的人不再歧视精神病患，理解和接纳他们。"

在技能训练方面，心翼会所孵化的娄底市康复医院阳光心灵会所相对比较突出，该所设有发展部、外联部、行政部、生活部、培训部等五个职能部门，下辖手工制作、洗车行、园艺花圃、阳光超市、康复农场等五个培训基地，为该市精神障碍人士提供了很好的康复服务。心翼会所孵化的邵阳市宝庆精神病医院也成立了社区康复工作部门——心愉会所，并在邵阳市城区开设了双清区小江湖康复站、大祥区遥临巷康复站、大祥区白洲社区康复站、北塔区状元社区康复站等四个站点，每个工作站配备职员 5 人，实现全市城区全覆盖。康复内容包括购物技能、办公技能、人际交往技能训练等。

十多年坚持不懈地探索、创新和务实，心翼会所得到了社会各界的广泛认可：2011 年《湖南省长沙市心翼精神康复会所加强精神疾病的康复工作》一文已编入国务院办公厅编写的《全国社会管理创新案例选编》；2012 年获全国首届优秀专业社会工作项目二等奖；2014 年获第三届中国公益慈善项目（创意类）铜奖，希尔顿人道主义奖；2015 年授牌为全国青少年心理社会工作"青春心声"服务站；2016 年获中华医学会精神医学分会"2016 年度精神分裂症回归社会杰出贡献奖",曾多次获得长沙市"工人先锋号""巾帼文明岗"称号。

十一年来,心翼会所为1000多名精神病康复者提供全方位免费康复,帮助会员独立或过渡就业达到600多人,开展各类健康教育培训300次,有15000多人参与。

2018年10月11日,省民政厅在长沙市精神病医院举行精神障碍社区康复服务孵化基地授牌仪式,"湖南省精神障碍社区康复服务孵化基地"成功挂牌。当天,时任民政部福慈司副司长徐建中、湖南省民政厅厅长唐白玉、长沙市人民政府副秘书长戴建文、长沙市民政局局长陈昌佳等领导出席,各地州市民政局相关负责人和福利院院长等近100人参加了此次活动。这是全国首个精神障碍社区康复服务孵化基地,意味着以"医院—会所—社区"三位一体网络为主要特征的社区精神康复服务"长沙模式"将在全省推广。

孵化基地的成立是为了通过建立技术指导体系,推进精神康复标准化进程和形成科学管理工作办法,是湖南省社区精神康复工作的下一步发展方向。省民政厅党组书记、厅长唐白玉在授牌仪式上用"重拾、回归、重构"三个关键词来阐述,"重拾信心、重拾健康,回归社会,重构幸福。"唐白玉说,做好精神障碍社区康复工作是民政部门一项重要职责,湖南将孵化更多的社区康复机构,培育更多的服务组织,培养更加专业的康复人才,促进全省精神障碍社区康复工作向专业化、规范化、品牌化方向发展。

罗月红在给会员们的歌里写道:"我们每天都有一个希望,让我看到你的微笑,不管经历多少风雨,我们依然享受阳光。"

撒满一舟阳光

在心翼会所,罗月红主任特地给我提供了会员小舟(化名)的资料。2010年4月26日,小舟被妈妈牵着来到心翼会所,小舟的妈妈从新闻媒体上知晓了会所，满怀希望地来了，但倔强的小舟不肯进门，口里不断地催促着妈妈"走哩，走哩，我不去。"无论会所职员怎样邀请，小舟一直低着头，不愿意在会所多待一分钟。没办法，妈妈只好非常遗憾地陪着小舟回家了。根据小舟妈妈留下的电话，三天后职员进行了回访，了解小舟的情况。

大二的时候，24岁情窦初开的小舟喜欢上了一个男孩，单纯的她把自己所有美好的想象和情感都寄托在那男孩身上，她热烈大胆地将男同学约了出来，男生不知何事，就跟着她走，走了很长一段路后，他实在憋不住了，开口问道："小舟，你找我出来有什么事吗？你说吧，如果需要我帮忙，我一定尽力而为。"

小舟一时不知怎么回答，走到操场一角时，她勇敢地面对着男生，向男孩真挚地吐露芳心："我……喜欢你，很久了，我想和你在一起！"。

男生说："等等，让我想想！"

小舟心想，他应该会痛快地答应，或者是觉得幸福来得太突然，一时不敢相信。他继续往前走了几步，又转身回来，她原地不动，等着他回复。她猜测他会说：我也喜欢你，因为我不敢确定你喜欢不喜欢我，所以我不敢开口……

然而事与愿违，那男孩却并不喜欢小舟，他坚定地拒绝了她："对不起，小舟同学，我可能要辜负你的美好感情，我喜欢的女孩是另一种类型的。"

小舟感到羞愧难当，强烈的受挫感使她不能接受现实。她甚至不愿看到他，可是在一间教室里，低头不见抬头见，还免不了要打交道。于是，小舟开始逃避，不愿上学，也不想和人打交道，成天躲避在家无所事事，除了玩电脑还是玩电脑，对爸妈的关心也不予理睬，甚至还无故发脾气。

父母心如刀绞，妈妈背着小舟不知道流了多少泪水，她不知道要怎样才能让小舟走出家门。妈妈说："这可怎么好！我们的宝贝女儿从小漂亮聪明，顺利地高中毕业考上大学，现在却突然变成了这样，痛心啊！"

爸爸除了叹息没有再说什么。

小舟就这样被青春的感情之绳拴住了心扉，放弃了学业，陷入难以救药的孤僻之瓮。父母又痛又急，想方设法带着她去医院检查，医生诊断为抑郁症，给她开了一些药，嘱咐她每天服利培酮3片。

自从小舟在妈妈陪同下初探了心翼会所之后，心翼的职员便想办法联系小舟，坚持每隔一段时间就给小舟打电话，但小舟连电话都不愿接。

9月7日是会所周年庆典，会员们都积极参与策划和排练节目，个个脸上洋溢着幸福和快乐的笑容。职员试着把会员参与庆典准备工作的相片传到喜欢上QQ的小舟的邮箱里，希望小舟会感兴趣，能来参加庆典。那天，小舟果然来了，虽然职员都很忙，但是会所主管及负责职员还是微笑着站在门口热情地欢迎她："小舟，终于又见到你了！自从那天见到你，我们就一直盼着你来。"那天的活动非常丰富，大家度过了快乐而激动的一天。

第二天，小舟自己主动来到会所，经过推心置腹的沟通，小舟渐渐对会所没有抵触情绪了，她对职员说："我愿意来这里工作，我喜欢文书部，因为文书部有我喜欢的职员。"

接下来，职员通过与小舟并肩合作完成工作、闲暇活动中的交流、社交活动中介绍她与他人交朋友，建立平等、尊重的同事关系。小舟慢慢变得活泼，脸上有了笑容。有些会员是不会用电脑的，大家都那么好，小舟也想表现出自己的爱心，她主动帮助其他会员使用电脑，告诉他们怎样操作，在这过程中，进一步向大家敞开了心扉。小舟特别在意别人的眼光和看法，最害怕别人与她开男女关系的玩笑，在情感上，小舟是特别认真的，哪怕是玩笑话，她都会当真。心翼的职员帮她分析发生在身边的事，以及人与人之间相处的方式，帮助她增强自信。

11月15日，小舟经过申请争取到长沙市民政局过渡岗位，这是个让人相当兴奋的喜讯。原本会所的职员准备用一星期时间带她熟悉工作流程，小舟勇敢面对，仅用了3天就适应了新的工作，可以独自上班了。半个月后会所对过渡就业人员制定了相应目标，并模拟办公室接待程序进行演示，会所开设的礼仪班她也很积极地参加，她的衣着打扮，言谈举止变得更加大方得体，也得到了过渡就业岗位同事的认可，大家都能感受到她的开心和自信。经过职员和她的共同努力，小舟5个月后通过面试找到了一份独立就业的工作，而且就是做接待。她说老板看重的是她很自信，笑得很甜美。她的药物减到每天只服一片，跟父母相处得也很和谐，下班后还能帮妈妈做些家务。休息日她又参加了电脑培训，日子过得忙碌又充实。用她自己的话说，现在状态越来越好，同事都叫她"阳光女孩"。

小舟说只要有点时间就想来会所，她妈妈也想来。因为他们一家认为是会所的工作人员给予了小舟无尽的关爱，还有社会上的好心人给了小舟无限的宽容，于是，小舟才有了重生的机会，他们家从此充满了新的希望。

会所成立至今，大家共同见证了她的成长，而更让人欣喜的是，许多像小舟一样的会员也在会所这个大家庭里获得不同程度的成长。很高兴看到一个又一个阳光的灿烂笑脸，这个世界一天天变得更加美丽和充满希望。

在长沙市心翼康复会所，还有一位坚强勇敢、积极上进的会员叫杨波。作为一名双相情感性精神障碍患者，杨波内心时常感到孤独和痛苦。自从他发病之后，在医院前前后后的住院时间加起来有半年多。半年多的住院治疗过程，杨波觉得特别难熬，他深刻体会到药物只是治疗的一部分，更重要的是自己心态要调整好。

在极度绝望的时候，杨波想到过一死了之："我不想活了，做人真没意思！"他也曾荒谬地对父母说："你们就不要管我了，我前世一定是造了什么孽，今生上天才如此残酷无情地惩罚和折磨我！"

父母非常担心，总是守在他左右，心怕他想不通做出傻事。

杨波深以为，今生的苦不算苦，人这一辈子，来到世上不容易，必须对自己、对父母、对社会负责，应该要努力朝美好的方向努力，而不是因身体有病或者遇到困难就消沉颓废、自投罗网。

出院回家，杨波发现街坊邻居看到自己时眼神都或多或少地闪烁着一种异样的神秘，他们避免与杨波讲话、接触。尤其是邻居和楼下的婆婆姥姥们，总是当着他和家人的面时，违心地讲一些虚情假意的话，背着杨波一家，又指指点点、窃窃私语，神色诡异。杨波突然就发现自己有了很多和别人不同的东西，他不想和别人交流，拒绝和别人打交道，他只愿一个人待在安静的地方，沉浸在自己的世界中。之后，杨波开始封闭于世界之外，一天比一天拒绝外界和外人，越来越不愿意走出家门，不愿下楼，不愿融入滚滚红尘，渐渐成了一名"都市隐者"。

当然，杨波自己也想改变，可是又谈何容易，一个病人，他对抗世界征服命运的勇气已经被病痛一点一滴地抽掉，他变得胆怯、倦怠。正如被一颗大石头压住的树苗，见不到阳光。在家人的鼓励下，杨波还是愿意尝试融入社会，最好的是能参加社会工作，成为生病之前的正常健康之人。

"唉，工作，我是多么渴望能找到一份工作，自己养活自己，不再做'啃老族'啊！"杨波不止一次地感叹。

然而因天天服药，药物的副作用实在是让人猝不及防，最令杨波痛心疾首的是他的记忆力因为病和药物作用变得很差，眼睛视力也不好，找工作难于登天！

2015 年 12 月 1 日，对杨波来说是个特别难忘的日子，是对改变他的现状具有重大意义的日子。

那天，会所的工作人员找到他："杨波，杨波，好消息！一个天大的好消息！你可以在三福利院复印室上班了！"

杨波简直不敢相信自己的耳朵："真的吗？你说的是真的吗？"

清楚地记得，那日一早，初到三福利院，门口赫然竖立着"长沙市精神病医院"的牌子，让杨波心里有了几分恐惧和害怕。在会所职员的引领下，杨波心里七上八下的，硬着头皮走进门去，上电梯，到九楼，找到复印室，于是，过渡就业就此开始了。

杨波一对一的职员是曾姐，她就过渡就业岗位的情况与杨波做了跟进。有时杨波心里紧张，胆怯不前，便有畏难情绪，以病情不稳定、状态不好等为由推辞干活。曾姐和杨波谈心，得了这个病，回避是没有用的，回避只能使病情加重，只有勇敢地面对才有出路，治疗的过程就是与病魔搏斗的过程，杨波并不是一个人在战斗，还有会所很多人在一起帮助杨波，在一起和病魔宣战，所以说杨波并不孤独，心翼会所是一个团队，是一个整体，在会所里没有歧视，没有伤害，有的是满满的正能量，有的是大家庭般的温暖，有的是团结一心的战斗力。

曾姐苦口婆心地劝慰他说："杨波啊，这可是个就业的好机会，现在这个社会，竞争非常激烈，许多大学生都找不到工作，你能获得这次过渡就业，而且还是这样一个比较轻松的岗位，可是个难得的机会，你一定要把握、争取！"

天生杨波必有用，这次的过渡就业就说明杨波还是"有用的"。杨波深知自己最大的弱点是缺乏自信和与人沟通的能力，这次过渡就业也确实能对自己有个前所未有的锻炼。

这倒是实情，以前杨波也曾在病情稳定时去过一些人才市场，人才招聘会什么的，可杨波与来应聘的那些拥挤人群根本就不在一个档次上。第一，人家大都是高等教育的学历，至少是大专或本科文凭，而杨波却只是高中生；第二，人家身体健康精神抖擞焕发着挡不住的青春活力，而杨波拥有的却是精神残疾的病历，还因长期服药导致的副作用而变得反应迟钝，记忆力差，行动迟缓，俨然成了一个病秧子和药罐子。

杨波深知，如果没有心翼会所这个平台，没有这些工作人员给他助力，凭他个人的能力和状态，是难以顶破精神障碍这块大石头的，是难以实现个人独立就业的，更别说找这么轻松理想的工作了。曾姐再三鼓励他说："这个岗位你应该珍惜，勇敢地走出家门，远离封闭的处境，融入社会，也算是锻炼自己。"

杨波想了又想，是啊，曾姐讲得没错，没病的人成天待在家里都得闷出病来，有病的人就更加了。经过一段时间的自我调整，杨波鼓起勇气和干劲，一心一意在三福利院上岗了。

刚开始上班，杨波对复印机很是生疏，一个简单的工作流程，对他来说，都显得十分复杂。来复印的人多是医院的工作人员和护士，他们一般都是复印文件，复印各种证件。复印文件简单一些，复印证件，像身份证，学历证明之类就复杂一些。有时也有病人及家属过来复印病历，看着他们焦虑烦恼而又无可奈何的表情，不由得勾起了杨波以前生病住院的痛苦记忆。经过工作人员的指点，杨波开始了正式工作。有的文件需要拆针后分开复印，有的证件需要双面复印在一张 A4 纸上，曾姐教过他两次，但因为生病伤了脑部，记忆不是很好，加上紧张，最开始的时候，杨波总是弄不清楚，不是颠倒顺序，就是装订错误，有时候来复印的人一多，杨波就会非常紧张，额头直冒汗，有点应接不暇、手忙脚乱了。

幸亏有办公室的工作人员，他们见杨波有些困难，便过来帮忙，并细心指点。慢慢地，杨波才一天天地对工作熟练起来。休息的时候，他就会想一想之前复印时遇到的问题，总结经验，吸取教训，不久，杨波总算能够独立操作复印机了，顺利地开始了他的职业生涯。

杨波对三福利院及长沙心冀会所的精心安排和职员的培训指导非常感动，还有那些曾经帮助过他重新开始新生活的人们，他都心怀深深的感激之情。这份难得的工作，让杨波再一次体会到自身价值的存在，并感受到诸多友谊与温暖，他对自己的未来，充满了希望。

精神障碍患者并不是白痴和低能，有的在发病前还具有相当高的智商和创造能力，在精神障碍患者、患者家属和天才之间有着十分复杂的关系。天才和疯子只有一步之遥，但是，这一步是难以逾越的一步。天才是有意识地去创造和思考，而且即使是他们的奇谈怪论，仍然是建筑在逻辑、理性和艺术的基础上的；精神障碍患者在患病时则丧失了理性和逻辑，在没有得到医疗的情况下，连最基本的学习、工作和生存的能力都丢失了。

如果不及时医治，精神障碍患者不但会成为家庭和社会的沉重的负担，而且其中有少数人在某种情况下还会构成社会安全的隐患。在得到有效的药物控制下，他们像一株重焕生命的植物，用坚毅的力量顶破压在精神上的那一块巨石，努力开出一朵朵希望之花。他们回归社会，自食其力，为家庭和社会作出应有的贡献。

心安之处即欢悦

采访心翼会所负责人罗月红收获颇多，让我懂得了精神康复会所的意义所在，并深入了解到精神病医院并不是精神障碍人士的唯一去处，还有那么一个更人性化、更温暖、更能帮助他们回归社会的康复会所。

2018 年 8 月 30 日，四叶草联合长沙湘德精神病院与心悦会所，在长沙市岳麓区观沙岭街道长望社区开展精神障碍患者社区康复服务和爱心义诊与医患交流活动。心悦会所是长沙心冀会所孵化出来的社区康复机构，据时任负责人罗畅介绍，会所自运行以来，已经有五六十名会员在此接受日间康复训练与照料。罗畅特别向我介绍了一位名叫周游（化名）的会员，是一位长期自强自立、三十多年勇抗病魔的精神障碍人士，自从他来到心悦会所之后，一直热情无私地帮助其他会员，他将自己的亲身经历写成文字，用以鼓励、开导他们，是会所的好榜样。

那天来参加活动的会员、会员家属和义工总共六七十人，济济一堂。签到的时候，第一次见到周游（化名）和他妻子。他们夫妻安详地坐在后面，面带微笑，就像参加一个高层次的聚会，有着绅士的气度。他是结婚前就开始出现精神障碍，一直服药到现在，已整整三十七年的病史了。

当程一文在台上和会员们做互动讲话时，我利用时间空隙和周游夫妇交流，周游对我完全没有警惕之心，我对他也毫无排斥之意，文学是心灵的桥，他在桥的那端，我在桥的这端，当我们说起文学，健康的我和并不太健康的周游，就毫无戒备地向这座心灵之桥中间跨步，我对周游有着大力的赞许，同样，他对我也有由衷地敬佩。

交谈中得知，现在他的家庭非常美满，孩子已成家立业，并有了孙子。他给我的感觉是：他是健康的。

周游是怎么做到的？第一，是他对抗病魔、永不服输的坚强意志；第二，他有一个贤惠勤劳、懂他爱他的妻子。

周游是心悦会所的骨干会员，他将自己具备的抗病精神和自强自立与积极上进的态度带给其他会员，影响着整个会所的人。周游是个文学爱好者，喜欢看书，偶尔还会写点文章。很多人见他很正常，不相信他患过病。周游回答他们说：我肯定有病！到底为什么能正常工作、生活？第一点，我是个自信上进的人，再苦再累的活都愿意干，都能干好。另外，我还告诉病友们一个秘诀，那就是按照医生吩咐的计量，天天坚持服药，自第一次发病后，我每天坚持服药，到现在吃了三十多年药。我总结出了一个经验，我们这个病，没什么不得了，只要坚持吃药，就能像正常人一样工作和生活。

　　周游年近六十，祖辈居住在长沙。于 1980 年由知青招工进长沙二制鞋厂（该厂现已破产）。1981 年 21 岁时首次发病至今，近四十年与精神病抗争，获得了家庭的幸福和人生的成功。他的经历和精神一定值得我书写，值得人们去了解，值得所有患者学习。

　　1981 年 11 月的一天，周游因工作不顺心，心里烦躁，便喝了几杯白酒，晚上在家迷迷糊糊中仿佛听到隔壁邻居阿姨在说他的坏话，周游顿起疑心，对她有强烈不满。第二天早晨，就用砖头打伤了隔壁邻居阿姨，无缘无故伤人，邻居家对周游这种行为感到非常气愤，要他家里人给个交代。周游家里父母姊妹不知所措："难道周游的神志真的突然有问题了？"他们强行把他送进了湖南省精神病医院，经医生检查，诊断为精神分裂症。按医学上的说法，那天晚上他恍惚听到隔壁阿姨讲他的坏话，其实就是精神障碍患者最显著的病情显示——幻听。当时，周游无法接受这个现实，为了配合治疗，他只能安心住院。

　　三个多月后，他出院了，同时面临残酷的现实，一个全街坊通晓的打人事件和三个月精神病院的治疗，周游成了邻居和同事皆知的精神障碍患者。只要他们家的人在那条街上出现就被指点、议论。俗话说：好事不出名，丑事传千里。家里出了周游这个精神障碍患者，还打伤了邻居，这个消息迅速传遍了那条街，邻居们一看到他就远远地逃开回避，甚至见到他家里人都风言风语指桑骂槐，简直将他们全家都当作了传染病。他家的名声在那儿越来越坏，导致难以在原地继续住下去，周游的父母便带着他离开了老家，搬到刚建好的河西厂区宿舍安家。

　　出院后的周游，不能回避自己是个精神障碍患者的事实，心里非常自卑，觉得没脸见人。上班时工友们见了他也是不屑一顾，理都不理，厂里的领导认为他是病人，为了表示关心照顾，给他换了一份极轻松的工作，而且不将他的岗位定为工作计划。周游上了轻松的岗位，换来的就是同事们鄙视的眼光，他心里很不是滋味，整天寝食难安，恨不得钻到地洞去躲起来。周游心想：难道这一生就只能让厂里照顾着过日子吗？难道这么年轻就无所事事吗？不能，不能这么年轻就没了前途，他要为光明的人生前程而奋斗，要像其他工友们一样做一般工作，完成一个正常人应有的工作任务。

于是，周游向车间主任提出要求："主任，我想做一份有任务有计划的工作。"车间主任听了周游的要求，既惊讶又好笑地说："周游，你有病，不能正常工作！"

周游却坚定地回答："不，我能正常工作，我不要你们这么照顾我！"车间主任笑着说："周游，你真的有信心做别的工作？技术工作你肯定做不好，但现在有个虽然简单却很辛苦的工作，正好没人愿意做，你愿不愿意干？"

周游为了显示自己的决心，毫不犹豫地说："愿意干！"

车间主任严肃认真地说："那个岗位是做皮革脱楦，因为老工人要退休了，其他工人都怕累，都不想干那个岗位，你敢不敢干？"

周游说："试试看！"

在车间主任的引导下，周游就跟那位即将退休的老师傅学脱楦。第一天工作完，周游双手掌鼓起了很多血泡，两三天后，他的双手掌的血泡被磨破，看见鲜红的血肉，摸着疼得钻心，周游感觉自己真的干不了。老师傅鼓励周游说："小周，再坚持几天，双手长了茧就好了。"

周游想起同事的异样目光，想起先前邻居的嫌弃议论，想起自己向车间主任申请做正常工作时的决心，困难是暂时的，只要过了困难期，就会习惯，就会好起来。老师傅当年不也是这么过来的吗？师傅能做到，为何自己却做不到？想到这里，周游又坚定了信心，他叨念着老师傅说的话，坚持坚持再坚持。过了几天后，双手终于生了茧，做起事来就不怎么疼了。不久，老师傅退休走了，周游就一个人包下了皮革脱楦的活，一天下来虽然累得汗流浃背，但一天能完成两三天的工作任务，获得了不少超产奖金。几个月后，厂里评比生产先进工作者，周游是其中一员，获得了免费到庐山旅游的资格。这时周游高兴得不得了，他凭着自己坚定的意志，终于战胜了困难，能同正常人一样工作了。

周游不但要像健康人一样地工作，也要像健康人一样去谈恋爱。正常的工作给了他百倍的信心，他心里暗暗地想：我有二十四五岁了，也要像健康人一样找堂客过日子！于是工作之余，周游就主动跟车间里的女职工打交道。女工友们见周游勤劳，工作得心应手，说话条理清楚正常，没有将他当成精神障碍患者，慢慢地与周游结交来往。她们经常去周游家玩，周游也经常到她们家做客，有了不少玩得好的女性朋友。

但那些女性朋友们听说周游曾经有过精神病，都犹豫不决，心里总有些不放心和他谈婚论嫁。周游也知道患有精神病，要想找个堂客是非常困难的，但他并不灰心，他坚信自己会找到堂客成个家。

那时候，周游喜欢文学，是个不折不扣的文学青年，业余时间很喜欢买些书看，包括爱情小说，有些女工友们也喜欢上门和周游借阅。就因为这美好的爱情书刊的传递，成就了周游的终身大事。

当年，周游现在妻子的堂妹借了周游的书，转借给她堂姐看，她对这类书刊很感兴趣，看得入迷，后来，她经常吩咐堂妹邀请周游到她家玩。

周游永远忘不了那个夏天的夜晚，在皎洁的月光照耀下，他来到她家，坐在她家坪里的竹床上，他俩边乘凉边聊天，一见如故，无话不谈，有很多的共同语言。此后，他们来往密切，形影不离。两个月后就双双坠入了爱河，彼此不能自拔。

一天晚上，周游带着女朋友边散步边聊，在夜色的怂恿下，他鼓足勇气毫不隐瞒地坦白自己曾发过精神病。周游心想，既然两个人决定走入彼此的生活，他就必须向她开诚布公，自己的缺点要毫无保留地告诉她，如果她真的爱他就能接受他，就算她不能接受，他也理解，一个年轻美丽的女孩，又怎么不希望找个更优秀的、身心健康的伴侣呢？他等着，听天由命。

谁知她笑着说："周游，我早就听别人说过你有精神病史，但你现在病好了，能正常工作和生活，没有什么影响啊。"听了这席话，周游心里异常感动，便向她求婚，她说："周游，我们谈到这时候了，我如果离开你，你肯定会受很大的刺激，不如我们结婚算了。"

就在他们进入热恋时，关系很自然地公开了。有人对她："傻姑娘，你要同周游结婚？他是有精神病的，要是以后疯了，怎么得了？"

她坚定地回答："谁能担保自己一生不生病呢？我们交往了一年多，我看到他很正常，人又很勤劳，就算他以后病了，我一样照顾他一生！"

周游听了她这番话，心里感慨万千，有这么善良真诚的女子作为终身伴侣，就像吃了定心丸一样，周游放心了！女友的爱就像一缕温暖的光，照亮了他的前路人生，康复着他的精神。他决心更要发奋努力，调整好自己的心态，坚持服药，要活出一个精彩，给信任自己、爱护自己的女人带来幸福。

周游和妻子领了结婚证以后，想到以后生儿育女，要建造一个家庭，他带着病，她没有固定工作，他们真的有能力养活孩子吗？想着，周游预感到艰难的生活是沉重的担子，他将面临一个充满挑战的人生之路。但周游没有退却，他携着妻子的手，依然坚定信念。最开始是卖点小菜维持一家人的生活，周游吃得苦，霸得蛮，是个典型的湖南汉子。为了让自己的菜卖个好价钱，为了卖更多的菜多赚几个钱，周游总是天没亮就骑着三轮车到很远的郊区去菜农那里贩来新鲜的、优质的蔬菜。到了城里，刚好赶上早市，他们夫妻如愿以偿，每次卖完菜，数着手上的毛票子，夫妻俩都兴奋不已，他们越干越有劲，一点都不觉得劳累。

后来，因为去贩菜太辛苦，长期这么劳累，周游状态不是很好，情绪也有些不稳定。夫妻俩经过考察市场，又想到了新门路——卖盒饭和摆台球。这个生意一做就是几年，这期间，他们养育了一个孩子，还在离居住的房子不远处——周游岳父家盖了一栋小楼，日子过得舒适而又自在。

现在的周游生活更为丰富了，心悦会所是他最喜欢的去处，和会员们一起做些有意义的事，与他们聊天，为他们服务，都让他感到快乐。下午，他喜欢和街坊邻居或者老朋友们散散步，和一帮热爱音乐的朋友一起练练歌，生活是美好的，平静的，他喜欢这种生活状态。他也希望通过自己的感召力，能让心悦会所里其他情绪低落的会员们调整好心态，要对生活和未来抱有希望，在会所的帮助和鼓励下，努力为自己创造最有价值的生活。

2018年6月，省民政厅、省残联等五部门联合下发《关于加快精神障碍社区康复服务发展的实施意见》，提出到2025年，在全省80%以上的县（市、区）开展精神障碍社区康复服务。届时，在开展精神障碍社区康复的县（市、区），60%以上居家患者接受社区康复服务，基本建立以家庭为基础、机构为支撑、"社会化、综合性、开放式"的精神障碍社区康复服务体系，患者病情复发率、致残率显著降低，自理率、就业率不断提高。

这些康复机构里都有会员在活动，他们一般实行上班制，周一至周五上午来到会所，签到，学习、康复训练或参加活动，实现了精神障碍患者从医院——社区的对接服务，如果在康复过程中，发现会员有发病迹象，工作人员就能及时了解掌握，并联系医院就诊或住院，获得临床治愈之后，又回到社会康复。

这种社区服务模式极大地保障了社区和患者的安全和稳定，极大地提升了精神障碍患者的生活质量，丰富了他们的精神世界，并为训练他们生活自理、融入社会和就业上岗提供了巨大的帮扶，使广大精神障碍患者虽然身体残疾，却能努力去拥抱世界、拥抱爱，争取不残缺的人生。精神障碍康复会所的这种社区服务模式的运行，为社会做出了不可估量的贡献。

小进的进取之途

每一位从精神病院走向社会和工作岗位的患者，都经历过破茧成蝶的过程，他们在重度的病痛中奋力挣扎，在崎岖的高山上艰难攀登，在汹涌的波涛中勇敢搏击，终于战胜病魔，从精神障碍的深渊中走了出来。

开福区怡馨家园是心翼会所成功孵化的精神障碍康复会所，2018 年，四叶草基金会与怡馨家园联合，在中山路社区开展了一次精神障碍患者康复服务进社区的活动，从社工量子那儿了解到有几位会员康复良好，已经独立就业。

有个叫小进的女患者，已经就业半年多，她很乐意接受我的采访，只是她没有休息日，只有周五下午可以提前下班，大概五点多可以回到家里。2019 年晴朗的初夏周五下午四点，我从河西公交地铁并坐，找到小进家。几个小时采访过后，我从小进家里告辞出来。近八十岁的小进妈妈执意要送我，她的内心没有几个轻松愉快的音符，无奈、忧伤、焦虑、苦涩已经占领了她大半个世界，身材小小的我情不自禁地搂住了更瘦小的她。我知道，二十多年来她一直含辛茹苦地照顾女儿小进，老人家没有尝试杜康解忧法，她只是节省每分可节省的钱为小进买药，以稳定她的病情，我也是心有余而力不足。

"感谢你这么远来看小进，感谢社会对小进的关爱和帮助。要是我和她爸爸去了，她就只能全部靠社会了，没有办法！"小进妈妈再次讲到这句话。

是啊，以后国家会越来越富强，对残疾人的帮扶力度应该也会越来越大。将来的事您老就不必过于担心了，自己多多保重身体，只有你们二老健康长寿，才能给小进更多些幸福生活。我只能用语言安慰这位满脸沧桑、柔弱无力的老人家。

小进妈妈不停地嘱咐我赶紧去搭乘最后一班 169 路公交车，然后到九曲路公交站下车，坐地铁。因为患病的女儿，这位老人不得不坚强坚强再坚强，她瘦刮的肩头，左边要担起物质生活，右边要承起精神压力，她不能放手，不敢尝试卸下身上的重担。一阵风吹过来，将老人家满头银丝吹乱，她却没有去抚头发，只是向我扬着手，我也向她扬着手，在点点星光之下，作别这位满脸沧桑的老人。

在公交车上，我望着车窗外的城市灯光，脑袋里有小进在来来往往。一个 70 年代初出生的女子，曾经是青春亮丽的财政学院女大学生，如果没有出现精神障碍，毕业后找份满意的财务工作，嫁个好郎君，养个孩子现在早都成年了。

然而，这一切都没有发生！每天早上六点，小进就从狭窄的小两室房间匆匆忙忙出来，走过幽暗的小水泥楼梯，走出老旧的宿舍楼。她家的房子是当年军工厂的老宿舍，小进父母在军工厂改制后买下，至今已历经一家三十多年风风雨雨的日子。墙壁上的涂层掉得东一块西一块，房间特别小，小小的客厅放着一张破旧的沙发，一张小小的四方桌，门边还有台老式的单筒洗衣机。这个小屋里，角角落落都显示出非常清贫的二十世纪九十年代初的一般小家庭模样，他们家比现在的一般家庭落后差不多三十年。小进母亲说："十多年前，我们小区新建了一栋宿舍楼，三室两厅只要十万元一套，但是我们的退休金都用来贴补一家生活开支和给小进求医买药了，根本买不起新房，所以，到现在为止，都只能一直住在这老旧的小房子里。"

那间只能容纳一个人周转的小厨房，摆着小进的中药罐，厨房每天都飘荡着药味。小进的母亲说："我们二老每天就是操持家务，一天里最重要的事情，就是给小进熬煎中药，每天一副，另外还要将一些配好的中药打碎捏成药丸，放在玻璃瓶里。每天早上小进喝一碗药汤，吃三颗药丸，才能保障一天的稳定和状态投入工作。"

父亲坐在小沙发旁的旧凳子上，面容平静地微笑着。贺拉斯的《歌集》里说道："在厄运中满怀希望，在好运中不忘忧虑，这样便能泰然担待祸福。"这两位老人历经女儿发病二十多年的岁月，心力已经所剩无几，每一份开心都不易。现在小进能恢复健康、回归社会、正常工作，他们已经是非常欣慰了，他们总是怀揣希冀，以便迎接崭新的明天。

军工厂的小区是 1 路公交的终点站，小进得坐一个多小时的车，来到工作的地方。一年 365 天，天天都要上岗，每月两千块钱的工资。环卫工的辛苦是众所周知的，不管风霜雪雨还是烈日酷暑，都得在街道上劳动。

每天工作时间很长，一直到下午五六点才能下班回家，公交车将她摇到小区，天早已暗黑，家家户户亮起灯光，小进就着路灯，一脚深一脚浅地往家里去。

"好累啊，感觉吃着饭都想睡觉！"小进总是这样说。

父母知道小进肝脏有点虚，辛苦了一天，肯定疲劳，只能将药端到她面前说："喝了这碗药就睡吧，明天还要早起上班。"

小进读书时，成绩并不差，高中毕业时顺利考上湖南财政学院，学财政会计投资专业。作为九十年代初的女大学生，小进父母都在岗，姐姐也是一名会计。家庭条件比上不足比下有余，其乐融融。

1994 年初夏，美好的大学生活在无忧无虑中很快就接近尾声，小进对未来充满了希望，对毕业后的生活充满了美好的幻想。毕业那一期，同学们一个个都有了工作目标，小进面临着就业，父母工作的军工厂面临着改制，工作没有着落，小进突然就感到焦虑起来。宿舍的同学都沉沉睡去，她独个儿在床上翻来覆去睁着眼睛到天亮。就像《百年孤独》里的马孔多居民、食物和饮料一样，中了印第安女人的宿命论，染上了无药可救的失眠症，白天站着也做梦。这样的情况持续了几天，小进整个人都变了。失眠、抑郁、胡思乱想、精神不振，前程一片暗淡。后来，她终于支撑不住，突然晕倒在地。

"小进晕倒了，快来帮忙送她上医院！"室友惊慌失措地在寝室过道喊。

送到医院检查之后，医生说："她有轻度抑郁症。"

当时大家都不以为然，认为是小进心情不好压力大引起的，以为劝慰开导一番就没事了。时光从来都不会为任何人而停留，地球不会因为任何人而停止转动。这时，远在珠海的姐姐托熟人介绍了一份仓管的工作给她，小进怀着无比愉快的心情清理行装，带着千份的期待踏上开往沿海的火车。沿海城市的生活节奏比长沙要快很多，最初对新环境和工作岗位的适应一度充实着小进，她仿佛看到似锦的未来正向她招手，她放眼前方，以百倍的信心努力迎接每天全新的太阳。

然而，好景不长！

小进在仓管的工作中，发现现实社会与学生时代的理想有些差距，工作似乎越来越不顺心，加之人际关系的复杂，让她背上了思想包袱。由于接下来的工作压力和紧张精神，小进神情恍惚，突然就感到精力不济，脑袋一阵疼痛，一头栽倒在工作场地。同事见此情景，忙将她扶起，经过医院检查，确诊小进患有精神障碍，建议她治疗休息。姐姐只好送她回到长沙家里，父母见小进这副模样，又伤心难过，又焦急担忧，他们无法接受小进患了精神障碍这个事实。然而，这种难料的世事终归要他们自己一点点来接受，他们希望小进的病只是一时的辛劳和短时间心情不佳引起的，过段时间后，她状态好了，自然什么都好了。

愿望总是美好的，而现实是那么残酷。接下来的日子，小进的情绪并没有因休息而得到好转，她显示出的种种症状提醒他们必须进行系统治疗，再拖下去不但得不到好转，还会愈发严重。在省脑科医院治疗了一段时间后，一家人终于接受了小进患病的事实。那几年，小进的父母还带着她四处求医，风里雨里地奔波，希望能找到一个神医，用特殊功效的药物根治小进的病。但经过很长一段时间的努力，依然没有得到期待中的效果。

一晃就是几年十几年过去了，小进还是那个未能完全恢复的小进，家依然是这个愁苦焦虑的家。回忆起最初的几年，小进妈妈的语音里还带着颤抖。

那时，小进每天都要往外跑。如果父母不让她出去，她就疯狂地叫喊："别拦着我，我的头要炸了，我要出去！"

"你一个女孩子，跑到外面迷路了怎么办？被坏人欺负了怎么办？被暴雨淋着了怎么办？被太阳长时间炙烤怎么办？你到外面做什么呢？"退休的父母拗不过女儿，最终只能陪着她出走，上午一趟下午一趟，走一大圈，直到双腿累了酸了才回到家里，不管风雨雪雹，不管严寒酷暑，父母都陪伴左右，她走到哪，他们也跟到哪。

"小进，天要黑了，我们回家啊！"

"要下暴雨了，小进，别走了，我们赶紧回家好吗？"

那些年，小进多次发病，在湘雅附一、附二和省脑科医院都住院治疗过，出院后又去找各种中药辅助治疗。医生主张小进加大药量，但小进不想服大剂量的药，因为副作用比较明显，流口水、幻觉、疲倦呀什么的。小进不仅每天要服西药，为了保持病情稳定，还有本来就有小三阳的肝脏需要保护，得配中药一起吃。后来终于找到一个老中医，得了一个药方，对辅助稳定小进的病症很有作用，但是药也比较贵，25 元/副，每天一副。国家给予的重症残疾门诊200 元/月的补贴，刚好可以满足她服用西药，中药还得要近千。但不管怎样，小进父母都要省吃俭用，从有限的退休金里挤出钱来给小进买中药。

小进就像一只透明的薄玻璃花瓶，漂亮、脆弱、易碎。十多年的病痛折磨，将她的美丽差不多掏空了，她独自闷在家里，很难走出家庭、融入社会。

曾有一段时间，小进的病情相对稳定，花样的年纪，也是谈婚论嫁的最好时机，有热心人给她介绍对象，父亲见了那个小伙子，私下里对小进妈说："这小伙子不行啊，家庭条件不算好，又没有稳定的工作，看样子有些不可靠，还是另外看看吧。"后来又看了两个，还是没成。由于对女儿的关爱，希望她能嫁得一位配得上她、关爱照顾她的男人，几番挑剔之后，小进的婚姻问题就给耽搁了下来。

岁月如风，虽然对一个有病人的家庭来说，难免有度日如年之感，但时间总是在悄悄流逝，一晃就是二十多年过去了，小进就这样在药物作用和时好时坏下走到了四十多的年龄。

前些年的一次住院治疗中，有个病友对小进说："你知道吗？小进，开福区水风井社区有家叫怡馨家园的精神康复会所，是专门为精障人士设立的康复机构。我以前病情没复发时去过那儿，很好的，你要不要去看看。"父母鼓励她试试看，父母帮忙去打听，终于找到那个地方，于是在父母的陪伴下，小进来到怡馨家园。除了周末，他们每天都一起签到、上课训练，一起做事，讨论服药和病情，为就业献计献策。

在家园工作人员的努力和会员的鼓励支持下，小进努力改变自己，积极参加家园的每一次早会和小组就业。通过努力她使自己成功蜕变，成了一位热情、开朗、对人生充满了希望的乐观女子。因为她的病情稳定得比较好，会所的工作人员建议她说："小进，你只要坚持服药，病情就很稳定，你可以尝试着找工作啊！"

小进一愣："我这个样子也可以找工作？"她有点不相信自己的耳朵。

工作人员说："当然可以，我们会员有很多都走上社会，正式就业了。"

小进有些顾虑道："说实话，我父母都七八十多岁了，身体越来越虚弱，为了照顾我这个病女儿，他们倾尽了所有，一辈子都没有轻松过，现在年纪大了，做事越来越吃力。我是多么想出去工作啊，可是，哪个单位又能成全我，让我以劳动养活自己，甚至照顾年迈的父母呢？"

因为病情，小进不能进行脑力劳动，只能做简单的体力活。可是，一位精神障碍患者哪里能那么轻易就找到工作呢？很多用人单位一听说有精神障碍就立即拒绝。

2014年年初，水风井社区公益岗位需要公开招聘保洁员，怡馨家园的工作人员得知这一信息后，第一时间告知小进并鼓励她去竞聘，在家园工作人员的推荐及鼓励下，2014年2月，小进通过竞聘获得其中一个岗位，并与社区签订劳动合同，成了社区的一名保洁员。

小进正式上班了，这份工作来之不易，她不辞劳苦、迎风顶雨，几年如一日地往返在规定的马路段上劳动。春江水暖鸭先知！小进却想说："春街花开我先知。"街道上的春天是小进生活中来的最早的风景处，每天来到负责的路段，都有最早的那片飘落在地的树叶在等着她。花朵总是一边开放一边凋谢，小进怜惜那些花瓣，她多想留下它们残留的香气和美丽。

夏天比较辛苦，为避免中暑，她必须服用人丹、藿香正气水、十滴水之类的药物。对于这份工作，小进并不觉得难以胜任，交给的任务都能完成，工作量谈不上多繁重，只是时间耗得长点，她终于不再像前些年那样，是个成天漫无目的游走在外、后面跟着一对老人的女子，现在，她是位社区清洁工，一位马路天使，靠自己的劳动自食其力的人。

自从有了这份工作之后，小进的状态好了很多，人变得开朗活泼，她的父母因此安心舒畅。现在，唯有珍惜这难得的工作，愉快地上岗，做好本职工作，养护好身体，每天保持好状态。希望父母身体健康，能多陪伴她几年，一家三口不求富贵，只愿平安稳定。公交车在夜色中匀速行驶，我望着窗外初上的华灯，在心里为小进一家真挚祝福。

■ 沙漠里有绿洲

在对残疾人群的帮扶中，除了政府和专门机构，我还特别想提到一个群体，那就是志愿者。随着各地志愿者协会雨后春笋般地出现，助残助困的活动遍及三湘。这些志愿者不计报酬，仅怀着一颗公益之心，为他人撑起雨季的伞，打开黑夜的光。这份博爱之心放射着人性的光彩，这份光彩恰恰是社会最光明的存在。

积善垒成山

"十年了，我一直养着李妈妈，可是，就在 2019 年 1 月 30 日那天，她永远离我而去了！"屈琼大姐跟我说完这句话，两行伤心之泪如小河般流下。

屈琼是积善志愿者协会的负责人之一。

积善志愿者协会在衡阳，坚持不懈地开展助学、助残、关爱、禁毒宣传等各种各样的志愿活动，惠及千千万万的困难群众。

在湖南省 2019 年春节后的一次慈善公益活动中，我与屈琼大姐认识了，当她上台做了优秀社会组织经验介绍下来之后，对我说了前面那段话。她擦了擦眼睛，眼里却依然饱含泪水，在我的追问下，她向我讲述了李妈妈的遭遇，以及她们那段胜于母女的缘分。

屈琼大姐是个热情好客的人，很多人都喜欢在她家看电视，李妈妈和老伴经常在屈琼大姐的隔壁早餐店吃早餐，他们两位老人很省，两人合吃一份早餐，餐后总要在她家看看电视。屈琼和先生与两位老人慢慢熟悉了，之后屈琼成了这对无子女无亲人照顾的两位老人身边最亲的人，从饮食起居到送医陪护，像女儿一样为他们养老送终。

我问她："屈琼姐，你家先生支持你帮助他们吗？"

屈琼大姐脸上立即飞起一团喜悦，她骄傲地说：有些人认为做爱心公益事业是有钱人或大富大贵之人。其实不是的，我有几次帮我先生洗衣服时，说要把他的烂衣服丢了换新的，而我家先生却总是说："别丢了，我们可以积点钱帮助他人！"听到先生的话，我真是感动得无语。你说，他会反对我做善事帮助别人吗？

我不禁感慨："每个成功的人后面，必有一个默默支持者！积善的成功，后面还有一群人！"

"是的，没有那么多志愿者的共同努力，积善就达不到今天这个成绩。"屈琼肯定地说。

有一间房子堆满了书籍，屈琼大姐说："这些书都是发给孩子们的，是我们去印刷厂印制的，是汉语拼音版，适合学生阅读，让他们了解传统文化。有《弟子规》《三字经》等，已经发放了 30000 多本！"

屈琼大姐以前在广东，先后在番禺、东莞等地待过，第一次到广州时就进了电子厂，做管理。她很有语言天赋，接受能力特别强，她在广州待了半个月就学了一口广东话，那些老板都感到很惊奇，纷纷赞道："这个鬼精灵就是厉害！"

后来，她又自己做生意，在广东与衡阳老乡经常相聚，认识了很多在广东创业的衡阳老板们，这给积善志愿者协会带来了取之不尽的爱心之源。

"我们先去吃饭吧，今天下午本来还有点事要去做，你来了我就安排其他志愿者去做了。"屈琼大姐说。我问她是什么事，她风风火火，边走边说："春季助学，这段时间都在穿村走户的，还有很多地方没走到。"

我一听来了兴趣："如果你不嫌弃，我陪你们一起去。"

屈琼大姐停下脚步："好啊，是去乡里，你能行吗？"

"没问题！刚好和你们一起去体验一下。"我说。她的三个女儿也都跟着她在做公益，就连十岁的外孙，也穿上志愿者的马甲，跟着我们一起去助学。

另外两个志愿者来了，她们开着车，大家一起往目的地去。在车上，屈琼大姐介绍，开车的志愿者叫陈素萍，一个普通的下岗再就业工人。

问及为什么会做志愿者，她便一边开车一边讲加入积善协会的故事："两年前，一个偶然的机会，我认识了屈琼大姐，知道在我生活多年的这个县城里，有一群平凡的人在默默地、自发地、恒久地做着感人的事：扶弱、助学、敬老、济困，用个人微薄之力，为我们身边那些困苦的人，奉上诚挚的爱，谱就温馨的乐章。我很庆幸，在平凡的生活中，能接触到这些可敬可爱的人们，使我的生活，变得更加丰富多彩。我没有太多华丽的语言和那些人说，我只有一句'有克服不了的困难，记得找我们！'说出这句承诺时，如果背后没有积善这个大团队，即使我有这份担当，我也没有这个底气！"

相守是知音！两年来，陈素萍跟着屈琼大姐，跟着积善的伙伴们一起，走村串户、翻山越岭，在敬老院里、在学生家中、在医院病房，耳闻目睹各个贫困家庭生活的困苦，亲身体验寒门学子求学的艰辛，用心感受孤苦老人历经的沧桑。她说："跟着这群志同道合的知音，以共同的良善之心，去做一些力所能及的事，帮助到别人，愉悦了自己，真好！爱心会感染、善良会传播。我也会经常去劝其他人少抽一包烟、少打一场牌、少买一件衣，少许自控，或许会温暖一个孩子一年，甚至一生。"

陈素萍也经常被其他默默付出的会员感动着，所以，她尽力去帮，帮一个是一个。是啊，一个人行善，会影响一群人。

屈琼大姐做公益多年，已经有了非常好的凝聚力，衡阳县有一位老板在广东开公司，近年来，他就通过积善志愿者协会帮助了70多个贫困学生。不禁让人为之感慨，有钱人是很多，但难能可贵的是既有钱又有爱心，能分享自己的财富，为困难的人献上一份温暖。

赠人玫瑰，手留余香，这些带着爱的人，他们从内心里焕发出美。

屈琼大姐介绍，积善志愿者协会自2008年6月就成立了，2014年才正式注册，现有会员1000余人。2017年，衡阳县积善志愿者协会通过爱心奉献、网上乐捐等形式赞助衡阳县金兰、渣江等18个乡镇150余名特困学子捐助学款186400元，携手深圳市燕山燕鹏石化有限公司定向捐助衡阳县溪江乡等61名学生，捐献助学款106400元。促成了长郡中学双语实验学校AP1703班22户高一学子家庭与金溪中学116班22户初一特困学子家庭形式对接。携手厦门市泉水慈善基金会开展了"点亮偏乡"活动，共耗费照明设施价值35万元，该协会招募志愿者拍摄了毒品预防教育微视频《误入》，该片获省、市、县一等奖，并获得了首届全国禁毒微视频摄影大赛毒品预防教育类优秀奖，发放禁毒资料10000余本，上禁毒教育课20堂，关爱了十几位吸毒人员。募集灾后重建款20万余元，帮助灾民重建家园。2017年公益支出97.28万元。

　　说话间，我们就到了一个村，村支书刚好在马路边有事，他陪我们一起来到一户农家，一座差不多空心的毛坯砖房里，泥巴地面，家徒四壁，女主人是位精神障碍患者，以前她曾因发病时东走西走、伤人毁物被绑在床上。2018 年，在政府和社会组织的关爱下，对她进行免费治疗，病情得到控制。出院后她一直服药，病情比较稳定，脱离了束缚，过上了正常人的生活，她的女儿上高中，儿子上初中。多年来，屈琼大姐负责的积善志愿者协会就一直在为这两姐弟助学，今天，又带来助学金，送到他们手上，给他们解决学习用品和生活等费用。

　　走到第二家。刚一下车，就看到一座又长又宽敞、看起来很漂亮的新房子，两层，外墙贴着亮丽的瓷砖。仔细一看，才知道是三户人。我们进了最左侧的那户，一进屋，才看到与外墙严重不符的内设，几件老旧的家具，简单粗糙的水泥地板。

　　一位挂着双拐的老婆婆，正在房中拿衣服，我们跟着她来到屋后的走廊上，趁着太阳，老婆婆给一个五六岁的男孩洗澡，那男孩有些虚胖，一脸懵懂地坐在大木盆里。

　　这个家怎么了，孩子的父母呢？我正在疑惑，村干部和屈琼大姐给我讲了这家的遭遇。

　　几年前，这家已有两女一子的父母因感情不和离婚了，孩子的妈妈一走了之，自此再也没有回来看过孩子。孩子的爸爸只能一边打工，一边照顾三个小孩，好在有孩子奶奶帮忙，才能放心在外面干活。大女孩非常懂事，平常帮着奶奶照顾弟弟妹妹，还帮着干家务，成绩也很不错。

　　本来，靠着爸爸的支撑，大女孩的帮忙与奶奶的操持，加上政府的低保金和积善志愿者协会每年给予的助学金，这个家应该是越来越好的。可是突然祸从天降，孩子的爸爸因身体疼痛不适去医院检查出得了晚期癌症，这个打击一下子将这家唯一劳动力的精神压垮了，没过多久，便丢下一屁股债和三个孩子一位老人离开了人世。自此，一家人只能靠政府给的低保金过日子，老少四口陷入了极度困难之中。

俗话说，福无双至，祸不单行，2017年暑假，屈琼大姐特邀请大女孩免费参加夏令营活动，她发现女孩脸色发黑，精神非常颓靡，便嘱咐她去医院检查一下。这一检查可不得了，女孩居然检查出患了白血病，真是屋漏偏逢连夜雨！屈琼大姐马上发动社会爱心人士为女孩捐款，为她治病。然而，疾病从来没有眼睛，它不会认为病人是小女孩就放过她，也不会认为病人家里贫穷就不降落其身。仅仅2个月时间，女孩就幽幽离世，多么好的年华，多么努力的一位女学生啊，就这样花飞花散了。

命运似乎觉得这样对待这一家人还不够，孩子们的奶奶，这个唯一能照顾他们的大人，因为焦急重重地摔了一跤，双腿骨折，只能靠拐杖支撑着走路了，如今，她只能拖着残疾的身躯，与孙女孙子相依为命。

屈琼大姐把助学金交给老婆婆，老婆婆泪眼婆娑，趔趔趄趄的。我虽然心里觉得沉重，因为命运对他们如此不公，但又感到欣慰，幸好生活无情，人间有爱，在政府的照顾下，有积善这样的社会组织在帮扶，他们的路会平坦一些，孩子们正在成长中，几年十几年后，孩子们长大成人了，就可以接过奶奶肩膀上的担子，担起这个家庭的生活，让奶奶安度晚年。

助学帮扶的故事很多，屈琼大姐只是简略地讲述了一些。

衡阳县金兰镇有两姐弟欢欢与科科，他们在上大学时，近六十岁的父亲因十几岁时得了骨髓炎落下终身残疾，不能参加劳动。母亲谭艳12年前被诊断出双肾功能衰竭后一直靠药物治疗，2012年冬恶化至尿毒症，到2017年突发脑溢血离世。这个举步维艰的家庭，只能靠低保和积善志愿者协会等各方给予的助学金和救助金勉强维持生活，他们两姐弟才得以顺利毕业，能承担起家庭责任和照顾残疾的父亲，并为社会做出自己的贡献。

屈琼大姐多次跟我谈起一个叫华成龙的小伙子，他走过沙漠达到绿洲，成了积善之家爱的传承者。华成龙说："2011—2014年是我上高中的人生关键时期，那时我妹妹刚上小学，是家庭最困难的时期。我是幸运的，生在一个有爱的人间，亲戚、朋友、村委会、衡阳县积善志愿协会给了我很大的帮助，使我上完高中考上大连交通大学。"华成龙毕业后成了中铁技术员，特地来到积善志愿者协会，拉着屈琼的手说："琼妈妈，感恩您和曾经帮助过我的人，从现在开始，我也是积善之家的一员，这个红包请您转交给需要帮助的孩子。"屈琼感动得眼眶湿润了："积善志愿者协会爱心传递开始发芽了，你第一个月工资还未领，就先给协会活动捐款，我感觉好欣慰!"

衡阳县板市乡的顿晴华同学读高二的时候至亲去世了，家倒了一半，人也垮了一半。过了一两个月，经学校老师引荐，她认识了屈琼会长，来到了积善之家。通过协会的资助，她顺利考上了衡阳师范学院外国语学院。镜头一晃，顿晴华即将大学毕业，她被积善行动所感染，因而，毫不犹豫选择了师范专业，要把爱传递下去，将来关爱更多孩子，她的成长之路被爱点亮，也会去点亮别人的世界。顿晴华说："等以后毕业离开校园走上社会，我也想成为积善之家的一名志愿者!"

"只有面向阳光，阴影才会在后方!"这是屈琼常说的一句话，她在QQ空间表达自己做慈善公益的决心："我要辛勤耕耘，忍受苦楚，我放眼未来，勇往直前，不再理会脚下的障碍! 我坚信，沙漠尽头必是绿洲!"

情牵辛女溪

温暖，是人们共同追求的东西。光怪陆离的世界，总有温暖存于其间，让我们对生活充满感慨和希望。湘西泸溪县武溪镇红岩村的李云峰，也让我产生些许感叹，他的行为温暖着当地的贫困乡邻。

我见到李云峰是在 2018 年 6 月 20 日。那日天上飘着一点怡人的微雨，凉爽的空气让人舒畅，我准备去湘西武溪红岩村开展免费送医送药上门服务的扶贫活动。一路的辗转，加深了我对湘西的认识。在我们当时来到的时候，发现这里正在努力发展经济，如火如荼地展开脱贫攻坚战。

近几年来，扶贫攻坚的力度在湘西得以彰显，一个个贫困村、乡镇摘帽，彻底改变了湘西在人们心中的印象。

到达吉首时，已是华灯初上，这里少了省会的喧嚣，却有山城的静谧。送我们去泸溪的荣复精神病院同仁介绍说，这些年泸溪的变化也是不小，从城区的繁华就可见一斑，过去，这个山城黑沉沉的，连鸟雀都少有停留，城区老旧狭窄，交通闭塞。

距上次在红岩村送医送药送健康活动已有很长一段时间了，21日清晨，四叶草慈善基金会协同湘西州荣复医院，又一次开着两台救护车，带着一队医护人员、B 超机、血压测量仪、心电测量仪等设备和大量药品浩浩荡荡开往武溪镇红岩村。

一路绕山而行，包宋德玩笑地说："这么多免费送药送诊送健康的爱心人士的来到，使红岩辛女溪久旱遇甘露。你们知道吗？红岩是泸溪的桃花源，有风景优美的辛女峰和辛女溪，有着古老的美丽传说，这里由苗、瑶、汉族人组成，其中苗族和瑶族占80%，全村共有 10 个寨子，我们去的寨子苗族和瑶族百姓占全村四分之一。以前辛女溪与外界是水上交通，船舶出入，辛女溪村方圆四公里无人烟。"

包宋德给我们讲述了传说故事：在沅水中游，辛女峰与盘瓠庙隔岸相望。相传远古时代，盘瓠听说高辛招兵买马和犬戎国交战，如有取得敌军将领人头者，高辛就将公主许给他为妻。于是盘瓠出去应战，胜利而回，可是高辛看到他是狗，却悔婚了。而高辛帝王的女儿辛女却是位忠烈女子，她坚守承诺，与抗敌功臣、苗族英雄盘瓠私奔婚配，从京城来到沅水中游西岸蛮荒之地创建家园、繁衍生息。后来盘瓠不幸遭谋杀抛尸于沅水，辛女沿着沅水流域寻夫尸体，哭干了泪水而气绝化为一石屹立于沅水之滨，后人称为"辛女岩"，她的眼泪化作了辛女溪。湘西苗人尊辛女为"神母"、尊盘瓠为"神父"，并立"辛女庵""盘瓠庙"祭之。

我们透过车窗，望着流动的山水，不禁感叹这醉人的风光。包宋德主任说："这么美的地方却这么贫困，我们必须努力，让它变得富饶。现在有什么官二代、富二代之说，在泸溪，有的是难四代。"

"什么叫难四代？"我还沉浸在凄美的传说中，听到包主任后面一句，不解地问。

"就是祖辈四代人都是困难户，因此，我们的扶贫工作叫'难四代行动'。红岩村是全省的贫困村，各级领导都很关注泸溪的扶贫工作。近几年来，我们在这里引导村民发展产业——大力发展稻花鱼，辣椒，山鸡，放养了4000只青年母鸡，放养一批铁骨猪。"

"青年母鸡？"我们咀嚼着这个有趣的名称，大声笑了起来。笑声在山峰之间回响，这个山清水秀却又无比贫穷的地方，曾经让人欢喜，让人忧。好在政府加大了扶贫力度，将产业带到这里，下决心让这里的人们彻底脱贫致富。

"青年母鸡，就是可以下蛋的母鸡！"包宋德主任也大声笑了起来。

山路一路蜿蜒，我们到达目的地。红岩村委会设在一栋鹤立鸡群的小洋楼里。一了解才知道，这楼不是村委会的办公室楼，因村委会正在修建中，暂借这栋楼的一楼办公，相比一色的木屋旧舍，这栋楼特别引人注目。

"这是谁的楼呢？"我很好奇。

大家在一楼布置就诊、检查、拿药、B 超检查点时，小楼的主人——李云峰出来迎接大家。包宋德主任向我们介绍道："红岩村是个合并村，2016 年撤并之前，我们所在的这个地方叫辛女溪村。李云峰是位 1980 年出生的年轻企业家，靠着自己的聪明才智和敢干敢拼的精神，于 2014 年 5 月在长沙成立湘西子丰装饰设计工程有限公司，领先致富，并安置了很多贫困家庭的劳力，免费给村委会供应临时办公场地。"

李云峰虽然是公司老板，但他没有摆一点老板架子，看起来，他就是比较讲究、比较精致一点的村民。李云峰轻描淡写地说："我是辛女溪村土生土长的，小时候，我家 5 口人，全靠父母在辛女溪村耕种 4 亩水田过生活，那时候我们这里比现在要贫困很多很多，从村里到外面去的路全是弯弯曲曲的小山路，不通车，也没有电。靠着那产量很低的水稻和小麦玉米等杂粮，勉强生活，进城买肥料农药和种子及生活必需品什么的，全靠几十里步行肩背手提，贫穷伴随着我的整个童年！17 岁那年，我不得不出去打工，做苦力、掌握技术、学管理。从一个底层打工仔做起，一步步努力，现在在长沙拥有了自己的装修公司。后来，我差不多积累了千万资产，于是，我就在家乡投资发展产业，并建了这栋楼。"

"确实是有独树一帜的感觉，但其他村民似乎还不太富裕。"我环顾一周说。

李云峰介绍说，在长沙的装修公司里，他安置了好些辛女溪村的村民。这些村民之前都只知道在家里种着两亩薄田，过着胀不坏饿不死的生活。因为泸溪县是国家级贫困县，辛女溪村又是贫困县里的贫困村。村民们种田种地靠天讨吃，碰上天旱，生活就极为困难了，除了政府给的一点救济，无任何其他生活来源和门路。在李云峰的带动下，他们跟着他在城里搞装修，挣到数量可观的工资，很大程度地解决了家庭生活环境和经济状况。

　　李云峰对乡亲非常照顾，乐于助困，有个村民小梓（化名），家里特别贫穷，因为有年老体弱的父母，还有患先天性智障的儿子需要看管，父母勉强能自理，儿子却连自理能力都没有，需要一个劳力来照顾。为了照顾儿子，小梓想出去赚点钱也不行。知道这个情况之后，李云峰就让小梓带着智障儿子一同进了他的装饰公司，为了让他照顾儿子和做事兼顾，不但给他们安置了住宿，还安排他从事建筑、园林施工带班。小梓心存感恩，工作也特别认真负责。李云峰根据他们家的情况，给他高于其他员工更多的薪酬，并且还给那个在父亲带领下干点零活的智障儿 2500 元左右每月的工资。这样的大爱，居然在这位当时三十多岁的李云峰身上体现！不得不让我对其刮目相看。

　　"我是经历过贫穷的，更有切身体会，更能理解乡亲的难处，我希望尽力帮他们摆脱贫穷。"李云峰由衷地对我说。

　　2013 年春节，李云峰回乡探亲，他发现离家多年，家乡的面貌并没有太大改变，青山绿水，美得让人心疼，可是它过于孤芳自赏，并没有给村民的生活带来半点改观，乡亲们仍然生活在贫困之中。因此，他决定回乡创业，改变家乡的贫穷面貌。

　　习近平总书记说过："绿水青山就是金山银山。"① 家乡的自然环境好，适合搞生态农业，这些年在外面，看多了那些价格昂贵的假土禽、伪山珍。他总回忆起小时候在家里吃的又香又纯的自家养的鸡鸭，如果城里酒店的餐桌上，能摆上真正的土禽山珍，生意效益又不知会提高多少呢？他多次听到一些酒店老板抱怨没有购买真货土货的途径，这个现象让李云峰得到了启发，社会有需，他们可以供啊！于是，他脑海里萌发了在家乡发展农业产业，带领村里的父老乡亲一起致富的梦想。

———————————

　　① 　参见：《习近平关于社会主义经济建设论述摘编》。

经过一番考察，2016 年 4 月，李云峰回到家乡红岩村，成立了泸溪县辛农春种养殖农民专业合作社，投资 600 多万元，并流转了 500 亩土地，种植大棚蔬菜和水稻。2015 年底又流转 1200 亩山地，养殖乌骨鸡。这种鸡虽然外表颜色与普通的麻鸡看起来很像，但是屠宰后可以看出，乌骨鸡的皮和骨头都是乌黑色的，有一定的药用滋补价值。

李云峰将鸡圈放在山地，采食青草和昆虫，容易造成土地板结。为了保障生态环境和养殖卫生，李云峰采用轮养的方式，用栅栏和网布把养鸡场分区，循环使用。

最初，李云峰遇到很多困难，场长与饲养员的辞职，老鹰频繁大量偷鸡，山洪水冲走鸡棚等，造成了很大的损失。但李云峰没有放弃，他在鸡群中放养了好斗和领地意识强的鹅，将养殖进行到底。

在销售上，李云峰将上门推销变成邀请体验和视频直播，邀请合作商家到自己的养鸡场参观，做成给鸡催眠的技能视频宣传片推介自己的养殖场，将产品成功卖到终端市场。2017 年，李云峰与当地一家自媒体公司达成合作，通过网络招募游客，每两个月举办一次养鸡场开放日活动，当众表演给鸡催眠，利用这个神秘的营销手段，他把土鸡卖到每斤 40 元，比当地市场价高出一倍，2018 年整体销售额超过 500 万元。趁着游客们现场抓鸡，李云峰在网上进行直播和销售。现在李云峰每次直播都能吸引来上千名网友在线观看，也获得了一大批忠实顾客。2018 年，李云峰出栏土鸡 4 万只左右，再加上蔬菜和水稻的销售，销售额比较可观。

李云峰在聘请工人时，尽量安置贫困乡亲来做饲养员。村民李肆是中度先天性低能，他的妻子岩华也是深度先天性低能。他们一无子女，二无文化技术，三无亲戚帮衬，在外面根本无法找到事做，两人靠两亩薄田过活，生活异常拮据，是不折不扣的贫困户。李云峰看在眼里，记在心里。在合作社需要人手的时候，将李肆与岩华双双请到养殖场，李肆做饲养员，开具固定工资 2500 元/月，在辛女溪村，已经算非常不错的收入了。李肆的妻子岩华缺乏劳动能力，李云峰对她进行了特殊照顾，免费供给她吃住，并随时方便李肆看护她。

阿龙是辛女村人人皆知的贫困户，他一直患有严重的晕血症，哪怕是牙出血，他都会晕，因此，28 岁的他无法出门去打工，只能待在村里务农，种田种地，保证最低的生活，没有额外收入，日子过得非常拮据。李云峰的养鸡场建成之后，就安置阿龙来场里任饲养员，给予他每月 3000 元工资，让他从一个只能勉强饱腹的生活水平，逐渐进入了小康。

患有心脏病、五十多岁的桃花，常年靠药养着，她从来没想到过年过半百还能在家附近找到工作，实现自己更多的劳动价值。而且，也只有李云峰，能接受她这样的病人在养鸡场做厨师和保洁员，除了能打理家务，按时来养鸡场做两餐饭，轻而易举就能赚 2000 元每月。其实，重要的并不只是能赚钱体现劳动价值，而是她几十年来除了家庭，还有了工作的快乐，她觉得人生有了更多的意义。

除了安置残疾人和贫困乡亲工作之外，李云峰还经常会给贫困的员工们提供生活上的帮助，给他们赠送衣服、粮油等，从各方面给予贴补。

红岩村委会田建设秘书告诉我，近些年，党与政府及社会各界都很关注红岩村的扶贫工作，关心那些尚在贫困中挣扎的村民。正因为如此，贫困地区、贫困户才一个接一个地摘帽。有时候，是党和政府的一个兜底政策的有力执行；有时候，是某些社会组织的一个关爱行动；有时候，是某家企业的爱心扶持。那些深陷贫困的人，被一束温暖的光照亮，他们找到了生活的方向，他们得到了帮扶，甩掉贫穷之帽，走上康庄大道。

我要离开红岩村了，这个山沟沟里的村庄，正升起袅袅炊烟，那些烟从瓦片屋顶飘出来，蜿蜒向天空，一部分烟雾散向山腰，妖娆如乳白绸缎，拂于青山绿树上，如一幅唯美的山水画。我们的车在通村公路上颠簸，置入这幅山水画之间游行，有着若梦幻若仙境的感觉。公路正在修建，宽宽的路面，尽管还是泥巴路，但我看到了不久的将来，路面经过硬化，不再有坑坑洼洼，不再泥浆满腿，一辆辆农用车、货车和小车在大路上欢快奔驰……

以上所写的只是志愿者的个例，事实上，在湖南，我遇到了很多的助残志愿者，他们将自己的满腔热情化成了实际行动，用温暖的行动搀扶着残疾群众，贫困群众往前行走。他们是普通人，他们却做着不普通的事情。人人都献出一点爱，世界也就将变得更美好。

第四章　葱葱常青藤

不经一番寒彻骨，怎得梅花扑鼻香。残障人士做任何事的难度都比健康人大，他们就业、创业需要健康人百倍的努力，才能获得成功。林名长、谢向前、贺瞻、杨淑亭、曾令超、谢祖江，虽是折翼天使，却在政府关怀和亲友鼓励下走过生命寒冬，并创立自己的事业，在助残扶弱的道路上开辟了一条条阳光通道，为更多的残友引出坦途，感召他们自强自立。

长风破浪会有时，直挂云帆济沧海。长沙千骁网络信息科技有限公司负责人杨征，是一名肢体残疾人，他已于 2014 年结婚生子，步入不惑之年的他厌倦了两点一线的生活，想趁着风华正茂的年纪拼搏自己的事业，便与 80 后肢体残疾人闫明明一起从福利企业辞职，开始了他们的创业之路。

走上创业路的杨征决定在闫明明从事的计算机行业上试试水，于是便成立了长沙千骁网络信息科技有限公司，最早主要从事网络信息技术的开发与服务，以网站建设、移动互联产品、网络营销服务为核心业务。公司涉及的服务有：网络技术、信息技术、软件的技术开发、技术转让、技术服务，网站策划、网站建设、网站推广、网站优化、网站托管，企业策划、品牌形象设计、标志设计、包装设计，电子商务咨询、网络营销策划，计算机软硬件的服务与销售等。

对于即将步入不惑之年离职创业的杨征，亲友们很多都是不理解的，他们说："瞎折腾！有车有房四十几岁的人了，不安心在单位工作，不担心失业，日子过得比较惬意，还要出去创什么业，受苦受累，糊涂！"

但杨征自己很清醒，他倒觉得当时的机械性工作毫无挑战性，也不能更大程度地实现自己的人生价值。因此，杨征顶住压力，和闫明明商量："明明，现在从事互联网行业，帮别的公司建设和维护网站，应该还有发展前途，你有没有决心和我一起干？"

闫明明说："好啊，我正想要利用自己的技术干一番事业，但我一个人势单力薄，一直只敢想不敢行！"

恰巧此时，杨征和闫明明得知湖南省残疾人创业孵化基地帮扶残疾人创业，可为公司提供两年免费的场地扶持。他们喜出望外："真是天助我也！"，俩人一谋划，便准备资料，按程序报名，经过合理竞争和考察筛选，长沙千骁网络信息科技有限公司顺利地入驻了省残疾人创业孵化基地。杨征原以为就算公司创建之初效益不好，但肯定也不会比打工差，只要保持收支平衡，未来可持续发展就指日可待。

但是最初两个月完全没有订单，对杨征和闫明明来说无疑是个打击。正当他们失意彷徨之时，一个朋友向他们伸出了幸运的橄榄枝，朋友明知道他们没有什么经验，却依然把订单交给他们，这个鼓励是他们创办公司两个月来的一场及时雨，很大程度地滋润了他们快要干涸的创业之心，他们别提有多感动了。

每当杨征谈到创业之初的情景，就会感慨："万事开头难啊！但是，有了第一单后，很快就有第二单、第三单……"为了公司的发展，杨征一改以前在福利单位上班的轻松悠闲，他开始风雨无阻地四处奔忙跑业务。

有一次外出宣讲公司产品时，他带着女儿也来到了会场，由于全身心地投入。直到会议结束之后，他才发现自己幼小的女儿已经累得睡着了，她嫩嫩的皮肤上，被蚊子叮得浑身是包，这里红一块，那里肿一坨，杨征心疼极了，对着孩子熟睡的脸庞，心里充满了歉意。

后来，长沙千骁网络信息科技有限公司因种种原因，和市场对接不能很好地协调，导致公司发展不尽如人意，必须转型。杨征与闫明二人经过反复进行市场调查与可行性分析，于 2016 年 10 月成立了湖南迪火信息科技有限公司，是"二维火"智能餐饮系统湖南总代理。"二维火"专注于云计算餐饮软件系统的研发和应用，功能包含排队叫号、点单收银、会员营销、数据报表、远程管理、手机收银等，能满足餐厅和零售店铺的各种场景需求。

杨征和闫明明与餐谋天下等多家连锁餐厅达成战略合作协议，客人进入餐馆使用平板电脑就能自助点餐。方便了客户，也让杨征公司的业务量成倍增长，公司产品也不断丰富。

公司成立以来，已服务于湖南及周边省份城市共计 1200 余家商户。2018 年实现销售收入 468 万元，优质的服务和完善的售后已在湖南餐饮界形成了良好的口碑。湖南迪火已成为餐饮服务行业内知名品牌。

当时，迪火信息科技有限公司把网站建设作为突破口，直到进入这个行业以后，发现不仅可以做 PC 端、手机端的网页，还可以做微信公众平台、App 等。于是，他们做了二十多个大大小小的网站，也做了三个系统。公司创建至今，由最初的两个人发展到了 18 个人，同时带动了 5 名残疾人就业，2017 年公司销售额达 360 万元，2018 年销售额达 468 万元。

公司上了正轨后，杨征还走进长沙特教中专，与即将走向社会的毕业生分享自己的创业心得。杨征说："他们即将走向社会，很多人就业都很迷茫，都需要前辈对他们有心理上和今后工作上的指导。我觉得分享亲身经历的故事给他们，让他们做出正确的选择，对他们有利。而不是盲目的一毕业就想着创业，至少要先去公司打两三年工，积累一定的工作经验。"

两年的时间说短不短，说长不长，公司马上要离开基地，回首创业路，杨征深有体会地说："创业还是需要靠科技创新这一核心竞争力，靠团队员工的热诚服务，才能在激烈的市场竞争中游刃有余，从落后的起跑线上奋起直追。"

两年的酸甜苦辣，两年的拼搏和感动，在基地的每一天，每一月，每一单，每一次发展壮大，都让杨征与闫明明记忆犹新。他们公司就像一只被母亲孵化出来的小鸟，即将出壳，自己扇动翅膀飞到大自然，展翅翱翔到天空的更高处。

杨征和闫明明商量说："我们不能依靠自身的残疾来赢得社会同情、来拉业务，还是要靠自身技术力量和过硬的服务来赢得市场，企业靠同情是走不长远的。"

创业这条路坎坷不平，但是杨征更相信只要实干就会有商机。在杨征与闫明明的齐心协力下，如今公司已成为一个拥有互联网思维的年轻创业运营团队，平均年龄 31 岁。团队内聚集了一批网络工程技术、网络信息开发、营销管理等各方面专业型人才。公司的企业精神是信守承诺、自强不息，知行合一，为不甘平庸的餐饮人服务。公司秉承一切以客户为中心、以服务求生存、以质量求发展的经营理念，将一如既往地服务于湖南餐饮企业，通过专业服务为客户创造价值最大化是他们奋斗的目标。

2019 年的扶贫工作已进入攻坚时期，残疾人群脱贫成为最难啃的硬骨头之一。《求是》杂志 2020 年第 13 期发表文章提道："2012

年至 2019 年，湖南减少农村贫困人口 747 万，年均减贫超 100 万，6920 个贫困村全部脱贫出列，贫困发生率从 13.43% 下降到 0.36%。"我还看到一条消息，邵阳市新邵县潭府乡团结村人李健明获得了一个新身份——农村劳务经纪人，被大家亲切地称为"就业媒人"。他成功地介绍几十个贫困户找到了合适的工作，实现了"一人就业，全家脱贫"，为该村脱贫摘帽贡献了一份力量。

以管窥豹，在脱贫攻坚的大"战场"上，一个普通的村民竟能发挥如此喜人的作用，一个扶贫干部、一个社会团体、一级政府、一个企业，又能做出多少为 2020 脱贫目标添砖加瓦的事呢？在对残疾人的就业帮扶中，各个阶层的干部、各个行业的人民都参与了助力运动，为取得胜利贡献力量！

湖南省在 2014 年就成立了残疾人创业孵化基地，以"孵化促创业、创业带就业、共赢求发展"为宗旨，综合运用政府购买服务、社会资源资助、政府政策帮扶等方式，集约成本、集中资源、集成服务帮助残疾人成功创业，孵化出一批又一批残疾创业者，其创新性、实用性获得了社会各界广泛关注与认可。

随着党和政府的扶贫政策逐一实施，各单位、企业和社会组织的积极参与，创业孵化基地的成功孵化，残疾人从生活起居到就业、创业得到有效的帮扶，残疾人脱贫致富应该会指日可待，这块硬骨头将在细烹慢炖中渐渐软化，最终在各界聚力推进中取得美满结果。

我从深度采访的残友故事中，深深感受到他们身残志坚、拼搏创业的奋斗精神，为他们创业成功而欣喜，为他们反哺社会、倾力帮助其他弱势人群而感动。我想，在他们的感召之下，更多的残友和弱者只要坚定信心，朝着目标奋进，一定会抛掉阴暗，战胜贫困。

■ 如家如凝馨

2019 年 5 月，百花盛放，万物繁荣，入春的料峭寒冷已远，盛夏的炎热浮躁未到。正是温和而不疏淡，热烈却又不闷躁之季。今天是难得的多云天气，我在市残联李梅的带领下，从长沙赶往浏阳，去见一群快乐无忧、信心满满的残疾朋友。我以五月的心情和轻盈的步伐，踏进了浏阳市大瑶镇南川社区宏城小区。

一个名为浏阳市大瑶镇凝馨残疾人服务中心的机构，豁然出现在我的眼前。宽大的前坪，摆着两排制作精美、图文并茂的活动展板，上面拉着十来条挂满彩色纸风车的装饰条，一股美好与温馨的感觉迎面而来。宽大的门牌上，绿底白字书着"浏阳市大瑶镇凝馨残疾人服务中心"。

服务中心年轻的负责人林名长远远地迎了出来，毫无顾忌地伸出他两只缺失了手腕手掌的双臂，向我们摇动着表示欢迎，声音爽朗欢快。

这座四层的楼是林名长自己的房子，总共有两个大门面，约有十余米宽，右边是大厅，有前台和会客区，左边是工作车间，我看到六排工作台上堆着许多鞭炮筒，有的捆成一小捆，高高地码在工作台上，工作台旁边整整齐齐地坐满了穿着鹅黄工作服的工人们，他们个个认真细致地在做着手上的活儿。当我的目光投射到他们的身上时才发现，这些工人都很特殊，他们并不是健全人，都是残友。

该中心占地面积 500 平方米，包括一、二层，总投资 60 多万元，于 2016 年 4 月由林名长本人筹备建成并投入使用。服务中心内设康复训练室、阅览室、文体娱乐室、电脑培训室、心理咨询室、工疗室等功能区域。目前共有登记在册会员 264 位，分别是来自江西周边乡镇及浏阳南区 5 个乡镇的残障朋友，其中符合托养条件的人员 56 位，每天接受日间照料的有 45 位之多。定期开展扫盲、文娱活动，通过评选"家园之星"让大家积极面对生活。中心林主任和各界爱心人士还经常组织大家外出踏青、旅游，邀请心理专家来给大家做辅导等。

他们都很投入地做事，个个精神面貌良好。轻音乐在空间流淌，氛围美妙而雅致。我们参观了各功能室，精致、简洁而舒适。在阅览室里，一位老者正在绘画，林名长用一贯爽朗的声调介绍说："刘老是自学成才的画家书法家，你们看他画得多好啊，他在浏阳书画竞赛中获得过二等奖！他的名字非常好，叫楚材，唯楚有才！"大家都表示赞赏，刘老放下画笔，站起身和我们打招呼，介绍他墙上的书法，桌面上的国画。有喜欢书画的残友来学，刘老就耐心指点，培养残友们的兴趣爱好，提升了艺术品位，增添了中心的文艺氛围。

在这里，林名长感召了很多残友走出阴霾和封闭，来到服务中心这个温馨和睦的大家庭，自信自强，积极向上，朝着美好生活奋进。

心在，舞台就在

在春夏交替之际，浏阳市大瑶镇南山村的刘祥伟迎来了双喜临门的收获季，刚刚在 2019 年 4 月获得了中国农业农村部浏阳市颁发的"新型职业农民证书"，又于 2019 年 5 月的第 29 个全国助残日前夕的浏阳市"向阳生长　温暖同行"大型活动中获得浏阳市第五届残疾人自强模范和扶残先进个人！刘祥伟眼里饱含着激动的泪水，捧着沉甸甸的自强模范荣誉牌，站在领奖台上，心里的感动溢于言表。他脑海里浮现着这么一句话：心还在，舞台就在。

是啊，他现在拥有的这个荣誉和这方舞台，就是因为他的自立自强之心奋斗来的。而我必须相信，几年前，他还是个游手好闲、得过且过、毫无生活斗志的青年。现在，他已是一位种养致富典型了！

"我和林总是多年朋友了！我们是同年同月同日生的。认识他之前，生活在别人的异样眼光下，我心情非常低落，自卑消息，没有目标。"刘祥伟坦诚地对我谈起他的过去。

刘祥伟1982年出生，因父母近亲结婚而致右手手指和手掌没有发育，成了先天残疾，从小吃饭做事都靠左手。从知事起，他就因残障的右手一直忍受着周围人的议论指点，生活在重度阴影之下。从小学到中专，就是这样自求静默地长大成年，他中专学的是计算机，因此学会了玩游戏。游戏是个很让人沉迷的东西，刘祥伟因此淡忘了自身的不足，长年累月地深陷游戏里不能自拔。他从不考虑自己的人生，也不想未来，过着当天和尚撞天钟的日子。

"你成家了吗？"我问。

林名长大声笑着插话："祥伟很厉害的！我都叫他哥呢！他老婆是用键盘搞来的，还是个湖北女孩，长得很漂亮，又是健全人，是个不折不扣的大学生，而且还比他小十多岁！我常要他把这种经验介绍给我们这些残友们。"

"啊？"我感到非常惊异。

刘祥伟呵呵直笑："已经结婚了，还有了个女儿，一岁多了。那是十年前，有次在网上聊天时，偶然认识了一位湖北的中学生，两人很投缘，聊得很是热乎，慢慢地，我们两人就产生了感情。"

"你老婆当时知道你右手障碍吗？"我问。

他说："当时，她是不知情的，我有私心，并不想把这个让我自卑的实情告知她。有一年，她来长沙了，我必须去看她，这才露出了庐山真面目。她当时肯定是有点小震惊的，但没有掉头就走。"

"她有没有说你的优点和令她欣赏的地方？比如幽默、聪明等等？"我问。

"可能是我的口才比较好吧，她说她受了我的骗！"讲到这里，刘祥伟掩饰不住的自豪和开心。我被他的话逗笑了："是她的出现让你想着要好好干一番事业吗？"

刘祥伟说："我是受林名长的启发才想改变自己的。当时心里有很大触动，在他的影响下，觉得自己比林总还是要方便些，不应该没有人生目标，是改变现状的时候了，是要干点什么事业了！"

刘祥伟清楚地记得当年和林名长相识的情景，那时他朋友开了个装监控的店。有次他去朋友店里玩，发现了浏阳市宏城广告有限公司老板林名长。当时看到他的双手比较惊奇，心里说："呃，他一双手都没有了，居然还开了广告店，生意做得这么红火。而且他一点都不自卑，正能量爆棚。"刘祥伟对林名长产生了浓厚兴趣，急于想知道他是怎么做到的。

一接触就知道林名长聪明能干脑子活，在这点上，刘祥伟倒觉得自己头脑也不差。可是为什么林名长这么不方便，却还能搞得这么好呢？自己却一无所有，心里顿时感到很大的落差。他想向林名长取取经，然后，他们就成了好朋友，由于两家相隔不远，他们经常一起散步，聊事业、生活、理想。林名长也经常帮他出主意，想办法，支持鼓励他放开手脚干。

有句话说："人生是条无名的河，是深是浅都要过；人生是杯无色的酒，是苦是甜都要喝；人生是首无畏的歌，是高是低都要和。"

林名长和刘祥伟谈起他的过去，其实，他也是经历过痛苦、消沉与彷徨的，这是个过程，只要尽快走出阴影，树立信心就好。

2005年在广东开车的林名长遭遇严重车祸，一个身体健壮、时刻充满着活力与热情的二十一二岁的小伙子一双手掌被生生碾断。之后的整整四年里，他无法接受已成残疾的现实，将自己狠狠关在家里。消极、颓废、沉默寡言，种种逃避。家人想方设法开导他，鼓励他面对生活，回归社会。为了维持生计，他去了很多公司、厂子面试，发现失去双手的自己在就业这一块太难太难。后来经过亲朋好友和政府的支持，他在镇上开了一家打印店。好在两年的低潮生活并没有将林名长的韧劲消磨掉，在妻子执着的陪同下，林名长起早贪黑地学设计、练打字，花费比别人多十倍的精力，用 4 年时间把一家小小的打印室发展成资产上百万元的广告公司。

了解到林名长的创业历程，刘祥伟想清楚了，他不能让自己再沉沦下去。在林名长的感召之下，坚定意志，和几个朋友在市中心广场搞起了大型夜市烧烤摊。烧烤摊都是在晚上营业，数夏天生意最好，钱来得比较容易，做了两三年，赚了些钱。但因他没有成家，挣钱快花钱也快，左边进右边出，并没有留下什么资本。

虽然如此，刘祥伟的自信心是树立起来了，也就在那时他在网上认识他妻子的，因此才有了追求幸福的劲头。

烧烤做了几年之后，每晚熬夜让刘祥伟有点承受不住，烧烤摊解散之后，他便去了广西扶绥烟花公司，从事鞭炮烟花销售工作。当时刘祥伟正和妻子谈恋爱，因为妻子当时年纪小，刘祥伟只能等她大学毕业娶她。妻子是个重感情的人，因为多年交流，两人早已放不下对方，就等着毕业后来浏阳与刘祥伟共度人生。

在世俗的眼光里，残疾的男中专生与健全的女大学生结合，一般是不可能的，刘祥伟的岳父母当然是奋起反对。他们坚定地说："不行！我们辛苦将女儿抚养大、让她接受高等教育，大学刚毕业工作都还没找，凭什么身体不健全、其貌不扬的刘祥伟就要让我们漂亮的宝贝女儿远离湖北，跟他到湖南浏阳去？"

爱情的瓶颈要怎样突破？刘祥伟陷入困境，但他对爱情坚如磐石："我知道，我必须努力抓住自己的幸福！"

我迫不及待地问他："你是怎么打动她父母的？"

刘祥伟笑道："这就要死皮赖脸了！"

在场的人一听，都哈哈大笑起来。

死皮赖脸是他自贬的说法，其实是他对爱情的坚定意志和敢爱敢担的精神。因为他不再是吊儿郎当的青年，他成了助残志愿者，经常参与到助残扶弱的事业之中，并以林名长为榜样，决定干出一番事业给妻子创造幸福生活。当然肯定发挥了他的好口才，以情感人、以誓动人，方才得到岳父一家默许，如愿抱得美人归。

成家之后，刘祥伟对创业的想法更迫切了，但做什么生意呢？刘祥伟找不到突破口。

一天看电视的时候，他偶然看到中央七套的"致富经"栏目，当时介绍了一个致富门路就是养泥鳅。刘祥伟是农村长大的，对泥鳅非常熟悉，田间池塘、水沟溪江，哪里没有泥鳅的身影？泥鳅被人们称为"水中之参"，营养价值很高，用菜籽油一炸，香喷喷的下酒下饭好菜！而且泥鳅发得很快，四季都能从野外抓到，春天泥鳅就开始迅速繁殖，夏季便到处都是，以前插秧时，一不小心腿边就会碰到。

人工养殖，要怎么养呢？电视节目讲得并不详细，刘祥伟也不急，他开始上网搜索养殖方法，他说："这难不倒我，我能在网上网来媳妇儿，难道还网不到养殖泥鳅的方法？"

2017年，刘祥伟带着五个人一起筹备建设养殖基地，其中有三位残疾朋友。他拿出家里所有的存款，再贷款，加上另外五个合作社成员投入的资金，总投资四十多万。为了找合适的场地，刘祥伟走了不少路，他介绍："泥鳅养殖基地必须选择光照良好，温暖通风，交通便利，水源充足，进排水方便的地方，还要保证饲养池3公里内无污染源。"功夫不负有心人，经过多方踩点考察与协调洽谈，他们租赁了十几亩地，开挖成塘，投入泥鳅种苗，并成立了浏阳市芷情种养专业合作社，轰轰烈烈、热火朝天地干起泥鳅养殖。

为了精通养殖专业知识，刘祥伟积极参加各种创业培训，他珍惜培训机会，用心听专家讲课，仔细领会，详做笔记。"我以前读书都没有这么认真过！"刘祥伟笑道。

我问："泥鳅是什么时候开始产出的呢？是不是一下子丰收了销路上有困难？"

"是的是的！"刘祥伟谈到泥鳅就难免有点亢奋了："2018 年泥鳅呼啦啦长起来了，满塘都是黑压压的泥鳅，产量很大，那时候没找到销路，不知道怎么联系客户。"

刘祥伟蹲在养殖场的池塘边，面对浩浩荡荡的泥鳅们手足无措："不赶紧找销路，这么多泥鳅会挤死去！"于是他找了很多途径，送菜场、送酒店、送商场，还在手机上下载 App 进行销售，林名长也主动帮忙扩散消息，各处联系商家。现在，他们已经打通了很多条销路，各个销售渠道都还比较稳定。

"投入已经有了回报！"刘祥伟掩饰不住欣喜的表情说："今后我们还会扩大规模，而且还计划做泥鳅孵化。现在我的目标就是扩大养殖基地，将芷情种养专业合作社做大做强，并带动更多的残疾朋友去发展产业，像林名长一样更多地去关爱残友和弱势群体。"

姣姣凝馨

刚进凝馨残疾人服务中心大门，我迎面就碰上一个女孩，她穿着白色长袖 T 恤，笑容可掬地端着一杯茶捧到我面前，她就是 26 岁的唐姣。

后来，我才看到，她只有右手，左手下臂缺失，空瘪瘪地吊垂着半节衣袖，而那条曾布满疼痛的上臂，则小心翼翼地藏在上部袖筒里。肢体残疾，对如花似玉年纪的唐姣来说是不幸的，然而有幸的是她现在凝馨任职，残友们亲切地叫她姣姣、唐部长。

2017 年 2 月份，唐姣因生活所逼来到一家电商公司当客服。工作期间，她遭遇到种种异样眼光和背后的指点议论以及同事的排挤。唐姣内心有着难以言诉的难堪屈辱和无法承受的打击重创，她难过极了，在公司度日如年，箭一样的眼神在她的四周的阴暗处移动、射击着她。尽管那份工作很重要，无奈的唐姣只能揣着哇凉哇凉的心，含泪离开那个岗位。

很长一段时间里，她不愿听到工作两个字，也不敢找工作。带着极度自卑待在家中。后来，经过浏阳市残联领导的介绍，唐姣来到凝馨。当时，中心主任林名长讲出一句让她刻骨铭心的话："工作能力缺乏不是问题，我可以让我的工作人员慢慢提升。但是我对工作人员有个前提条件，我招聘的这名工作者他（她）必须有爱心，要懂得感恩！"

唐姣说："我因身体的缺陷受了委屈和轻视，缺乏尊重和爱心包容的氛围曾给我带来切肤之痛，我渴望有爱心和宽容的工作环境，作为工作人员，我一定会首先做到！"唐姣毫不犹豫地立即应承，并态度坚定地请求林名长主任给她工作机会。

林名长看到唐姣决心满满，欣然同意了，并鼓励她树立自信，大胆地工作。

唐姣全力以赴，毫无保留地发挥着自己的聪明才智，拿出百倍的精神和发自内心的热爱投入到工作之中。在林名长的不断培育和带领之下，唐姣在凝馨从一名外联专干到综合服务部部长，每一点成长和进步，都离不开林名长的点拨和指导，他不但教唐姣为人处世的道理，还教她积极向上、发挥能量服务残友回报社会。

在凝馨，唐姣发现比她条件差的有很多，智障、精障、肢体残疾的，他们的面貌在凝馨这个大家庭里得到了彻底的改观，自信自强、充满爱心！凝馨是爱的家园，残友的关爱最暖人。有时，唐姣在外面开会或是学习，残友们在一起分享了什么好吃的东西时，总会记得要给她留一份出来。有一次，唐姣到株洲学习，与残友们小别了五天，回来时，她还走在凝馨坪前的马路上，大家就发现她了，他们大声地叫："姣姣回来了！姣姣回来了！"她被接进了屋子，智障残友阙友明马上就从他自己的抽屉里拿出一根他留了四天的香蕉出来递给她，其实那香蕉表皮泛黑，早已不能吃了。虽然他智力不如人，但他的爱心却是满满的，他一心只想着要留着香蕉给唐姣吃，当时的唐姣真是铭感五内，泪水在眼眶里打转，她紧紧地拥抱着阙友明，感受着这种珍贵的爱。

因为唐姣的工作就是服务残友，所以在那些残友的眼里，她永远是他们的知心大姐姐，什么事情都喜欢与她分享，有好的东西也都会想着她。唐姣经常听一些家属说："只要家里有些什么好东西，都念叨着要带去给姣姣，对家里人都没有这么好过。"看似妒忌的话语，掩饰不了他们由衷的满意和感激之情，他们发自肺腑地感谢凝馨，感谢林主任提供这个好场所，感谢有姣姣他们这些负责任、耐得烦的工作人员。

毫不夸张地说，凝馨改变了唐姣，让她获得了灵魂的新生。在凝馨的工作中，她深切体会到除了林名长每天心牵凝馨、心装残友，还有党和政府与残联对凝馨的呵护与扶持及对残友的关爱，才有了凝馨这么好的平台和空间，让残友们自食其力、实现人生价值，使那些曾经生活质量极为低下的残疾人士在这里得到安全快乐的生活保障和温馨融洽的优质生活环境。

在林名长的身边工作，一种强大的正能量时刻鼓舞着唐姣，催她奋进。他经常会讲一句话："再穷不能穷教育，再苦不能苦凝馨。"每每听到这句话，唐姣的心里就会泛起一股暖流，林主任是真正把凝馨的各位残友当作自己的孩子一样关怀备至，他的责任和担当永远不会在凝馨缺位。并以此感染所有的人，让大家更懂得感恩，更懂得回报社会，更懂得自立自强。

如家凝馨

浏阳市制作烟花鞭炮，久负盛名，素有"鞭炮之乡"的美誉，浏阳花炮可谓驰名中外，曾获美国芝加哥万国博览会的优等奖。记得小时候过大年都要放鞭炮，去亲戚家拜年也要放，大家买鞭炮时总问："这是浏阳炮仗吗？"因为浏阳的鞭炮质量最好，个个脆响。

烟花是美丽的，放花炮是快乐的，但是，爆炸这个词，却在美丽和快乐的背后，深深地隐藏着无限的危险和伤痛。

二十多年前我亲身经历过一场爆炸，当时我家乡传说有颗卫星偏离轨迹将落于我们洞口县的境内，所以大家心里惶惶。有一天我刚好在家，突然听到一声巨响，吓得恐慌不已。我第一反应是卫星落下来炸了，然后我跑出屋子，看看到底是爆炸在哪里。出了门，就发现隔壁的二叔家冒着浓烟，屋顶炸开了一个大窟窿。二婶他们在凄厉地哭喊，我才知道是二叔做鞭炮的炸药爆炸了，二叔传承了我继爷爷做鞭炮的手艺，一直以此为业。那次事故之后，我看到的二叔已经满脸疤痕，五官变形，很是恐怖，后来的日子，他就带着那些痛苦的痕迹度日。

凝馨的何昌堤也是因鞭炮厂发生爆炸全身重度烧伤致残的，五官变形，脸部布满疤痕，双手畸形。那是2007年，年轻帅气的何昌堤在一家鞭炮厂上班，因爆炸事故造成全身95%的大面积烧伤，在医院住了三四个月。出院回家之后，何昌堤的双手已经严重畸形，完全失去功能，因他六岁时父母离异，只有父亲全程照顾，好长一段时间他都躺在床上不愿下来。伤好之后，他将自己封闭在家几年，除了怕自己的样子吓着别人，很大程度是因为自卑。

父亲又东拼西凑了些钱，支付何昌堤双手的多次手术费用，后来勉强恢复了一点功能，有两三个手指能夹点东西了。但生活还是难以顺利自理，更不用说再工作了。他的饮食起居全落在父亲身上，五十多岁的父亲必须在包装厂拼命工作和照顾他，没有一天能得到休息。何昌堤其实是很愧疚的，但他又非常无奈，因为他的双手已经没有劳动功能了。

何昌堤的补贴总共只有200元，如果不是父亲养着他，这点钱就只够不被饿死，不能改善生活或者买件衣服买双鞋子什么的。反正这辈子就是这样了，有时候，人不得不屈服于命运，何昌堤觉得。他说："从某些方面来说，我就是个只能生活在暗处的生命而已，像一只老鼠，白天黑夜都只能躲在黑暗之中，以父亲的血汗为生。"

然而，一切都在2017年发生了意料不到的变化。何昌堤记得，那天，有个人来他家走访，询问他的情况。开始他搞不清那人的来头，不知他为何要打听他。

"你是谁？"何昌堤冷冷地问道。

那人说："你知不知道有个叫作凝馨残疾人服务中心的机构？我就是那个中心的志愿者，外联专干。"

"残疾人服务中心？会服务我吗？怎么服务？"何昌堤语气缓和了一些。

来人说："服务中心是残疾朋友的大家庭，对残疾人进行日间托养，你与其天天一个人闷在家里，不如去服务中心，有很多残疾朋友都在那里，一起参加活动、免费心理咨询、免费吃午饭，如果能做事，还可以做点手工活，赚点零用钱，如果你愿意去，中心欢迎你！"

何昌堤有点不敢相信自己的耳朵："我现在这个样子，难道你们不怕吗？我能去做什么？就去吃现成的，被你们供养？这怎么可能呢？世界上怎么会有那样的好事情？"何昌堤苦笑了一下。

然而，令何昌堤想象不到的是，天上果然掉馅饼了，一种崭新的生活实实在在地向他抛来了看得到抓得住的橄榄枝。他随着凝馨的志愿者来到服务中心，看到很多残疾人聚在一起，游乐、做手工、说说笑笑，他们不管有着什么样的身体障碍，一个个都无拘无束、乐观自信。他们对他不曾露出一点点嫌弃的眼光，还拉着他一起去吃饭、捆炮筒。

从那以后，何昌堤终于从黑暗和阴影里走了出来，每天按时来到凝馨，和大家一起吃饭劳动。吃饭是免费的，服务中心有自己的食堂，伙食很好。大家都是平等的，没有谁特殊。

看到残友们在捆炮筒，悠闲地劳作，哪怕是捆上几圈，十几圈，心里都非常开心。这工作他太熟悉了，以前在鞭炮厂，这是最简单的活。因为之前双手功能缺乏，他认为自己什么都做不了。可是，当他看到连双掌全部缺失的中心主任林名长都干着这么大的事业，管理着这么多人的吃喝的时候，尤其是见他吃饭的情景，他必须双手臂搭在一起，用两个锤子般的前臂夹紧调羹，一勺一勺地将食物送到嘴里，那困难程度，比起自己来不知要大多少倍。何昌堤开始感到惭愧了，自己毕竟还有变形的手指，只是不灵活或者是粘连在一起没有功能而已，总还能用手指夹东西，手掌也还能稍微握一握东西。

有次，何昌堤坐下来，尝试着去捆炮筒。最开始投入劳动的时候，何昌堤感到很吃力，因为手指很不灵活，又多年没有去刻意训练，手指不听指挥，夹起一个炮筒不小心又掉了，几乎不能顺利完成工作。他心里难过极了："不行，我不行！"他将残手重重地往桌上击打。

林名长看到后开导他："服务中心只是要培养你们的劳动能力，又没有给你任务。你不要自责，慢慢来，不要急嘛，一两次不行就三四次，七八次还捆不了，就重复十次二十次，总可以的，要树立信心，这就是锻炼、恢复你手指能力的过程。"何昌堤听了这席话，静下心来，从控制手指的夹力到手掌的握力开始锻炼，后来果然能做了。一天捆一点，扎一捆炮筒是一毛二分钱，一直到现在，每个月能挣四五百元，大大增加了自己的收入。而且，在家里，一直饭来张口衣来伸手的何昌堤，不再是父亲的包袱，他也学着做点家务。父亲心里感慨万千："昌堤终于走出阴暗地带了，他能自理了，我在外工作再也不用担心他在家里没饭吃，再也不用害怕他消沉低落和情绪暴躁了。"

何昌堤的改变不是一点点，性格变化了，面貌好转了，愿意和人交流，人变得开朗乐观，基本上能自食其力。他每天上午骑着摩托车来服务中心，傍晚又骑着摩托车回家。他父亲来服务中心，亲眼看到何昌堤的工作现状，不知道有多感动，儿子每天像正常工作人员一样上下班，靠他自己的双手劳动赚钱，虽然赚得不多，但已经能养他自己，他不再是个"废人"。

林总真好，给残疾人创建了一个很好的庇护场所，在残友们的心里，凝馨就是他们的坚强后盾，他们也是有集体有团队的人，谁也不敢欺负他们。我看到那些正在快乐劳作的残友，由衷地为林名长叫好。

"凝馨是我的第二个家，这些朋友们个个都很热情，像家人一样！"何昌堤说。

的确，服务中心就像一个大家庭，越来越多的残友们在这里共同凝聚着温馨，训练、学习、劳动、参加丰富多彩的活动。原本是小家庭的负担和包袱，到了凝馨，成了有用之人。

残友小 A 说："因为车祸导致半边瘫痪，曾经几次三番割腕、喝药，曾经每天打牌、上访，感觉自己被整个社会遗弃，我抱怨命运，我诅咒生命！厌恶身边的一切！是林总领我走进了凝馨，陪我们聊天，教我们做活。吃饭、上课、健身都免费。做手工的收入，他一分不扣全给我们。我是有幸的，因为我遇到了林总！"

刘楚材跟小 A 的遭遇大同小异，因鞭炮引线爆炸受伤致残后，他一度觉得自己是无用之人。"到凝馨后，林总让我在阅览室写书法、画国画，教有兴趣的残友。每天在这里发挥余热、关爱残友，一举多得。我从未参加过培训，但却获得了浏阳市美术比赛二等奖，体现了我的人生和艺术价值！有这么好的环境，今后我会拿最好的作品和生活态度去面对社会。"刘楚材说。

祥子则是先天缺陷，曾经也自暴自弃，生活状态很不好。祥子告诉我，自从来了凝馨，在林主任和周围许多爱心人士的鼓励下，我重新燃起了对生活的希望，不仅学会了打字、排版，能自力更生，还被送去参加各种培训。如今，我是咱们中心的外联专干，每天做着有意义的工作，非常开心。

在凝馨残疾人服务中心，我最深的感受就是，中心主任林名长有着非常开朗和乐观的心态，他声音洪亮，阳光豁达，有着相当具备感染力的爽朗笑声。他双手虽然残疾，但顽强地生活着，积极发展自己的事业和残疾人帮扶事业，努力为更多残友服务，这是一种怎样的力量、怎样的大爱！他的行动鼓舞着所有的残友们，从他的身上，他们感到一股强大的力量，引导着他们热爱生活，积极向上，超越自我。

看起来林名长似乎里里外外都是那么顺、那么好。是不是他就没有遇到过不开心或不被理解的情况呢？答案是否定的。为了给残友们争取更多福利和更好的生活环境，他一个公司老板，要放下所谓的面子去与各方洽谈，面临的闲言碎语和困难可想而知。

在关爱残友的过程中，也有些残友难免会给他无意的伤害。有一次，一位新来的精神障碍患者不肯吃饭，林总过去劝说时，那位患者一个巴掌狠狠地甩在了林总脸上。当时其他人都愤怒了，冲过去要和他理论，但林总却笑着把大家推开，说："他是无意的，因为他控制不了自己的情绪，而且他对我们不熟悉，不信任我们，对我们有排斥心理，我们不要责备他，要谅解他，如果我们连这点包容心都没有，还有什么资格让别人来容纳我们？"林总的言行不但化解了尴尬，还感动了在场的所有人。

正因为林名长主任的这种坚强意志和包容之心，凝馨才能达到如此和谐与繁荣，在浏阳乃至长沙市和湖南省拥有了如此高的知名度。他还先后获得浏阳市、长沙市"自强模范"称号；并于 2017 被选为长沙市残疾人联合会第六次代表大会的代表，2018 年被选为湖南省残疾人第七次代表大会的代表。

林名长对我说："我现正在筹备生态种养合作社，带动有创业志向的残友抱团发展农业产业，走上致富之路。另外，我的宏城广告公司也会继续培训残友学设计，并尽力给他们安置专业技术工作，现在我就想把广告公司、残疾人服务中心做大做强，能够帮助、安置、托养更多的残疾人，我也希望我们残疾人这个群体能够实现就业最大化，像我一样去实现他们的创业梦想！"

■ 蒲苇韧如丝

天下莫柔弱于水，而攻坚强者莫之能胜，此乃柔德。谢向前是个非常普通的农民，就像小溪里流动着的一滴水，但他充分发挥了清流的作用，不断滋润着弱势人群和残疾人。2018 年 5·20 活动现场，我第一次见到上善助残服务中心负责人谢向前，最初的印象是其貌不扬，淡漠又普通，像是一位误入会场的民工。我看到他脸上有烧伤后的疤痕，我对这个疤痕非常熟悉，也有些恐惧，因为我已故的二叔就是因为生前的家庭鞭炮作坊发生爆炸，引起全身大面积烧伤，满脸的疤痕，五官都变形了，他只能终日坐在堂屋一角的轮椅里，用烧伤的血眼看外面的一方世界。我小时候既怜惜二叔，又非常害怕看他的面孔。谢向前脸上也有疤痕，但他的笑颜是那么和善。

说谢向前是个底层的劳动人民，一点都不过分，也许他会被周边小圈子的人认识。但今天，他却成了媒体争相报道的助残人士。在这个蜕变过程中，谢向前经历了些什么呢？

祸福相依

谢向前是岳麓区坪塘街道莲花山高觉塘人，父母是普通农民，他有兄弟姊妹五个，因为身材都比较瘦小，劳动能力弱，在集体合作化的年代里，很受村民嫌弃。就算分产到户了，搞双抢时，也因为他们家劳力弱，村民都不愿意和他们家合作互帮。

为此，身材瘦小的谢向前不愿意只靠务农为生，他想学一门手艺，以期从另一个行业体现自己的劳动能力和人生价值。好在父亲是个很有见识的人，于是，二十世纪八十年代末，父亲就让他在凯旋门学习摄影技术。二十世纪九十年代初的摄影行业是比较时尚的，整个街道上就那么一家两家店，以稀为贵，是很有前景的行业。他在凯旋门一边学习，一边工作，那时的工资不高，每月只有80元收入。

之后，谢向前经人介绍，与家在益阳沅江的妻子相识，三个月就登记结婚了。

在照相馆，师傅对他很好，却并不太赞成他从事摄影行业，他说：开摄像馆很麻烦，都要公安局备案。另外，你的个人形象和气质与摄影不太相符，你还是做点别的产业吧。

谢向前一时感到茫然："师傅，那你说我做什么呢？"

师傅告诉他："你和你老婆没有经过恋爱就结婚了，现在刚刚新婚期间，你干脆就在家陪陪老婆，好好享受新婚生活，这样吧，我给你提供创业资金，你们在家养猪吧。"

有这样为他着想的师傅，谢向前只有感动，他接受了师傅的建议，尝试自己创业。

尽管谢向前很努力，认真钻研养猪技术，却还是运气不佳。上半年小赚了一笔，下半年就彻底亏了，这种挫败感，一度让谢向前彷徨不前。

1997 年，他们有了第一个孩子，初为人父母的谢向前夫妇幸福感很强。可是，女儿生下来不久就发病，到医院一查，是先天性心脏病，四十多天之后，孩子就夭折了。谢向前夫妇刚刚感受到的幸福不翼而飞，他们跌入无比伤感低落的情绪里。

福无双至，祸不单行！同年年底，妻子眼睛突然睁不开，眼皮沉重得如吊着千钧之物，每个眼皮细胞都像着了魔似的处于停工状态，搞不清原因。到 1998 年 4 月，谢向前妻子病情表现在眼睛上的情况已经很严重了。她不时抱怨："我的眼睛睁不开了，我快看不见了！"

谢向前也很焦急，没听说过眼睛睁不开的事情，又不是没睡好，这成天垂着眼皮，不会成了瞎子吧，那可不得了，才刚刚成家，今后的日子要怎么过？

便带着妻子来到中医附一医院就诊，经检查，确诊为重症肌无力。妻子的主治医生张健对谢向前详细解释了这种罕见病的情况："重症肌无力是一种发生于骨骼肌的自身免疫性疾病，患者最显著的特点就是肌无力和易疲劳性。你妻子的发病区在眼睛，眼部横向神经支配传导到肌肉，神经肌肉的传递出现了问题，使肌肉收缩变得无力。"

这些专业理论，谢向前是不懂的，他所能理解的是妻子的眼睛出了问题，它没劲，容易疲劳，身体的某些机械不转了，而且还很弱，容易坏，像个易碎的薄玻璃瓶，轻轻一捏就会碎掉。医生建议她住院治疗，但他们没有选择住院，因为家里实在没钱，只是定期去医院检查、配药。

人生总是祸福相依，就在谢向前不如意的时候，妻子又怀孕了，既然孩子来了，他们就要小心翼翼地呵护。儿子的降生，又给他们夫妻阴郁的生活带来了惊喜和阳光。有了儿子，就更要想办法赚钱养家了，要给妻儿一个相对安定、相对过得去的生活环境。

当时，正赶上长沙河西大开发，梅溪湖片区新建了许多楼盘，需要水电安装。谢向前又跟着哥哥干起水电安装来，慢慢地从一些大包工头那接一些市政工程的小单，做了小包工头。

因为妻子不能疲劳、不能干体力活。2003 年，谢向前将妻儿安置在长沙西站附近的一间五平方米的小出租屋里。在湘仪路口那儿，给妻子开了一间小文具店，他们一家三口就生活在那间狭窄的出租屋里。

那天晚上因为赶工，谢向前很晚才完成手上的活，干了一天活的谢向前拖着疲惫的身子回到出租屋，他对妻子说："累死了，一身的臭汗，你帮我烧壶水吧，我洗个澡。"

妻子便从床上爬起来，提着接满水的茶壶放在小煤球炉上烧水，小煤球炉并不是烧煤球，而是烧着一些从家里带来的木炭，开始火并不大，慢慢地燃着。

她叮嘱谢向前："你自己看着点，水热了就去洗，我先睡了。"

谢向前嘴上应着，但因为劳累，水又还没有热，便一头倒在床上睡着了，小屋只有一个方格的小窗，夜里，门关着，四周一片幽静。

大约凌晨五点的时候，谢向前醒过来，不停地呕吐，这时，他发现妻子口吐白沫，床上一团糟，他们夫妻都在睡眠中吸入被燃烧的木炭产生的一氧化碳中毒了。在无感知力的情况下，夫妻二人上吐下泻，生命迹象都到了临界点……

谢向前迷迷糊糊地叫妻子："你怎么了？不舒服吗？"

"头好痛，一点力气都没有！"过了好一会，谢向前终于清醒了些，但他没有意识，也不知道是一氧化碳中毒。一直到早上七点，谢向前才恢复了自知力，挣扎着爬到门边打开了那扇救命的小门。在医院抢救时，医生说："如果那个木炭足够多，再继续燃烧五分钟，你们俩就都将命归黄泉！"

而不幸中之大幸并不止如此，正好那天他们的儿子被姐姐接去了，住在姐姐家里，否则孩子体质脆弱，可能早就没命了。谢向前不禁感慨："上天还是关照我们的，这种巧合无法解释，仿佛冥冥之中有所安排，这个灾难没有夺走我们的命，我们得救了。"

创业之艰

2012 年，谢向前带着妻儿回到坪塘莲花山，开始接单做印刷品加工。

在高觉塘自己家的荒地上，谢向前搭了简易车间，把一些体弱残障之人聚在一起做事，让他们体会劳动的乐趣，发放工资时，看到他们有获得感，体现了人生价值，他心里比什么都开心。谢向前的这些举动深得人心，尤其是那些弱势村民的家庭，对他都是赞不绝口，他不但引导这些人员参与劳动获取价值，又给他们的家庭带来了希望。鉴于此，谢向前萌发了创办助残服务中心的构想。

2012 年 4 月，经由湖南省少年管教所邓国良干警介绍，谢向前独自来到了湖南天闻新华印务有限公司，第一次与生产部部长任跃表达了支持残疾人就业需求的想法，任跃部长对他的主意表示鼓励和支持，最终谢向前与该公司其他领导协商顺利地接下了第一批业务。

但因道路崎岖，山路陡峭，从车间到大马路全是泥路，货车在最后一段路程难以前行，由于交通非常不便，货物很难运出。谢向前只能请来周围村民，用农具挑抬到马路上。可地理位置的弊端最终还是在同年 6 月得以体现。

那一次，天下着雨，路上泥泞不堪，货物又必须马上运出。来运货的车沿着这条泥路进来，满满的一车书籍，让司机绷紧了心弦，全神贯注地眼观前方、手握方向盘、脚踩油门刹车，一秒都不敢松懈。而滑溜溜的泥路，并不会因为司机的小心翼翼就网开一面。开到半路时，车辆突然不受控制往一边一歪，车身立即发生了侧翻，轰的一声连人带货往 2 米多高的水田里倒去。意外不可避免地发生了，闻声赶到的谢向前急忙救援与求救。

司机与另外 3 人在事发后 40 分钟才被拉扯着从车头里钻出来，由于惊吓，他们几个哭的哭，呆的呆，半晌没回过神来，好一会，司机才说："你这个破地方，以后我再也不来你这里拉货了！"

满车的书籍，经过大家辛苦搬、递，好不容易才从田里搬上来，车祸的发生，运货之路成了谢向前的心病。

之后又有一回，也是货车进来拉货，谢向前为了照顾行走障碍的工人，请司机顺便带着那位残障工人回家。由于泥路的拐弯处地面不平，加之迎面来了车，师傅为了让对面的车，只能努力往右侧靠，谁知车胎落到了虚空处，又是一个侧翻，连人带车带货倒进了高坎之下。幸好田间无水，司机和残疾工人被送到医院检查，除了皮外伤无大碍。谢向前不禁深深感慨，因为他一直在助残，帮助那些弱势群体，所以他觉得做善事是有福报的。

谢向前当机立断给公司生产部的领导打了电话，生产部的领导快速赶了过来，一起查看了险情，并及时商量如何解决这个情况，最后确立了将整车书卸下，用吊车将受毁的货车吊起的方案。问题看似是画上了一个圆满的句号，但前来的领导说："老谢，如果你不解决好公路问题，我们之间就再也不能合作了！我们也是没办法，已经出了两次安全事故了，幸好没有大问题，否则你让我怎么跟人家家里交代？"

谢向前焦急啊，这两次事故，虽说没有人员重伤，但也是又惊又恐，损失还是次要的，重要的是合作方不愿意再与他合作！而且这么些残障工人将面临失去生活来源，他不愿意看到这个结局。他更不愿意自己费尽心血创立的事业因这条路而毁掉。再说，谢向前很早就想把助残事业做大，计划筹建尚善助残电子元件中心，更好地为残障朋友提供就业机会。

然而，困难并没有将谢向前压垮，乐天派的他只是暗暗告诉自己"好事多磨"，在家休整了两天，谢向前想出去租房子，以解交通不便之苦。为了与湖南天闻新华印务有限公司继续合作，谢向前把场地安置在农户彭发旺家里。此地虽离公路较近，交通方便，但环境较差，谢向前考虑到若想壮大事业，就必须得换个稳定的场地。

他到处打听消息，看过好些地方。后来，有人推荐了一个废弃的敬老院，谢向前想去租下这个场地。在村里老书记王俊文的帮助下，谢向前找到了原太平乡敬老院的承包者吴志忠，以每年4000元的租金租下了这个闲置了20年的敬老院。

祸从天降

2013年7月1日，谢向前带着妻儿去敬老院进行打扫。由于敬老院处地偏僻，少有人烟，杂草丛生，地上积满了灰尘，废弃物与垃圾遍地，满目狼藉。庭院里的废弃物品堆得如山一般，他们一家三口开始清理房间的积压物品。

清理了十来天之后，房间里的杂物大多搬出来，堆积到了庭院里，谢向前点了火，焚烧垃圾。7月12日，烈日当空，院子里的空气一片燥热，知了一声声地叫着伏天，气温很高。谢向前的妻儿继续在屋里清扫，他出去倾倒垃圾，因为垃圾和杂物特别多，垃圾堆一直在院子内燃烧。

当谢向前再一次将垃圾倒去庭院的时候，他隔着6、7米往火堆上面倾倒垃圾。然而，是福不是祸，是祸躲不过，垃圾里可能夹杂着易燃物，刚触到火苗便瞬间爆燃，顺着谢向前猛扑过来，像一个恶魔，缠绕着他的全身，以迅雷不及掩耳之势将谢向前全身烧着。谢向前大声呼救，他的妻子和邻居都赶到跟前，看到谢向前成了个火球，惊恐不已。不到30秒时间，他身上的皮就掉了，他还将自己手上的一块皮扯了下来。

后来火被隔断，邻居对谢向前说："赶紧上我的车，我送你去武警消防医院！"

一家人慌忙上了车，四十多分钟后，车辆开到五一路时，谢向前方才感觉到身上疼痛，才开始呻吟。

到了医院，医生见到谢向前的样子便紧皱了眉头，不知从何入手。仔细观察了足足十分钟之后，才动手帮他处理伤情。最初，12000 元一天的医药费，对谢向前家里来说，可谓天文数字，让一个原本就贫困的家庭如雪上加霜。他身上被烧伤的地方起了水泡，大的有茶杯口那么大，屁股都不能挨着床板，必须用气垫垫着。

这样连续用了 12 天药，已经东借西挪花了十多万。住院 10 来天的时候，邻居们来医院看他，见他全身裹着白纱布，烧伤非常严重，每天又要花那么多钱，纷纷叹息，但还是嘱咐他好好治病。之后，谢向前的现状传到那些工人耳里，他们都很焦急，既担心他永远起不来，又担心从此失去工作。

谢向前虽然人已非常危险，身体感到无比疼痛，却依然记挂着工人们未付的工资，为了心安，他在院时就向朋友借了三万多块钱，把工资全部发放了。自己可以苦，可以负债，但不能亏工人们啊。

在他住院的这段时间，父亲也因病住在医院治疗，全家人倾巢出动，都到了医院，伤的病的躺在医院的床上，其他人都在照料服侍。生活的苦难，无非如此了！

就在这个节骨眼上，村里人打来电话告诉他们又一个很不好的消息，谢向前家的自留山起火了。谢向前大为不解："好好的山林，怎么突然就起火了呢？"

村里的人说："可能是经过山林的电线漏电，之前就有人从那儿过路时发现电线上溅出电火花，估计是电火引燃了干枝败叶。"

"这火是怎么啦，火神难道和我谢向前有着很深的怨仇吗？烧了我还不算，还要烧我家的山，烧我的树！"可他和父亲现在人都躺在医院，干急一点都没用，只能请求村里帮忙扑火了。

谢向前在医院一分一秒感受着人生中最难忘的身心煎熬，躺了近百天，医生通知他可以下床走走了。外表容貌的受损，已经是铁的事实，无法逆转，但身体机能千万要重启啊，否则，今后一家的生活又将要面临怎样的艰辛？

因为长时间的卧床，加上烧伤后肢体的变形，谢向前的四肢活动已经受限，他从病床上移下床沿，可是手脚不听使唤，他不知道动脚走路了，那手和脚，那身上的关节，仿佛不是长在自己身上的。然而，尽管他渴望恢复，现实还是很残酷，从此，谢向前的手脚活动受限，成了三级肢体残障。

致残后的谢向前没有向命运屈服，也没有向政府、社会伸手要救济、救助，没有利用大众的同情心向媒体反映，不管身体如何发生变化、命运遭遇了怎样的劫难，生活还是要继续，他必须通过劳动去维持。从哪里跌倒，就从哪里爬起。

重整旗鼓

2014年2月11日，谢向前和工人们又一次进入敬老院打扫场地，将工作地点搬进了敬老院，厂家继续为他们提供货源。谢向前以崭新的态度、鼓足干劲，带着工人们继续工作。这期间，谢向前不屈不挠的实干精神得到了岳麓区、坪塘街道残联的认可，并给他们提了许多宝贵意见。

同年4月，通过谢向前的不断努力，尚善电子元件加工厂成立了，并组建了一个新车间、办公室和社工室以及心理咨询室；并在同年5月9日举行了以"关心帮助残疾人，实现美好中国梦"的大型公益活动，得到了各级领导和群众的一致认可。

敬老院让谢向前从一个健康人变成了残疾人，本以为遭过劫难，可以在此地长期立足，好好地发展事业，今后能享平安和福气了。然而命运又给了他当头一棒，原敬老院让上善搬迁，他们要收回敬老院，谢向前在敬老院所有的投资和这么长时间的辛苦修整以及所受到的残酷打击，都将到此结束，他们以 3 万元作为补偿，要求他搬离。

失去了场地之后的谢向前再次陷于困境，他成天在外奔波寻找新的场所，经过一段时间的努力，依然没有找到合适的工作场地，无奈，谢向前只好将工厂搬回了家中，以寻求进一步解决办法。

依托尚善电子元件加工厂，谢向前于 2014 年 7 月在长沙市民政局正式注册了"上善助残服务中心"；上善一直致力于服务残疾人，安排残疾人参加过渡性就业，让残疾人通过职业技能训练满足企业的用工要求，在增收的同时获取了社会的认同感，让残疾人在物质和精神方面都得到改善和满足。

因服务规模扩大，场地有限，2015 年 2 月，谢向前投资 20 万，建设了健身场地以及办公室、社工室、农家书屋、多功能室。为了更好地照顾残障朋友的家庭，缓解"一人致残、拖累一家"的现象，2016 年 3 月，谢向前创办了长沙市岳麓区高觉田园残疾人托养服务中心，为残障人士提供日间照料，为他们提供康复训练、心理辅导等。谢向前积极响应国家脱贫攻坚的号召，开发了"农村残友家庭团结经济互助计划"项目，项目以合作社作为依托、以社工＋爱心企业＋残障家庭的模式开展，让大家团结起来，共享社会发展成果。

谢向前努力申请到"甜蜜蜜罗汉果产业精准扶贫项目"，与湖南省慈善总会达成合作，在岳阳汨罗种植面积约 40 亩地，在长塘村建立罗汉果种植帮扶基地，种植面积约 30 亩田地，为偏远农村建档立卡的残障人士及家庭提供种植增收服务，使其增加经济来源，致力脱贫。

然而，天有不测风云，2017 年 6 月的湖南大洪灾波及中心的罗汉果种植基地，30 亩罗汉果被洪水全部冲毁，残障人士辛苦了几个月的劳动成果，被毁于一旦，颗粒无收。谢向前经历过太多苦难，并没有被眼前的灾难打倒，但他担心种植户因此受到打击而一蹶不振。为了劝慰他们，他多次往返种植户家里，并邀请心理咨询师开导他们，帮助他们走出阴影。

2018 年，为了进一步解决农村残障人士的就业难问题，谢向前在湖南省生态农业联合会副会长赵勇、湖南农业大学龙欢教授、中南大学周海云教授、千亩荷花创始人张临英的支持与指导下，创立了一种新型的"一村一企一品"为主的扶贫模式，结合农村当地特色，利用当地的优质资源，开设莲藕种植、荷花鱼养殖、走地鸡饲养体验及乡村亲子体验等为主的"同心农场"项目，组织有一定劳动能力的残障人士进行以农田莲藕种植、荷花鱼养殖、走地鸡养殖为主的创业就业工作，通过为残障人士提供种、养殖技术培训，利用现代高科技技术实行全程跟踪、技术指导，形成以种养结合为主的创业就业模式。通过成熟的农副产品由认领者、社会人士购买，或中心利用网络平台销售，让残友及家庭没有任何的后顾之忧和心理压力。

为了鼓励引导广大农村贫困残障人士发扬"自尊、自信、自强、自立"精神，克服"等、靠、要"思想，坚定脱贫攻坚的信心和决心。谢向前四处奔波寻求爱心资源，购买优质鸡苗，为莲花山村及周边村组的 90 户残友家庭免费发放 50 只鸡苗，并邀请岳麓区麓山园养殖专业合作社董事长王强先生向现场 90 名残友传授养殖知识，包括光照、防疫、饲养等专业技术。

这一行动感动了在廊坊建材公司任老总的一位老乡，看到谢向前一直在做公益事业，他表示愿意捐出一些资金，以帮助这些残疾弱势人群发展产业，让无法外出且有一定劳动能力的残障人士真正参与到就业创业中来，用自己的劳动为家庭增加一份收入；让没有劳动能力且需要家人照顾的残障家庭可以居家就业，家庭工作两不误，更好地促进脱贫。

目前，尚善助残电子元件中心的 37 名固定员工中，有 30 人为残障员工。上善助残服务中心已与 10 家爱心企业、14 家残障人士托养机构建立合作，且有尚善助残电子元件中心作为依托工厂，能够长期稳定为残障朋友提供适宜劳动项目。

残友和贫困户从以前依靠每月 120 元的低保生活，到现在依靠自己的劳动每月获得 1000 元左右的工资，改变了他们贫困的现状。随着后期同心农场项目的不断增加和扩大，残友收入将会逐年递增 15%，并且项目将会给残障人士提供更多的就业岗位以及自主创业的机会，让残障朋友能够互相激励、共同成长，为社会打造一片美好的蓝天。

上善若水

在尚善帮助的人中有个 70 年代末出生的刘少文，是衡阳耒阳市新市镇周星村极其贫穷的农户。他本应是这个家庭的顶梁柱，是脱贫致富的主力，但因肢体残疾，偏偏妻子还是智力残疾，三个孩子也年纪尚小，他没有能力带领一大家子奔小康，就连脱贫都是个梦。

刘少文的父母皆为憨厚老实的庄稼人，爷爷奶奶在父亲十六岁前就先后去世了，父亲小时候没少受人欺负！而母亲命运亦是如此，她还在娘肚子里时就失去了爹！所以母亲生下来之后也是在贫穷的煎熬中渐渐长大，从未进过一天校门。两位老人没文化，不懂技术，这大半生中都是依靠农民本分耕田种地为生，日子过得非常清苦。

刘少文一家四口人，父母和刘少文兄弟俩。刘少文幼时体弱多病，他打一生下来时，母亲身体就一直不好，因此刘少文不便吸吮母亲的奶水，由于家庭贫困，只能依靠一点米汤喂养。因为家庭贫困，刘少文到了八岁才进入幼儿园读书。有一次，老师让同学们第二天都要带高粱秆子去上学，以做算术备用。刘少文没有带高粱秆，但聪明的他用自己的手指关节顺利学会了算数，他的灵活运用受到了老师的表扬。

刘少文懂事早，知道读书需要花很多钱，而家里又那么贫穷，他不希望父母更累。虽然那时期的学费也不高，几十块钱一期的学费，对一个只能口咬黄土背朝天的农民家庭来说却是多么不易，他们一年到头，也很难挣到他的学费啊！因此，他只能说：我不想读书，想去打工赚钱，咱们家要是有了钱，就可以送弟弟读书了。因此，十五岁的刘少文执意随大伯父南下广东韶关打工，在司前镇附近山区里的果园里，小小年纪的刘少文对劳动有着很大的干劲，他挥舞着锄头或剪刀，奋力工作。下班之后，工人们拖着疲惫的身子，走进黑洞洞的屋子里休息或吃晚饭，因为没有电和电话，与家人很难联系。

刘少文在广东和福建很多地方打过工，都深受老板或领导的喜爱。2012年12月，他像往常一样在自己与人合伙创办的工厂里工作。突然，机器失控了，刘少文的左手整个手掌被机器残忍地压爆了，鲜血顿时四处喷溅，骨肉分离，手指一根根离开了手掌，无限惊恐之后，刘少文被送到了医院。经医院抢救、治疗，仍然不可避免地导致了他肢体三级残障。出院之后，刘少文必须回到家里养伤，什么事都不能做，连生活起居都很不方便，一时很不自在。2013年，刘少文经人介绍与现在的妻子结合，妻子患有先天性智力障碍，行为能力如同三岁幼儿，也完全没有劳动能力。婚后育有三子，最大的才6岁，家庭开销的巨大压力，让刘少文不得不积极外出工作。残疾人找工作本来就很难，再拖着一个智障的妻子，谁都不会接纳他，除了上善。

在好心人的介绍下，刘少文来到上善助残服务中心工作后，负责种植蔬菜、养鸡等。当谢向前主任了解到刘少文的难处后，主动要刘少文把老婆接过来，他说："把你老婆接过来吧，我们这边白天可以帮忙照料，你也好安心工作，你父母也能放心在家照顾小孩。"谢向前不但收留了他们，给他们安排了住处和生活，还给他们3000元每月的待遇。有了这笔收入，刘少文终于能按月给家里寄钱了，在耒阳农村帮他们带着三个小孩的父母，便能拿着这些钱送孩子上学，保证一家人的吃穿用度。刘少文终于可以用自己的劳动撑起这个家，不再是别人眼里的废人了。在上善，刘少文是一名残障人士，同时也是一名扶残助残的志愿者。

　　像刘少文这样的员工和志愿者，上善还有一批。正是他们组成了助残服务中心这个大家庭。至今，谢向前引领的上善助残服务中心已在公益之路上开展多个服务项目：农村残友家庭"团结经济"互助计划、同心农场——振兴乡村建设，助力残友脱贫、农村残疾人阳光增收计划、宣传教育——中小学生社会实践活动、各种扶残助残社会公益活动等。因此，上善获得了相应荣誉：2014年8月成为"湖南省支持性就业试点单位"，2015年6月成为首个"湖南省残障人士就近就便就业试点单位"。并得到了省、市、区残联大力支持和民生网、湘声网、红网、华声在线、凤凰网、湖南卫视、长沙新闻频道、腾讯大湘网、人民网、北京时间等各大媒体的报道。不但增强了全社会扶残助残的意识，呼吁了社会上更多的爱心人士、爱心企业加入帮助残疾人发展事业中来，促使更多的残障朋友走上自强自立的道路，也是激励谢向前在助残之路上继续向前的动力。

　　聊到这里，谢向前深有感触地说：在公益之路上，我虽为残疾朋友做了一些事，但其过程中离不开党和政府、各级残联、民政的各种支持，离不开慈善、热心人士的帮助和信任。为了找地建厂房，我找到区残联的理事长，他给我们坪塘的领导写了一封信——

　　XX书记，您好！

残疾人困难，残疾人就业更难。上善助残为了残疾人就业付出了很多努力，为弱势群体和贫困家庭脱贫做了很多工作，请你们多多支持，我代表岳麓区残联，向您致敬！

为了修通公路，我自己动手，一寸寸，一米米地铺路、平整、打混凝土，愚公移山般地进行道路硬化工程。做好公益事业，也是很艰难的，而且免不了有人误会，丑化我做公益助残的美好愿望，但我不想解释，人在做，天在看。有党和政府给我的关怀和鼓励，有残障人群及家庭得到实惠，有大多数人的认可，我就很知足了。

■ 花开当亭亭

每一位自强不息的人，都是让人尊重的，每一位身残志坚的人，都是让人敬佩的。一直以来，残疾人自强自立的就不在少数，他们充分发挥潜能，艰苦努力拼搏，在生活与创业路上点亮了一盏盏明灯。在扶贫攻坚的大潮中，很多残障朋友不但自己脱贫致富，还带领一大批残友脱贫致富，这样的现象是史无前例的。如果不是党的良性引导和这个倡导爱和奉献的大环境，这样的先进模范又怎会如雨后春笋般拔地而起！

2019年5月20日，中国文明网行业典型栏目发布了来源于湖南日报的消息：

5月19日是第二十九个全国助残日，今年的主题是"自强脱贫，助残共享"，呼吁全社会共同努力实现习近平总书记提出的"全面建成小康社会，残疾人一个也不能少"① 的脱贫目标。2019年5月16日，第六次全国自强模范暨助残先进表彰大会在京举行，湖南

---

① 参见：《习近平：全面建成小康社会，残疾人一个也不能少》，中央政府门户网站，www.gov.cn，2016年7月29日。

省一批自强模范和助残先进集体个人获表彰，其中受表彰的全国自强模范刘华勇、肖跃莲和全国残疾人之家代表杨淑亭，将自强不息与扶贫助残的双重故事写满了人生答卷。在全国助残日这个有爱有温暖的时间里，重温他们爱撒人间、芬芳田野的故事，一定能感动、激励更多的人。

这则消息特别让人感慨，多少残障人士勇敢正面身体不健全的现实或克服灾难突变，从人生低谷爬出，走向阳光大道。他们灿烂的笑容和发奋攻坚的行动，他们远大的理想和坚强的意志，不等不靠，用自己的拼搏创造价值人生，在通往脱贫致富的道路上不懈努力，上岗创业，自强不息，追求美好生活、帮扶其他残友，实现人生价值，让人动容、钦佩。

我来之日，正是农历五月十五日，大端午节，城步县正在举办龙舟赛。当然，远道而来，并不是来看龙舟赛的，是要去采访自强模范杨淑亭的湖南七七科技股份有限公司及残疾员工。

"大包袱"速成肖师傅

城步之行得到时任邵阳市文联主席张千山的帮助，联系了城步县文联副主席兼作协主席阳盛德和县文联赵和平主席，他们一路指引我到达城步苗族自治县行政中心。

赵主席引领我去距行政中心约五百米远的湖南七七科技股份有限公司（下文简称七七公司），公司门口有一棵挂满果子的杨梅树，我尝了一颗，顿觉满口生津。公司的戴方财主任迎了出来，将我们带进车间，偌大的车间里，一排排机器正在运转，工人们聚精会神地忙乎着手上的活计，电车嗒嗒地响……

产品展示柜内，摆放着各种各样的背包、仿真花，业务主管易华君向我介绍："那是出口背包，这是幼儿园定制的动物书包，还有一些是用来做公益活动的。"车间的墙面上，张贴着一条条横幅标语

"创造零缺点品质，以客户满意为宗旨" "人人品质，处处品质"
"落实安全规章制度"……

"这是做什么？"我问一位正在摆弄着皮带的工人。

他抬头看了下我，说："串皮带扣。"

我恍然大悟："就是背包的背带吧？你专门做这个吗？"

生产主管段四文走过来回答我道："这是肖师傅，他是老员工
了，什么活都做过，新员工最初上岗的时候，哪儿不会，都要请教
肖师傅的！"

为别人点一盏灯，照亮别人，也照亮了自己。这句话说得真好，
肖明辉乐于助人，他从一个"无用"之人，成了车间里技高一筹的
老师傅，谁不懂的工作，都要求助于他。

2017年8月来到七七公司之前，他可是家里的"大包袱"。和
老母亲赖以生存的，就是那几百元的护理费、困疾补贴、低保金。
由于这种勉强应付生存的状况，他无目标没盼头，萎靡懒散。早晨、
中午和晚上，对肖明辉来说没区别，除了日复一日的吃喝拉撒，就
是白天黑夜；除了放任沉沦的打牌，就是等牌友。

肖明辉来到会客室，他放下拐杖，坐在沙发上，灿烂地咧嘴一
笑，1968年出生的他，显得比一般同龄人年轻，刚刚修剪过的寸头，
没有一丝白发，也没有中年人的油腻掉发特征，人显得很精致清爽。

我问："肖师傅，你发型不错，人显得很精神很帅气！你的腿
……"

听我夸奖，他有点不好意思："我六岁的时候突然生病了，高烧
不退，双腿站不起来，到几家医院治过病，医生说是小儿麻痹症，
当时医学也不发达，没有什么办法，所以腿就成了这样！"

我知道，小儿麻痹症，学名脊髓灰质炎，是由脊髓灰质炎病毒
引起的急性传染病。这种病会导致后遗症，因个体差异，后遗症也
有所不同，有轻有重。

肖明辉应该是很严重的后遗症，双腿肌肉重度萎缩，发育停滞，以至于 6 岁后的余生，都必须靠拐杖才能勉强行走。他眼睛有些湿润，说道："那个时候，我好想走出家门，和小伙伴们一起玩。但因为腿不能走路，只能躺在床上，听他们在我家门外热闹游戏。"

后来，父母用木棒给他做了两根拐杖，肖明辉就靠着那两根木棒拐杖，慢慢地走出了屋外。因为腿不方便，同龄的伙伴到了年龄都上学了，只有肖明辉直到 10 岁，才开始上学。当时上学的村叫勤俭村，村里面的小学只是一至四年级，现在勤俭村已经和邻村合并为双溪桥村。肖明辉家离村小学大概一里多路，这几百米的距离，一般健康孩子一二十分钟就蹦跳到校。而小明辉依着木棒拐杖，加上中途休息，却要一个多小时。

如果不是因病，如果不是家庭变故，肖明辉家的经济条件在当地应该算比较好的。父亲是株洲 331 厂的工人，当时的 331 厂是国家"一五"期间 156 个重点建设项目之一，是大国企。母亲带着肖明辉四兄妹在家务农，虽然里里外外都靠她一双手，但凭着勤俭持家和勤快肯干，日子还是比上不足比下有余。

到小学五年级时，肖明辉必须到大竹坪学校去上学，那个学校离家更远，他每天走得非常艰难。农村的孩子善良，不管是哪位同学遇到他，都会帮一把。

"如果上学路上遇到下雨，就有同学为我遮着雨，他们都很好的。"肖明辉说。

到学校必须经过一条小溪，小溪上架着一座木桥，由四根树木搭成，约有 2 米多长，一般人过桥都要小心翼翼。对于当时的明辉来说，可是见证胆识的大考验，每天两趟过桥，他都是步步惊心。好在但凡有谁看到他，都会毫不犹豫伸手相助，扶着他过桥。在同学校友的帮助下，肖明辉顺利地小学毕业了。

上初中得去清溪中学，离家约有五公里，当时是没有寄宿生的，大家都是跑通学。这么远的路程，如果让肖明辉一杖一杖地量，走到学校，恐怕都要吃中餐了，下午放学回家，别的同学到家吃完饭做完事完成了家庭作业，也许肖明辉还在黑暗之中蹒跚。

"所以，我只能辍学在家！"肖明辉苦笑了一下。

那时候，因为母亲的肺气肿很严重，多方医治都不见好转，加上刚刚分田到户，家里的田没有劳力耕种，只能靠母亲带病坚持，上山下田，苦苦操劳。父亲不得已从株洲调回了城步，进了机械厂。

本以为一家团圆，从此日子会更好一些。就在这时，灾难毫无征兆地降临到明辉的家里。父亲白天在厂里兢兢业业上班，回家扛起锄头又马不停蹄下田地。后来终于因劳累过度而病倒了，医院一检查，竟然已到肝癌晚期。痛苦将父亲折磨得骨瘦如柴、气息奄奄，没过多久，父亲就抛下刚刚成年的明辉哥哥、病重的母亲、残疾的明辉以及未成年的弟妹，撒手人世。

单位领导来明辉家给他父亲开追悼会时，看到悲伤痛哭的明辉母亲和他们家那个凄惨的景象，都忍不住热泪直流。家里的顶梁柱倒了，日子举步维艰。为了给他们家一点照顾，厂里让明辉哥哥补了员，招进机械厂上班，又给他们几兄妹解决了非农户口，好歹可以给他们每月一点粮食。

就算哥哥上班，那点工资对全家来说，也是杯水车薪。明辉只能帮母亲做些简单家务，弟弟放学回家便要去山上砍柴，妹妹要负责扯猪草，一家人过得非常清苦。两年之后，机械厂改制了，哥哥转到了汽修厂。弟弟初中毕业后，因家庭困难，也只好早早招工，进了汽修厂。在汽修厂做了没两年，厂子又改制了，兄弟俩下岗，只能各找地方打工。

如今，哥哥和弟妹都有自己的小家庭，他们家庭条件都是一般般。母亲已经七十多岁，只能勉强做点家务，现在他和母亲与弟弟一家生活在一起，弟弟和弟媳对他们都很照顾。他们家还是老木屋，明辉父亲在世时，配了一间横屋，一大家子，挤在狭窄的房屋里。肖明辉不能下田地，也不能打工，靠低保残疾补贴过日子，是家里的大包袱。

他也曾尝试去县城工厂应聘，老板见他腿脚不便，理都不想理他。肖明辉面对自己的现状，对找工作赚钱糊口已经不抱幻想了。就这样，得过且过着。

有一次，别人告诉肖明辉："县城里有个妹子，年纪轻轻的，人家走路都不能走，全是坐轮椅，她办了个公司，听说招残疾人，你可以去试一试！"

肖明辉听到这个消息，心蠢蠢欲动了，几十年来，他都是依靠家人，如果能靠自己的双手生活，那该多好。

他决定克服不便，来到对他来说路途遥远的七七公司，鼓起勇气求职。七七公司的老板杨淑亭看到肖明辉渴望从业的眼神，感同身受，毫不犹豫地录用了他。

"你刚开始做的时候，会不会因为做不好，或者做不快而有失业的危机？"我问他。

肖明辉说："那不会，我们杨总对员工非常好，第一个月一般是学徒，基本上是计时，以保障员工收入。尤其是对残疾人，特别照顾。这个工作对我来说很重要，所以我从不懈怠，每天都很努力去工作，不管是装背包拉链、修毛边与装背带，还是剪线头、串皮带扣与划踩缝线，串拉链头、打包装，我都能干。"

从生疏到熟练，不是很难的过程，开始刚学的时候可能慢，反复在一件上花时间。熟能生巧嘛，只要熟练了，速度就快了。现在，做得最差的时候，肖明辉每月也能赚个一千四五，好的时候就有两千。

肖明辉家离公司有三四公里路，为了上班方便，他用自己赚来的工资买了一辆三轮车，每天开着三轮车上班。他说："我现在完全能够自食其力了，不再是家里的包袱，每个月发了工资，我就会拿些钱出来孝顺我妈，还能定时存一点钱。"每天都有目标和动力，肖明辉精神面貌焕然一新，人变得非常开朗。他不仅是老员工，还是人人尊重的肖师傅。自信心，就是在这里慢慢树立起来的。

在这里上班，感觉怎样？我问肖明辉，他立即肯定地回答："感觉非常好，杨总对我很热情，同事们对我也很好，我的饭都是他们替我打的，我的头发也是同事帮我理的！希望公司兴旺发达，我们的工作不会停歇，收入稳定了，生活也会越来越好。"

检修师又定"神目标"

在湖南七七科技股份有限公司，干得风生水起、收获颇多的还有王志武。当我来到王志武旁边时，他正专心致志地检修机器，就算我对着他拍照，他也不会抬头。

"志武，来聊聊天！"生产主管段四文朝王志武招呼道。

办公室的文员告诉我，王志武有听力障碍，我要采访他的话，需要大声和他讲话。我声音很小，需要润润嗓子！段四文打消我的顾虑："不要担心，有我在，我跟王志武是好兄弟，可以帮你问话。"

留着时尚发型的王志武是 1989 年出生的，出生几个月后，父母发现不对劲，孩子听不到声音。赶紧带他去医院检查，得到的诊断是，王志武先天性耳膜发育不全，一只耳朵全无耳膜，另一侧耳膜仅只一点，这就严重影响了他的听力。只有大声对他说话，他才如梦初醒，王志武在这个梦里悠然多年。他是个聪明的孩子，纵然如此，通过父母和家人的不懈努力和耐心训练，他也学会了讲话，学会了看人家表情和嘴唇张合的动作辨认话语。虽然和别人交流有障碍，但认真去听，眼耳并用，也还是可以的。

直到 1995 年下半年，6 岁半的王志武进入了小学，在课堂上，先天性的听力障碍给他带来的不便才真正让他叫苦不迭。虽然班主任照顾他坐在最前面，但他还是听不太清楚，就这样猴子掰苞谷似的读了一年，完全没学到什么，为此，他又复读了一年级。后来勉强升了二年级，一年下来，又重蹈覆辙。

这老是复读，读到老也还是这个样子啊，浸不透的豆豉！

怎么办呢？大家都感到束手无策，继续复读吧，完全于事无补，辍学也不好，年纪这么小就待在家里，又能做什么呢？经过大家权衡，决定不管成绩好坏，九年义务制教育都要完成。于是，王志武一年接着一年，一直上到初中毕业。上学的十一年来，他靠猜测和自学，到底掌握了多少知识，这只有王志武自己清楚。

说起成绩，王志武自己先笑了。他说："最难的就是英语了，根本不知道老师读的是什么，怎么读，音标也听不清，完全不会读。考试的时候，一般都是二三十分，考得最好的，也是四五十分。"对于王志武来说，相比而然，只有语文较好一点。

初中毕业后，王志武只能闲在家了。那是 2006 年，他刚好十七岁，按理说是锐意进取的年龄，不应该在家闲云野鹤。可是，他又做不了什么，父亲是位泥工，只能在建筑工地上卖苦力，母亲守着几亩薄田。王志武能做的，就是帮母亲砍砍柴，打点猪草什么的，没有人生目标，没有理想信念，就这么得过且过。

曾经有一年，父母想办法让王志武去一家理发店学理发。那家理发店坐落在县一中门口，他负责洗头，简单地剪发，吹发等。在理发店，王志武才真正走入了社会和各种人打交道，学会了待人处事，他性格很开朗，人也比较正直，喜欢交朋友。一年多后，那位老板决定将店搬到外地去发展，老板倒是邀请王志武一起过去。但因王志武父母担心他听力障碍，在外地难免受人欺负，便未同意。于是，他又闲在家里了。

直到 2016 年，王志武获知邻村的杨淑亭要创建七七公司，便前来公司任聘上了岗。公司刚开张，从电车商那儿运来了一批电车，跟随产品过来的师傅调试了两三天，将机械调试停当，试用无误后就走了。王志武看着师傅操作，经过一番钻研，懂得了机器的性能，这一批机器的正常运转，就全在王志武手上了。

杨淑亭经常开导他发挥自己的聪明才智，只要对未来有梦想，对准目标去努力，没有做不到的，只要肯学习，没有学不会的。有时候，一部电车出了问题，王志武便要仔细查找原因，搞好维修。经过反复调试，机器又能正常运转了，这对于王志武来说是非常开心的过程，当工友们说："王志武，你真棒！"他便会露出最开心的笑容。

有时候，为了完成订单，工人们都得赶活，如有机器故障，段四文便会给王志武施加压力："王志武，你要尽快查出问题修好机器，如果耽误出货，那可不是闹着玩的！"

其实，王志武是老员工，他何尝不懂这个道理，出不了货，公司将面临客户那边的赔偿，还有运输的费用，不管你运了货还是没运，运输只要下了订单，都要付费的。航空可不会听你讲理由，客户也不会考虑七七公司用的是残疾员工就拖延交货。因此，工作是一环扣一环，哪一环都不能出错的。办公室戴方财主任负责外联和对接各个部门工作，易华君是业务主管，就要联系业务。段四文管好生产，确保按时保质交货。王志武负责技术，保证机械正常运转，自然是他不可推卸的责任了。

有时候查不出问题，一时修不好，所有的工人都下班了，只有王志武待在空荡荡的车间里通宵达旦检修机器。

为了工作方便，王志武就住在厂里，他家离公司有二十多公里，闲的时候一个月回家两次，赶货时期，可能一两个月才回家一次。

"坐车要多少车费？"我问他。

"大概是6块钱吧！一个单边的车费。"王志武说。

段四文说："他自己有车，公司门口水泥坪上靠边那辆车就是他的!"

我感到奇怪:"你都买车了?"

王志武又笑了:"我前年给自己定了目标,要考驾照,结果就拿到驾照了。去年我给自己定了目标,要买一辆车,结果车也有了!"

我觉得太神奇了:"订了目标就能实现!这么牛?有女朋友了吗?"

他不好意思地搔搔头皮:"还没有!"

"那你下一个目标是什么?不会是找女朋友吧?"我笑。

他笑道:"找女朋友,就定做下一个目标吧!"

"加油!你一定能实现,你看你,那么帅,又那么聪明!"我脱口而出。

王志武眼神放射出希望的光芒:"好!"

这几年,他已经非常自信了,身体健全的人,有的不一定一次就拿到驾照,他却是一次通过的。现在的王志武,不但自己过得滋润,有着美好的人生目标,有时回家,他还能去学校接上侄儿侄女,帮哥哥减少些负担。

段四文摸了摸自己的头:"我的头发就是他理的!"

技术很高!我真诚地向王志武伸出了拇指。

"在公司上班的男员工,大多是王志武友情理发,一个月理一次,给工友们节省了很多开支,得到工友们的一致好评,大家都喜欢他。"段四文对我说。

狄更斯说过:"世界上能为别人减轻负担的都不是庸庸碌碌之徒。"

王志武不是庸碌之徒,杨淑亭更不是。

生活如花当亭亭

寒冬瑞雪,是春天的使者;磨难意外,是成功的向导。

身体已经残疾了，精神就必须健康。如果风雨是自然难以绕开的另一种风景，无论怎样，都要坦然面对。当柳绿花明之时，风会记得一朵拼命绽开的花之香，雨会记得一棵坚韧力挺的树之秀。如诗如画的流年，便有了生命永不言弃的美丽。

在公司上班时间稍微长一点的员工，都知道公司老总苗家姑娘杨淑亭是如何一步步做到今天的，又是如何一边创业，一边帮扶贫困人士和残疾人的。

因为她自己是车祸致残，深深懂得残疾人的痛苦与谋生的艰难。杨淑亭生在白毛坪乡下坪水村，2007年她考入邵阳医专高等专科学校，2009年毕业后到长沙市雨花区农博社区服务中心当护士，2011年3月转到新宁博雅医院当医生助理。

2011年4月28日夜里，杨淑亭从博雅医院下班后，骑着助力车送同事去武冈。在省道下坡拐弯处，她们的车猛地撞上路边护栏。杨淑亭醒来时，发现自己已躺在医院的病床上。车祸造成她双腿完全失去知觉，胸椎骨7、8、9爆裂性骨折，头部裂伤，肺部挫伤，肋骨5根骨折。随后，杨淑亭数次急救才得以保命。长达半年的治疗出院回家后，为让杨淑亭尽快好起来，她父亲专门去学了中医按摩和针灸，给她进行康复按摩。为了让杨淑亭的下半身恢复知觉，她母亲每天除了家务外，其余时间就是坚持不懈地为她进行热敷。

在家人悉心护理和闺蜜的鼓励下，坚强的杨淑亭慢慢地走出人生的阴影。为排遣杨淑亭在家养病的孤寂，在广东打工的哥哥杨唤启花3000多元给她买了台电脑，希望她能从中找到些乐趣，忽略痛苦。朋友将杨淑亭接到邵阳，鼓励并引导她通过网络试着赚钱，体现人生价值。通过做游戏代练，第一周她赚到了身残后的首笔收入2.7元。那个月，她总共赚到7.7元钱。她没想到，自己还能赚钱，正是这7.7元，让她重拾生活的希望，让她坚信自己不是一个废人。车祸发生后，她一度觉得"生活似乎窒息了，没有了白天黑夜，没有了阳光风雨"。

此后，杨淑亭帮人做淘宝客服，合伙开服装网店，然后她敏锐地觉察到仿真花的国内国际市场巨大。于是，2014年她开了一家工艺品淘宝店，凭着敏捷的反应能力，杨淑亭和身残志坚的朋友一起拼接鲜花，一起经营网店，赚到了人生中的第一桶金，并与人合伙创办了城步万红花卉种植专业合作社。

在这期间，扶贫部门给了杨淑亭诸多帮助和鼓励。她先是被精准识别为贫困户，被扶贫的双手温暖着，帮扶着，使她渐渐走出阴霾，找到了人生的发展方向。在她的事业起步阶段，亦是得到了政府部门的支持和帮扶。在事业有所发展之后，杨淑亭感念国家对她的帮扶，决心回报社会。

2015年5月，她办好相关手续便把加工厂开在了自己家中，同时将脱贫攻坚的触角伸到每位社员的家里，合作社与周边200多户贫困家庭签订合作协议，由合作社为农户提供仿真花卉半成品，农户在家里进行手工组装制成花卉成品，合作社再回收实行统一销售。2016年初，杨淑亭在县城周边和白毛坪乡设置了22个花卉组装代理点，在这些"扶贫车间"里，共有400余人参与花卉组装。

2016年11月，杨淑亭成功创办"湖南七七科技股份有限公司"，主要生产外贸商品足球、背包、仿真花等，产品远销欧美及东南亚等地。截至2019年初，公司外贸出口额已达600万美元，预计到年底可完成外贸出口额1000万美元以上。

杨淑亭回忆起创业初期的情况："俗话说，创业艰难百战多。2016年办公司的那段时光经常起早摸黑，找厂房、办手续、招员工、谈业务……饿了就喝一瓶水，累了就休息一下。等厂子建好了，工人进厂作业了，我才告诉自己的家人。要成就一番事业，我必须克服困难，抢抓机遇，全力以赴。"

罗夫·瓦尔多·爱默森说："帮助他人的同时也帮助了自己。"

如今，杨淑亭凭着"做玫瑰花般娇艳的女子，活出仙人掌的坚强！"的意志，带领白毛坪镇歌舞村、儒林镇白云湖村等30多个村的200多名贫困户和400多名普通村民脱贫致富，杨淑亭荣获2019年全国脱贫攻坚奖奋进奖、获评"湖南百名最美扶贫人物""湖南省自强模范""向上向善湖南好青年"等荣誉称号。2019年5月16日，第六次全国自强模范暨助残先进表彰大会在北京举行，杨淑亭作为参会代表受到中共中央总书记、国家主席、中央军委主席习近平的亲切会见。这次，她创办的湖南七七科技有限公司也同时荣获"残疾人之家"称号。

杨淑亭现在有两个愿望：一是建好新厂房带领1000户以上的贫困户脱贫；二是希望创外汇1000万美元以上，公司生产的产品遍布全球。我想，以杨淑亭这种坚强意志，不久的将来，她的愿望就会实现。

■ 荡胸生层云

创业，对于一般人来说尚且不是易事，而对于残疾人士来说就更不容易了。宁乡市肢残协会委员、拥有上千员工的欣云环境管理有限公司总经理贺瞻，是宁乡创业标兵，宁乡首届十佳好青年。2007年，贺瞻创办了宁乡规模最大保洁公司——宁乡欣云保洁服务有限公司。2014年，曾与残疾朋友联合创办湖南佳仕照明电器科技有限公司。

贺瞻在湖南省已经是响当当的助残扶贫人物和著名的残疾人企业家了，在宁乡市，更是家喻户晓的自强榜样，人称宁乡"坚强哥"！这样一位立志打造全市最大残疾人就业基地的80后青年才俊，我这部书怎能错过。如今，欣云环境管理有限公司市政保洁业务覆盖了宁乡白马桥、金洲、黄材等几十个重点项目和亮月湖公园等多个重点旅游景区，驻场保洁业务已覆盖全省 26 家长沙银行和 16 家农商银行。同时，该公司业务已辐射娄底、株洲、衡阳等数个省内城市以及贵州、江西等省外城市。该公司秉承"与环卫牵手同行，让生活更加美好"的理念，立足长沙、鼎立三湘、辐射全国，朝着打造保洁行业的标杆企业阔步前行。企业大步发展，不忘回馈社会，贺瞻尽力帮扶残友解困脱贫，在公司安排 40 余名残疾人就业，并在全市 33 个乡镇分别扶持 1 名残疾人开设加盟店。

不测风云

贺瞻是宁乡市喻家坳乡人，1981 年出生于普通家庭，高中毕业后考上涉外经济学院，成为法律系的一名学生，在省会长沙岳麓山下湘江水畔求学。贺瞻是个特别喜欢运动的男生，2003 年大学毕业后参加工作，信心百倍地准备在律师行业大展拳脚，还有了善良美丽的女朋友，他觉得自己已经开始在璀璨人生的扉页上写锦绣文章了。

然而天有不测风云，2004 年 7 月的一天，贺瞻在骑摩托车出去办事的路上与一辆渣土车相撞，连人带车撞飞了 17 米远。灾难突从天降，那场要命的飞来横祸将贺瞻推进了湘雅附三医院，贺妈妈一眼看到在抢救室病床上躺着的血肉模糊、毫无知觉的儿子时，全身一软，瞬间栽倒在病房。她瘫在地上，无力地用手不停拍打地面，声音嘶哑地喊："儿啊，我的儿啊！"她肝肠寸断，片片破碎，抢救室测量心跳的机器嘀嘀地响着，这声音紧紧地揪着她散乱的心，一种无比的恐慌、万分的焦灼正随着那声音撕扯着她。

医生通知他们，贺瞻必须进行左大腿中断截肢，否则就有生命危险。看着儿子那条重创后毫无知觉的腿，贺妈妈犹如千爪挠心，想起儿子醒来之后要接受失去一条腿的事实，顿觉心如刀绞。贺瞻完全清醒时，已是一个月之后了，那天在重症监护室做检查的时候，医生无意之间将他扶起，他突地看到自己的左腿没了，那时第一反应是摧心剖肝、万念俱灰的痛苦。他觉得世界天昏地暗一片，所有的一切都不再属于他了。学位、工作、事业、风华、家庭，霎时间渐行渐远，他多想抓住它们啊！可是，躺在病床上的贺瞻，身体虚弱不堪，连伸手的力气都没有。他内心狂喊："没有腿我还怎么活，还不如死了干净！老天爷，你为什么不让我死！"

医院还在继续催缴医疗费，已经向医院交了30万了，缴费通知上还填着1万。对于一个普通家庭来说，好不容易省吃俭用送贺瞻读完大学，本以为等着他的是个美好人生，也不说那条活生生的腿永弃贺瞻而去，单看着他那张曾经帅气开朗的脸孔一直陷入暗沉，就足以遮蔽一家人的阳光！更让家人感到痛中之痛的是贺瞻刚毕业没多久，还没正式入职，无任何医保和商业保险，渣土车那方赔偿的十多万医药费也不够治疗费，家里花光了十多万积蓄，最后，还是社会上的好心人和父母单位筹集了善款，贺瞻才渡过了难关。

贺瞻在院治伤那段时间，脑袋里就没有停歇过，他得面对现实，今后，自己只有一条腿了，不能正常走路，他要怎么生活，怎么创造自己的人生。可怜的贺妈妈伤痛欲绝，她强忍心中悲情，努力用乐观的态度感染儿子。贺瞻的女朋友是个善良的女孩，对爱情的忠坚远远胜过物质财富和个人声誉，她对独腿男友不离不弃，始终陪伴在病房默默照料和安慰鼓励。贺瞻心情非常复杂，脾气分外暴躁，但在女友和家人的真情感动和悉心照料下，他终于慢慢调整了心态，控制住易怒的情绪。

有句话叫作"大难不死，必有后福"，那个车祸是多么危险啊，世上多少血淋淋的渣土车事故！让人触目惊心、惨不忍睹。虽然失去了一条腿，却还有幸保住了性命，老天还没有放弃他，他为何要放弃自己呢？这么一想，贺瞻的性情逐渐平和下来。

漫长的医院治疗终于接近尾声，贺瞻出院了，在家里继续康复。

最初身体和心理的不平衡，导致他一度对人生充满了绝望，他死死地颓废在屋子里消沉低落。后来在亲朋好友的鼓劲下，他才拄着拐杖拖着一条残腿蹒跚学步，慢慢走出封闭的家门。回忆起那时情景，贺瞻无限感慨地说："当时真的不想活了，感觉自己就是个废人。"然而，床、轮椅和拐杖，只能暂时支撑他不摔倒，要永远站起来往前走，却需要巨大的毅力和坚定的信念。

自力自强

重新步入社会的贺瞻，开始寻找适合自己的工作。找工作不是件易事，刚毕业的大学生都难，何况一个残疾人！当他为谋取一份工作四处碰壁时，才真切地体会到，作为残疾人要找一份工作是多么不易。几经周折，贺瞻还是空手而归。当他消沉的时候，看到书上有泰戈尔的励志名言："上天完全是为了坚强你的意志，才在道路上设下重重的障碍。"是啊，哪里有一帆风顺的人生呢？比起那些在车祸中失去生命与意识的人来说，贺瞻觉得自己是幸运的那一个。

偶然的一次，贺瞻认识了一位与他同年并和他一样一条腿高位截肢的残疾朋友汪熙恒，他说："少了一条腿没什么关系，正常的日子也能照常过！"他已经开了个占地面积七八个门面的酒吧了，他只有依着办公桌旁边的那对拐杖才能勉强行走，但他有着自己的事业。

贺瞻参观了汪熙恒的酒吧之后，心内泛起层层波澜："要是我哪天也能像他这样开心地过日子，还有这么多朋友依然在身边陪着，不嫌弃、不抛弃，能这样活着才是快乐。"奥斯特洛夫斯基说过一句名言："人的生命似洪水在奔流。不遇着岛屿、暗礁，难以激起美丽的浪花。"汪熙恒能克服重重困难，开创红火的事业，作为同龄同遭遇的男人，又有什么理由脆弱和消意？"既然他能做得到，我一定也能做到！"贺瞻暗下决心。

无疑，汪熙恒成了贺瞻心中的榜样，他一下子云开雾散，信心倍增，顿时全身充满了力量，他决心重拾自己的理想，努力拼搏，活出尊严。他深知，只有对自己不放弃，才能更勇敢地去面对生活。上天留人，必有其任，因此，他找到了生活的勇气。

因为工作难找，贺瞻决定自己创业，他想开个家政公司，在家里用网络联系业务，对行动不便的他来说，应该是很不错的选择。2006 年，贺瞻七凑八凑，投入了第一笔创业资金 18 万，在大西门坳租了个门面，摆上桌子和电脑，馨园家政服务部便喜洋洋地开业了。家政服务部就在一楼办公，一共五个员工加上贺瞻这位老板。

创业之初，什么都不懂，什么都做。应客户的需求，客户需要月嫂，他们就给客户请月嫂；客户要请保姆，他们就给物色保姆；客户需要钟点工，他们就帮着找钟点工。所涉及的范围非常广，既做保洁又做家政，因为业务杂乱，他们都经验不足。贺瞻不懂家政行业的规律，对家政服务业务也互为陌路，业务的生疏，导致他遇到了种种困难。首先是自己不熟悉业务，再者资金不足聘请人员少，工地现场没人监管，不是卫生没搞好，就是管道没疏通。最初的时候，客户投诉很多，业务量又非常少。

为了改变现状，提升服务质量，提升公司品位，贺瞻专门聘请了四名专业人员对公司进行管理。然而人手是有了，但新的问题又出现了，有业务的时候，公司的几个人一起上都做不赢。没有业务的时候，大家无所事事，只好闲在公司围桌娱乐，工资却必须按月发。入不敷出的日子是最难维持的，没多久，贺瞻不得不因资金和业务量的缺乏而辞退了他们。理想是美好的，而现实却总是残酷。因经营不善，馨园家政服务部坚持不到一年时间就倒闭了，创业改变人生的憧憬在短短的一年里就遭遇了失败。投进去的十多万资金全没了，贺瞻欠了一身的债。

贺瞻的创业之路到了瓶颈，他苦苦思索下一步。这时，相恋多年的女友在她父母坚决反对的情况下，突然对贺瞻说："我们结婚吧!"明知道贺瞻已经不是过去的贺瞻,而是身体不再完整、创业又遭失败债务满身,但她依然不离不弃,还那么勇敢、不顾一切地要与他结为终身伴侣!令贺瞻感动异常。

可贺瞻父母不愿意,他们对贺瞻轻言细语讲出他们的顾虑:"崽啊,不是我们不喜欢这姑娘,是她太好,又美丽又善良,家庭条件也很好,我们家庭条件不好,你又遭遇了车祸,我们已经配不上她了,她娘家肯定会嫌弃我们的啊!日后难免因你身体的残缺而受到她们家的委屈。"

但贺瞻的女友对他已经铁了心:"贺瞻,你别想抛弃我,我这辈子非你不嫁,我主意已定,谁都别想阻止我。"父母终究阻挡不了爱情的力量,2007年,他们终于幸福地走向婚姻殿堂。后来,又生下了活泼可爱的女儿。

成家了,当然还要立业。贺瞻要养家,要善待深爱他、对他生死不离的父母和妻子,还要给女儿一个安定的生活环境。他决定从头开始。

再扬风帆

尽管贺瞻曾经历意外和挫折,但他仍从家政保洁业重新开始。他很清楚地意识到,事业要发展壮大,没有专业的技术是行不通的,而且从过去的经验来看,公司业务要专,不能像过去那样混杂,什么业务都做结果就是什么业务都做不好。经过筹备和改造,成立了宁乡馨园保洁服务有限公司,专做保洁业务。

贺瞻总结过去失败的经验,凡事都要亲力亲为,哪怕是一个小单子,都用尽心思去做。慢慢地,他在宁乡的保洁行业做出了名气,从家政服务做到路面保洁承包。后来,他又通过网络搭桥,到长沙、焦作和上海等一些有名气的家政公司学习取经。理清了思路的贺瞻,沉下心来在外面学了整整一个月的技术,然后买了设备回来。

经过三年的摸索以及对保洁市场的了解分析和对保洁公司的考察学习，贺瞻创办了宁乡欣云保洁服务有限公司，为各类公共场所及政府单位提供专业清洗、清扫保洁服务。生性豪爽、敢闯敢拼的贺瞻凭着自己不屈不挠的创业精神和良好的人际关系，很快就打开了一片天，公司作为中清协和湘清洁协会常务理事单位，先后取得了保洁行业甲级、一级资质、高空作业资格认证、ISO9001质量管理体系认证等专业资质证书。

贺瞻在工作中不断努力学习，积极进取，2013－2015年连续被评为全县创业标兵，2016年被评为宁乡首届"十佳好青年"和湖南省"向上向善好青年"候选人，2014年参加市残联IYB雇主培训班成绩优秀，被省残联选送参加湖南大学为期一年半的EMBA总裁培训班，系统学习创业技能和企业管理知识。

公司步入正轨后，正好赶上美丽乡村建设大潮，他于是改革转型，招技术人才、办资质投标。先后成功签约了长沙银行总行及支行，县城投公司、中好集团、文体中心、炭河里景区、香山国家森林公园驻场保洁业务和菁华铺、煤炭坝、回龙铺、金洲、坝塘、资福、黄材、双凫铺、横市、白马桥、花明楼等10个乡镇市政道路清扫保洁业务，管理总面积有1000多万平方米，是全县规模最大的正规保洁公司。

2017年度，贺瞻荣获"社会扶贫贡献奖"。他乐在奉献助残的事业之中，坚持真情回报社会。2018年，欣云环境管理有限公司先后被评为爱心企业、最具社会责任感企业，并荣获社会扶贫贡献奖、"爱心奉献，善行天下"荣誉奖章、白马桥街道社会扶贫先进单位和中国清洁清洗行业国家一级资质、全国质量诚信AAA级品牌企业、安全标准化一级企业和政府采购优秀供应商等荣誉称号。

今后，贺瞻将为更多残疾人和贫困户提供就业机会，力争打造宁乡市最大的残疾人就业基地，同时希望通过3年时间，使公司发展成为长沙市规模最大、服务最优的保洁服务公司，5 年发展成为全省清洁行业龙头企业。

扭转命运

贺瞻的助残帮困事业中，有个最具代表性的典型，他就是 38 岁的欧文和，宁乡市喻家坳乡人，其家庭共有 6 口人，父母患病多年，须长期服药，一对子女正在求学，全家曾长期靠腿脚残疾的欧文和种田与务工为生，生活过得异常艰难。

欧文和的祖辈都是农民，父母没有读过什么书，日出而作日落而息，没有伟大理想。欧文和基于家庭氛围影响，没有海阔天空的梦想，因此，上了初中就没有再升学了，在家帮着父母干农活。由于父亲年龄大了，对现代化的机械不懂，使用铁牛不是很利索，常常掌控不了或者操作不顺。于是，欧文和就想做一做欧家将，代父"出征"下地犁田。

有一次，机器突然出了故障，意外出现了，铁牛的轮子狠狠地绞住了欧文和的左腿，导致他的腿严重骨折，在医院治疗了半年，家里已是债台高筑！但欧文和的腿还是留下了终身残疾。从此，欧文和再也干不了重体力活。而父母只能以弱身病体拼命劳作，维持一家人的生活。

眼看着家庭生活条件每况愈下，欧文和不得不拖着残腿出去打工。只能干点体力活的欧文和付出与得到不对等，连自保都困难，再加上父母身体情况很不好，全家都到了不能维持生计的地步，只能又回到家里继续务农。

由于欧文和的体能有限，靠苦干死干完全改善不了家庭状况，只有发展产业。于是，欧文和就学着村里人，租下本组三十多亩田，花钱请人种上了烟叶。可是那年天公不作美，屋漏偏逢连夜雨，因雨量多，烟叶地里成涝成灾。欧文和最初的美好憧憬如彩色泡泡，在老天爷的劲风摧残下消失得毫无影踪。耗尽心血倾力投入的烟叶种植彻底宣告失败！

他不禁向天呼喊道："老天爷，你要绝我啊！"

生活是无情的，它从来不会因为某个人的失败而赠送他一个撤销键。败了就败了，没有回旋余地供欧文和挽回损失。看着一家的凄苦，欧文和怎能就此颓废！只有另想办法，将租地重新利用起来，种什么呢？欧文和苦思冥想，最后决定试种十多亩辣椒。他又打起精神，买辣椒苗，刨堆栽种，除草驱虫，施肥撑树，摘果出售。不知是技术不行还是土质不好，产量不尽如人意，价格也让人心寒，总之，一年的操劳只能勉强维持生活！

随着他们的年龄慢慢增长，姐姐出嫁了，家里的劳力更加少了。父母过早衰老，身体虚弱不堪，难以承担田间重活，一家人生活更困难了。

直到 2007 年，欧文和认识了他现在的妻子，结婚生子。人逢喜事精神爽，在勤劳善良的妻子的扶持下，欧文和再生动力，勤劳苦干，生活方才有所好转。然而，好景不长。2013 年，欧文和的母亲得了重病，在医院治疗花费了七、八万，家里本来就是平平过，加上有了儿子，开销一直在增多。母亲一住院，只能东借西贷，刚刚有点起色的经济状况一下子又恢复到了"解放前"，欧文和家负债累累，再次陷入无以复加的贫困之中。

欧文和说："就在如此困难的关头，欣云公司老总贺瞻得知了我的家庭现状。贺总亲自开车到我家来慰问，并带来了五千元慰问金。他跟我说'我们都是残障人，我们应该团结起来！你放心，我一定会帮你！'"

同样带着一条残腿的贺瞻对欧文和的遭遇感同身受，热情地向欧文和伸出了援助之手，2014 年果然就安排欧文和进了他的保洁公司，最初在豪德市场做保洁员，月工资两千多。豪德市场是宁乡最大的五金电器市场，欣云公司承包了那个市场里所有的卫生保洁工作。

贺总非常关心欧文和的工作情况，他经常手把手地指点他开展工作，言传身教增长他的业务能力。他鼓励欧文和："你要树立信心，要做生活的强者，不要被一时的困难所吓倒。只要你努力，有决心，公司就会给你很多机会，加油吧，有任何困难都跟我讲！"

欧文和感动不已，连连答道："好好好，我一定不辜负贺总的期望，努力干好自己的岗位工作。"他非常珍惜这个就业机会，事无巨细，认真负责，每一天的工作都做到尽心尽力，确保每个环节能接近完美，保证垃圾清理无死角。

干了一个月左右时，刚好有一位班长辞了职。

贺总找到欧文和说："文和，你干活勤快，能吃苦，但你有些行动不便，保洁工作也比较辛苦，现在市场这边缺一个班长，我看你应该可以在这个岗位干好，而且班长多了管理工作，体力活相对少一点，刚好适应你的身体状况。"

欧文和非常感动贺总的体贴关心，满怀激动地回答："贺总，感谢你对我的信任，我一定干好清洁班长！"自那以后，欧文和仔细观察，把整个市场都了解透彻，并作了一些岗位的合理调整，增强了一些人员配备，完善了管理制度，市场的卫生状况整体有了提升。而且由于人员调整给公司节省了开支。因此，在年中考核时，欧文和被评为优秀员工。后来，随着公司的壮大，欧文和又由班长升为了文体中心和豪德市场的项目负责人。

为了让欧文和无后顾之忧全力投入工作，贺瞻还将欧文和的父母也安排到公司就业。

欧文和欣慰地对我说："贺总特别照顾我，将我爸安排在豪德市场运送垃圾，我妈在文体中心做保洁员。"我听了之后，对他表示了真诚的祝福，祝他们家越来越好，同时也为贺总这个满怀大爱的企业家重重地点赞。

自此，欧家终于脱离了贫穷。之后，欧文和又生了一个女儿，现已4岁。如今，一家人的家庭经济条件好了，父母又能从事比较轻松的工作，心情变好，于身体有益。工作之余尽享饴孙天伦，其乐融融。在采访欧文和的时候，他对我说了一句真心话："贺总是我生命中最大的贵人！"正因为他无私助残的高尚行为，才给一个原本在困苦中挣扎的家庭带来了美好的生活。

对此，欧文和千言万语都化作行动，他的工作干劲发自内心，付诸实际努力所创下可喜成绩的欧文和，也成了公司的最好典范，公司的其他员工纷纷以他为榜样，自信自强，奋发努力，在公司上下形成了积极向上的良好氛围。

欣云润泽

在欣云环境管理有限公司，像欧文和这种身处困境，受到爱心润泽被贺瞻安置工作的人还很多，让我们看看，这些被帮扶的残疾人和贫困户生活都有什么样的改观。

崔文辉，男，39岁，宁乡市城郊街道人，肢体二级残疾，因小儿麻痹症致基本丧失劳动能力，至今单身，其兄因意外过世，父母均已年过70，个人长期志气消沉，家庭特别贫困。2013年，欣云环境管理有限公司为他开设了仓库管理的专用岗位，培训仓库管理知识，并逐步开导他的思想，鼓励其自强自立，个人工资从2013年的800元/月增长至当前的2600元/月，让他的精神面貌得到明显转变，并在2018年公司员工文娱比赛中获得独唱项目的二等奖。

贺芝兰，女，53岁，宁乡市白马桥街道人，建档立卡贫困户，精神三级残疾，丈夫身患多种慢性疾病无子女。欣云环境管理有限公司积极响应"千企联千户"项目号召，与贺芝兰家庭结对帮扶，2016年，欣云环境管理有限公司为其丈夫量身打造轻劳动强度的就业岗位，在同类岗位 1600 元/月的基本工资基础上，给予特殊补助 800 元/月，同时，公司还定期送米油、床上用品等生活物资，给予其丈夫带薪住院，并送去慰问金 5000 元，有效改善其生活水平。

诸如以上被帮扶安置工作的还有很多，黄思思、杨国强、黄某、周冠军等等，他们的生活条件因此而得到很大的改善。

雨果有句名言："上天给人一份困难时，同时也给人一份智慧。"

命运的无情打击，并没有让贺瞻消沉放弃，他历经挫折艰辛创业 10 多年，终于守得云开见月明，欣云环境管理有限公司越做越强，越做越大。目前公司已有物业保洁项目 40 多个，市政道路清扫项目 10 多个，固定资产 500 余万元。现公司拥有员工上千人，安置 32 名残疾人、47 名建档立卡贫困户就业，先后对 6 名特困员工进行了生活救助，并在娄底、贵州等地开办了分公司，年产值达 5000 余万元，是宁乡目前规模最大、实力最强、专业化水平最高的保洁公司之一。

同时，欣云环境管理有限公司还成立了一支清洁志愿服务队，定期对山水华庭小区 8 户一户多残家庭开展免费家政卫生清理、心理疏导等志愿活动，让这些长期封闭的残疾人家庭得到了社会的关心，感受到爱的温暖。公司还成立了残疾人维护市容志愿服务队，在县城花明路、八一路口、紫金广场进行市容维护活动，展示残疾人自强、自信、自立的精神风貌，为创建全国文明县城贡献力量。

多年来的辛苦打拼，贺瞻在事业上虽然有了一定的成就，但他深知，他的成就离不开伤病期间给予他无私帮助的亲友，离不开创业期间给予他多重扶助的政府和省、市、县残联。

为帮助更多的残疾人，贺瞻主动承担起了社会责任，于 2017 年在宁乡市回龙铺镇白金村建起了欣云博爱残疾人托养服务中心，该中心投资 200 余万元，占地 6435 平方米，建成宿舍、功能用房 3 栋，床位 80 张，配有心理咨询室、康复室、电脑室、阅读室、培训室、辅助性就业室、培训室等服务用房和 7 间特护用房。如今已有 80 多名残疾人入住，均免收服务费用，并提供基本生活所需及 24 小时贴心服务，是目前长沙市规模最大的残疾人托养服务中心。

为体现托养对象的劳动价值，贺瞻联系了特步、陆戈等鞋业公司，残疾人可以通过穿鞋带等简单的手工劳动，获得公司给予的报酬。做得快的一天可以赚到 50 多元，最少的也有 10 多元，他们通过自己的劳动提高动手和思维能力，获得社会的关注和肯定。下一阶段，中心还将通过多种形式，引导更多社会群体关注、关爱这群"折翼天使"，进一步提升他们的生活品质。努力打造"残有所养、残有所医、残有所乐、残有所为、残有所康"的温馨家园。

贺瞻觉得，残疾人是弱势群体，但是他希望通过努力，闯出一片天蓝地阔。同时，他也希望在自己的带领下，能安排更多的残疾人就业，带领更多的残疾朋友致富，为社会尽自己的微薄之力。作为宁乡肢体残疾人协会委员，在做好协会工作的同时，更要当好全市肢体残疾人的表率，以自己奋斗不息的创业精神和自信自强的坚定意志，带动全县更多肢体残疾人自强自立、就业脱贫、创业致富。

■ 愿与君相携

愿得一人心，白头不相离。古今中外对爱情忠贞不渝的故事比比皆是，诠释了男女之情的真谛，白朗宁与马莱特的诗意爱情、唐明皇对杨贵妃的三千宠爱、三毛与荷西的梦里花落等等。

也许，社会助残只是一时，在最困难的时候助个力、在最关键的时刻指条路，残障人士因此得以脱离困境。而对于他们的一辈子生活，因身体障碍带来的艰难，很多却不是一次两次的帮助就能彻底解决的，他们需要依靠亲人长期不离不弃的帮助，才得以解困，或者经常性的帮衬，才能实现人生梦想。

我们不能忽视的，是残障家庭成员几十年如一日毫不褪色的关爱和照顾、理解和相助，才成全了他们用有障碍的身体取得了有价值的人生，这种不离不弃、携手征服困难获得成功的典范，更是值得赞赏的。

挚爱铸造盲人作家

每个成功的男人身后都站着一个默默奉献的女人。这是一句俗话，也是一句经典现实的老话。中国第一位盲人一级作家曾令超凭着自己的不懈努力，在妻子蒋妹无微不至的帮助下克服重重困难，终于取得了创作和人生的成功。获得成就的那个人固然是光芒四射，而在背后默默支持的当然更应该感到骄傲和欣慰。

"埋在地下的树根使树枝产生了果实，却并不要求什么回报。"泰戈尔的话用在蒋妹身上是如此恰当，亲情和责任，蒋妹是真正将它们牢牢扛在她之前本来并不是很硬实的肩上。几十年来，她已扛成一种习惯，从没松懈、放弃过。就这样一路走着，走过黑暗的尽头，一直走到光明。

时间是一把尖刀，总把那些灾难与坎坷深深铭刻在人们的记忆之中。每当蒋妹想起过去的一幕幕，都会像肩挑千钧登上了崀山八角寨一样，叹那一步一阶颤抖欲坠的攀登和挥汗如雨身心俱疲的劳苦。有时她自己都不敢相信，凭着坚强的意志，居然能达到峰顶！回望身后，这一路是如何摸爬滚打走过来的，已经说不清道不尽了。

1981年12月12日是个寒冷的冬日，蒋妹拿出一套新衣服，草绿色的上装与咖啡色的尼龙裤，为丈夫曾令超打点衣装，像往常一样替他整理得井井有条，全身洋溢着法官的飒爽英姿。像往常一样，曾令超与五岁的儿子和两岁的女儿亲切道别，带着法院新来的几位干部去县医院体检。他们遵循医院规定，有序排队，安静候检。正在此时，有个人突然闯进收银台的工作区，迅速地挟持了一名收银员，高举炸药包，恶声霸气地高喊："把钱全交出来！快！我数到三，不交就炸平，所有人都死！"作为一名执法者，曾令超来不及思索，第一时间挺身而出。他迅速冲到歹徒身边，猛地将他扑倒，歹徒慌乱中引爆了炸药……

当蒋妹接到凶讯之后，她的顶梁柱为了保护医疗资金和群众生命安全，已被亡命之徒的炸药包炸倒在医院的抢救室。蒋妹心急如焚地望着丈夫那血肉模糊休克的身体，眼前的一方蓝天瞬即坍塌。

曾令超在麻醉中昏睡，蒋妹却心神难安，不分白天黑夜地守在病床边不曾合眼。面对灾难这个恶魔，她发现自己是那么束手无策，就这样任凭这个刽子手宰割自己的爱人。她只能软弱地祈祷，希望上天能大发慈悲，救丈夫一命。伤势严重的曾令超经常处于昏迷状态，大小便失禁。蒋妹是个讲究卫生的精致女子，平常看到别人乱吐痰都会反胃恶心，面对丈夫频繁排泄在身上的大小便，她顾不了自己的不适，细致耐心地帮他擦洗臭气熏天的排泄物。她早晚给丈夫擦洗身子，用蘸着盐水的棉签给他清洗牙齿口腔，没有半丝嫌弃丈夫的脏，一心只愿他干净清爽、舒适安逸。蒋妹对曾令超说："你是英雄，为了百姓的安危敢于牺牲自己，我为你感到骄傲，也希望你依然勇敢，击败灾难，早日康复！"

经过多方抢救，丈夫的命虽然被捡了回来，却造成双目失明。三十三岁的曾令超就这样被残酷地夺走了光明，他还来不及把妻儿看个痛快，就永远目睹不了孩子们的哭脸与笑颜了。从此后，一个幸福的家庭随着曾令超的黑暗世界一同坠入了艰难困苦之中，蒋妹孱弱的肩膀自此压上了家庭重担。昔日丈夫对她的呵护和关爱，一下子被灾难推得好远好远……

从医院出来后的曾令超身体非常虚弱，由于药物的副作用，使得他食量增加，营养需求量也很大。为使他早日恢复身体机能和记忆，蒋妹省吃俭用为丈夫买营养品，甚至用自己的乳汁挤给他喝！

有一次，曾令超接过营养品来喝了一口，觉得味道特别，便问："这是什么东西？味道怪怪的！"蒋妹知道瞒不过，不得已道了真话。曾令超不禁惊愕了："女人的乳汁就是血啊，你怎么能这样！我不喝！"

为了丈夫的早日康复，她不顾自己日夜操劳虚弱的身体，用乳血来灌溉他。蒋妹说："只有这样你才能尽快好起来，才能减轻我的负担啊！"每每想起蒋妹这份沉甸甸的爱，这个七尺男儿都禁不住热泪奔流、泣不成声。

曾令超除了失去五彩纷呈的世界，还失去了一大半语言能力和记忆功能。蒋妹百般耐心，一字一词一句地教丈夫说话，从一首首脍炙人口的唐诗开始帮丈夫恢复记忆。功夫不负有心人，经过夫妻俩长年累月的坚持不懈，终于让被灾难击晕的记忆像一头雄狮那样重新站立起来了。

而蒋妹从此男人女人一肩挑，家里家外一人担。她的亲友好心劝她："你这么年轻，就要背起养家糊口的重担，一辈子服侍瞎子？人一辈子长着呢，不能把大好的人生就断送在他的身上，你掂量掂量，还是离婚吧，何必这么死心眼劳苦一辈子呢？"这话传到曾令超耳里，他何尝不是经常为失明而痛苦万分？昔日他呵护妻儿，如今时刻要妻子照顾，这种落差让他生不如死，妻子善良，他也不想拖累她。于是，曾令超软硬施磨地规劝过蒋妹多次，甚至以死相逼要与妻子离婚，连离婚协议都请弟弟写好。

结发为夫妻，恩爱两不疑。这么多年的夫妻情分是多么弥足珍贵，何况还有一对可爱的儿女，这个家绝不能散！蒋妹怎样都撼不动曾令超死寂的心，最后她使出一招，在他面前长跪不起，向他倾诉自己的真心："令超，你别想赶走我！哪怕你现在是块烂木头，我也要背到底，哪怕今后的困难是座大山，我也要努力去搬开，就算是条大河，我也要将它填平！"

蒋妹坚如磐石的决心彻底打消了曾令超的顾虑，他流着泪对妻子说："你得受多少苦啊，让你这么苦，我怎么心安？"

蒋妹说："只要有你和孩子在我身边，我什么苦都能吃，我甘心情愿！"

从此曾令超不再消沉，振作起来配合妻子，安安心心养护身体，踏踏实实过日子。

曾令超负伤出院的那两年，蒋妹抱着一线希望扶他四处求医，不知走过多少路，看过的医生都数不清有多少，向亲友筹钱借款，不放弃任何星星点点的希望。然而，路走尽，债筑高，医寻遍，药用光，结果却依然如昨。

曾令超一直闷在家里，昔日的奋发图强瞬间成了虚空，妻子日夜操劳，苦撑着贫困拮据的家，孩子在外面受人歧视。蒋妹的任劳任怨和曾令超的英雄无悔，新宁县委县政府及法院领导有目共睹，为了让他们脱离艰难，经会议决定，将蒋妹安置在一个相对稳定、轻松的岗位，以便她更好地照顾曾令超，稳定的收入可以改善家庭条件。曾令超终于得到心安，但是却不想做个"废人"，总想着要用什么法子，让年轻的生命再发挥出作用，贡献于社会又体现自身价值。有次偶然的机会，同学来家里看曾令超，对他说："令超，你在家里有很多空闲，不如搞点文学创作，因为你本来就是中文系毕业，有一定的文字功底。"这个建议的提出，让曾令超的人生一下子出现了亮光。

然而，眼睛看不见了，不能看书，也不能写东西，又怎么去搞文学创作呢？真可谓"欲渡黄河冰塞川，将登太行雪满山。"

但蒋妹却很看好丈夫的才华，百般鼓励他克服困难试着创作，丈夫有了丰富的精神世界，心情一定会好起来，积极面对生活，体现他的人生价值。蒋妹决定做丈夫的眼睛，为他读书读报，让他了解最新最好的文学作品，听到经典的中外名著。

每天下班回家，蒋妹打理好家务之后，便拿起书报给丈夫念读，碰到好作品好句子都是反复朗读。为了让丈夫快速走上文学创作的道路，她为他报了各种文学创作函授学习班，各种资料和教材，都必须通过她的声音传递出来。蒋妹经常是读得口干舌燥，疼痛难忍。久而久之，她的嗓子沙哑，甚至因发不出声而一个人去医院做手术，手术后不久，蒋妹就申请出院，她不顾禁声七日的医嘱，第四天就破禁给丈夫念书。

曾令超终于有了写作的冲动，他要用文字的力量，激励自己，鼓舞他人。他满怀热情地写下第一个作品，喜滋滋地问："蒋妹，你帮我看看，写得怎样？"

蒋妹拿过来仔细一看："天啊，你这是什么字啊？像一群蝌蚪在乱游，有的群起爬楼梯，有的混乱下坡，有的像虫子蚯蚓到处乱爬……"蒋妹费力琢磨，像猜谜一样一字一句地拼。于是她绞尽脑汁想办法，用塑料垫板镂空成分行模板，让曾令超在模板里写。

为了顺利辨认曾令超的字，蒋妹经常站在一旁看着丈夫写字，一个个字辨，一句句话去组，慢慢地掌握了他的笔画规律，将他所写的文章细细誊写下来，成了他的特殊翻译。就这样，除了修改的，一篇文字至少要抄写两篇，一篇存档，一篇用来投稿。

有一次，"悲剧"发生了。蒋妹在忙家务，曾令超就着镂空塑料垫板在写作，写出一叠草稿，交给蒋妹誊抄。蒋妹拿着稿纸准备抄写，翻开书稿一看却是谁也辨不清的'天书'，纸上没一个字，除了笔尖的划痕全是空白，蒋妹痛心地说："是不是圆珠笔的墨水没有了？一个字都没有。"曾令超全然不知，花了那么长的时间，那么多精力，居然都白费了，他捶首顿足："该死啊！"那种痛惜失意无以言表。无奈，只能重起炉灶。但曾令超相信华罗庚的话："勤能补拙是良训，一份辛苦一份才。"加上创作热情如火山喷发，往往深夜了还在书写。有时半夜睡在床上突然灵感一闪，便叫醒熟睡的她起床帮他把想到的写下来。随着曾令超写作量的增大，蒋妹的抄写量也加倍了。

由于右拇指常年得不到休息，导致指关节严重错位，握笔尤握刺。蒋妹从不叫苦叫累，忍痛书写，以致后来不得不去医院。从医院出来，本来百把斤的蒋妹更瘦了，只剩下八十来斤体重，但她还是不辞劳苦，一如既往地为曾令超抄写作品，照顾他的饮食起居以及操持家务。蒋妹就如光明的使者，时刻在丈夫熄灭的胸膛里烧起熊熊大火，照亮他充满光辉的人生前程。

当曾令超的第一部长篇小说《一个女人的调动》出版之后，县、市、省作协和文联、残联、文化和宣传部门都对曾令超给予了不同程度的关注和帮扶，各级领导多次到他家里看望他，为他的新作写作、出版、销售出谋划策，为他争取重点扶持，并对他的作品进行大力宣传与推介。在政府、文联、作协和残联等部门的有效帮助和鼓励下，曾令超的作品像雨后春笋般破土而出，他的名字频频在各大报刊上出现，不断传来作品获奖的喜讯，他的创作很长一段时间达到高峰。面对成功，蒋妹喜极而泣，汗水之下终有收获。有人说蒋妹是曾令超的支柱，而蒋妹却认为丈夫是自己的支柱，如果要去深究，只能说他们之间是互为支柱。

截至 2019 年，曾令超总共发表文学作品有 400 余万字，这就意味着蒋妹为他抄写文稿七八百多万字。如今，搬出那几叠厚厚的文稿，每一张都布满了蒋妹的手迹。因为夫妻俩的坚持和努力，曾令超创作了《铸造太阳》《警魂雄风》《人生在世》《跋涉光明》《天平至上》《灿烂的明灯》《人生跋涉》等 13 部书，其中长篇自传文学《跋涉光明》获全国第三届奋发文明进步图书一等奖、国家图书奖、云南省"五一个工程"奖；长篇小说《一个女人的调动》获全国首届奋发文明进步图书奖；长篇小说《天平至上》获邵阳市"五个一工程"二等奖；长篇小说《女儿河》获湖南省重点关注作品；散文集《灿烂的明灯》获全国首届中国长城文学一等奖。他们在享受成功喜悦的同时不忘回报社会，无偿为爱心书屋和全市重点中学捐赠了千余册书籍。

2019年4月22日上午，在第24个世界读书日前夕，由中国盲文出版社、求真出版社联合举办的"曾令超作品研讨会"在北京中国盲文图书馆召开。对曾令超的《天平至上》和《人生跋涉》等4部书进行研讨，中宣部、中国作协、中国残联、鲁迅文学院等一些领导参加了研讨会并针对作品予以很好的评价。

在几十年的相互支撑和相濡以沫的努力进取下，家庭慢慢摆脱了贫困，过上了丰衣足食的日子。两个孩子谨记父母的教诲，努力学习，自立自强，如今都有了美满的小家庭，并在各自的工作岗位上干得风生水起。

蒋妹对丈夫不放弃、不抛弃，他们面对困难逆流而上，从泥泞里走出来，在政府和各部门与社会的帮助下，用不残缺的真爱共同撑起美好家庭，创造了最大的人生价值。

"开轩面场圃，把酒话桑麻。"这对患难夫妻带着孟浩然的坦然自得平淡地生活着，过着普通而不凡的日子。四十年来从不戚戚于贫贱，不汲汲于富贵。因为蒋妹的默默付出和国家、省、市、县各级政府、文联、作协与残联等部门的帮扶，成就了这位盲人一级作家。全国文明家庭、全国五好文明家庭标兵户、全国最美家庭、"三八"红旗手和先进个人等等荣誉的获得，是蒋妹几十年如一日的美好品行和曾令超孜孜不倦伏案耕耘最有力的见证。

他们坚持不懈的韧劲和迎难而上的进取精神，感召着千千万万的残疾朋友，激励着一代代学子，成了千万普通或特殊家庭的楷模。

真情撑直曲折人生

患难见真情，这句话是真理。像曾令超与蒋妹一样患难与共、相携相扶的夫妻还有谢祖江与沈翠。浏阳的谢祖江也是做家政服务行业的，在做好业务之余，还成立了长沙市温馨助残公益服务中心。相比宁乡的贺瞻，谢祖江可以说事业刚刚起步，一对正在书写美好人生的被称之为袖珍夫妻的他们，又有着怎样感人至深的故事呢？

出生于骄阳似火的 6 月天的谢祖江，对工作和公益事业都有着热火朝天的干劲，在他的朋友圈，不时能看到公益活动消息。这是个忙碌的人，从浏阳到长沙来打天下，这个袖珍男子，虽然身材矮小，却有高远的志向，让我肃然起敬。

沿着谢祖江发给我的位置去寻觅一个传奇。一进屋就看到谢祖江的妻子，一位比他还要矮小的袖珍女子。这就是都市晚间 2016 年以《一米三高的老板娘，为何每位员工对她夸赞有加》为题报道过的新闻主角，这对小夫妻，生活过得惬意，他们已经有了事业，只管努力拼搏，将事业做强做大。

说起自己的故事，谢祖江非常坦然，就像在讲别人的故事。这是一个被针头打折的人啊！我为之感叹、遗憾，他却没有一句抱怨。

谢祖江一岁左右，正好是朝阳似火的农历六月，他的额头、颈部起了很多痱子。像一群小蚂蚁在啃着，开始是奇痒，他忍不住去抓，过后却又痛。痱子越长越大，整个额头都发红了，小祖江感到非常难受，哇哇哭个没停。母亲急啊，却又没有好的办法去解决，只能带着他去诊所，希望医生能拿出一剂好药，只要轻轻一涂就能将孩子的痛痒全部解决。

医生检查了之后，给谢祖江打针，医生说要打十针，打到最后一针的时候，谢祖江就开始感到不适。当时，谢祖江年纪小，什么都不会说，只是不舒服而哭闹，快两岁时还是赖在母亲怀里不肯下来，到底是为何？父母以为他是吵，懒。因为要做工，就命令他自己下地走路，但谢祖江没走几步就跌坐在地，哭得稀里哗啦，鼻涕口水汗水混在一起。最初，母亲以为他是懒于走路而装出来的可怜劲，不予理会，后来经过多次，母亲就感觉不对了。

"就算是懒到不想走路，也不会这么痛啊。一定是哪里有问题！"谢祖江母亲又带他去诊所检查，可是医生东听西看，不发烧，不感冒，没外伤，没有明显的症状，便提议他们去大医院检查。

到医院拍了片之后，终于找到了谢祖江不肯走路的根源，原来他臀部的骨髓发炎了。这骨头骨髓是皮肉包着，怎么会无缘无故发炎呢？这一直是个不解之谜，母亲心事重重地对父亲说："这骨头里的水好好的，怎么会发炎呢？是不是当时打针的时候药水打到骨头里去了？是的，祖江的腿就是打针打坏的，可能是针头没有消毒，要不就是针头被断在骨骼里了！"

父亲不以为然："怎么会！骨头这么硬，针头怎么能打进去！"

母亲自责着唉声叹气道："这骨髓炎也不知发作了多久了？都怪我们粗心，没有及时发现孩子的伤病，让孩子受了那么久的苦！"如今要治好孩子的骨髓炎，却并非易事。为了给谢祖江治病，他们带着他四处求医，将家里的积蓄全部花光后，还向亲戚和乡邻借了不少钱。为了挣钱补贴家用，姐姐和弟弟很早就辍学打零工、做花炮生意。

"七、八年啊！"谢祖江说："人生能有几个七、八年，这要命的骨髓炎导致了并发症，经过漫长的治疗时间，才终于好了。然而那时，已导致我右股骨坏死和右腿萎缩，落下了终身残疾。从那以后，我走路都是一瘸一拐的，很慢很吃力，大部分的时候，都是姐姐背着我。"

谢祖江长不高，比同龄人矮了两个头，和他同龄的孩子都进学校读书了，谢祖江也必须上学。可是，家里离学校那么远，上学的困难也不是一时。谢祖江看着小伙伴一个个背着书包，流露出无比羡慕的目光，姐姐看在眼里，疼在心里。当父母和谢祖江谈到上学走读困难的时候，姐姐坚毅地说："我背弟弟上学！"

姐姐很懂事，也非常疼谢祖江，她勇敢地担负起照顾弟弟上学的重任。有时候，姐姐担心迟到，就背着他跑，累得满头汗水，小脸蛋涨得通红，急促地喘着气。

"姐姐，放我下来，我自己走！"谢祖江实在是心疼姐姐，内心过意不去，可他自己走路一瘸一拐，实在太慢了，姐姐一来担心他摔倒，二来怕迟到，喘匀了气，又蹲下身来坚决要背他。

最难的是下雨天，那年头是狭窄的泥巴田径路，不像现在到处是水泥路，还有车坐。只要天一下雨，路面就泥泞不堪，走在上面总是打滑，举步维艰，姐姐背着他一步步吃力前进，不晓得熬过多少辛苦。待谢祖江年龄大些后，姐姐就帮他背着书包，扶着他慢慢走路。

"小学那几年真是太艰苦了！多亏了我姐姐，我才熬过来。"谢祖江摇摇头，苦难的往事不堪回首，姐姐的相扶相持又感人至深。好在谢祖江很自强，学习也刻苦，因为腿不太方便，他课余一般都在教室里学习，因此在班上一直名列前茅，从没考过三名以下。

谢祖江的家在浏阳市大瑶镇上升村，这是个非常偏僻的山村，交通比较闭塞。到了初中之后，离家就更远了，大约有十多公里吧。谢祖江只能住校读寄宿，只有星期一早上和星期六下午才自己走路。那时候，父母总是天不亮就起床做饭，谢祖江早早地吃过饭，由父母送一程。当时，有个非常好的同学和谢祖江同路，那同学每次都和他约好一起去学校。初中的那几年，都是那个同学帮他背着书包，让他记忆犹新。

同学们的年龄都大些了，看谢祖江的眼光就有些异样，他感到很自卑，顶着腿脚不便、家庭困难和心理负担的三重压力坚持上到初三。到了第二期，他实在是承受不了，就待在家不愿去学校。后来，在班主任苦口婆心的劝说下，谢祖江又克服困难继续上学，坚持到毕业。

谢祖江在家里看到姐姐弟弟都在帮父母干农活，他也想帮忙，可是身体的残缺令他爱莫能助，今后靠务农种田过一辈子是不可能了。人生说长不长，说短也不短啊，不读书，今后要怎样生活呢？于是，父母对谢祖江说："祖江，你跟叔叔学室内装修吧，比如刷油漆什么的，总得有一技之长立足。"谢祖江欣然同意："好，室内装修在室内，没有日晒雨淋，不用跋山涉水。"可是，干了没多久就干不下去了，因为室内装修是体力活，身高一米四多、右腿还有残疾的谢祖江，又怎么能胜任呢？几次遇挫之后，他退却了，看来这碗饭并不是为他准备的，还是另谋门路吧。后来，谢祖江零零散散打过几次工，但一直很不顺利。他于是沉默、封闭，少言寡语。

古人说"人生天地之间，若白驹之过隙，忽然而已。"仿佛时光一晃，谢祖江就三十出头了，一个而立之年却立不起来的人，爱情大概只是梦罢，谢祖江对婚姻已不抱幻想。

2010 年，是谢祖江命运的转折点。在家闲着不是长久之计，他找了个机会去镇上学电脑，学习期间，谢祖江遇上了贵人，镇上的领导介绍他去省城长沙学习，在镇领导的指引下，谢祖江来到长沙成才学校，他有幸在那里参加了为期半年的电脑维修培训，并意外地收获了爱情，从此开启了人生的幸福之门。

当时，谢祖江的沉默寡言、消沉忧郁被一个名叫沈翠的 25 岁女孩发现了，她学的是平面设计，是个非常活泼开朗的女孩子。

沈翠是长沙雨花区跳马乡人，因小时候的一场车祸，导致她右腿骨折，后来一直发育障碍，成了身高仅 1.33 米的"袖珍姑娘"。初中毕业后，沈翠先后做过促销员、话务员，在工作的磨砺下，锻炼出了她开朗外向的性格和良好的待人处事能力。

沈翠姑娘开导谢祖江："你为什么总是一个人闷在那儿？你要改变性格，别总是忧郁，要学会乐观，生活多么美好，不是吗？"谢祖江非常羡慕沈翠的开朗性格，但他只是欣赏，学不来，所以，他只是傻笑着点头。后来沈翠就经常有意无意地和他打交道，一来二往，经过深入了解，同是腿部残疾、身材矮小的他们幸福地将手牵在了一起。沈翠家庭条件比起谢祖江来说好了很多，她父母知道他们的恋情之后坚决反对，女儿本来就身体有障碍，但比谢祖江还是要好些，两个不健全的人在一起，今后生活会非常困难！而且谢祖江家在浏阳农村，家境也很困难，不行，坚决不行！他们坚信女儿可以找个条件更好的对象。

但找对象是沈翠自己的事，感情只有她心甘情愿才有感觉。因此她态度很坚定，马尔林斯基说过："毫无经验的初恋是迷人的，但经得起考验的爱情是无价的。"这是她的初恋，她也要经受父母反对的第一个考验，让这份爱情无价，在爱情上，她不做乖乖女！培训结业之后，沈翠做出了个大胆的决定——跟着谢祖江回浏阳的家。

可谁又曾想，爱的阳光不但会光临富人的殿堂，也会落入穷人的草坪！有了爱的滋润，谢祖江开始考虑成家立业了，这个目标虽是压力同时也是动力，他将马上拥有美好人生了，他愿意为新生活去努力拼搏。

那年冬天，一对小恋人开始在浏阳和长沙城区求职，尽管没一家单位愿意接收他们，但他们并没有气馁："没关系，好事多磨，找工作本来就是难事，何况我们都不是健全人，难度肯定会更大，但我们要有信心，我们一定能找到工作。"他们相互鼓励，相互支持，不离不弃，对未来始终抱着希望。以至在后来的人生里，他们都用自己不残缺的爱，相互成全着对方。

2012年1月4日，三湘都市报经过采访谢祖江和沈翠，发布了一篇《1.32米高姑娘开导1.5米高小伙后成其恋人》的新闻，给他们陷入困境的生活带来了转机。他们向记者表达了新年心愿，谢祖江对记者说："希望新的一年，我能找到一份稳定的工作。"沈翠很是自信："我什么都能做，最擅长的是'策'。如果有适合的工作机会，我们将会无比珍惜。"

这条新闻一发出，果然就有爱心企业打电话过来，说愿意接受他们入职。因为当时沈翠已经怀孕，暂时不能参加工作。那是家化妆品公司，老总便给谢祖江安排了个仓库管理的岗位，为了让他更好地工作，还特配置了一台电脑。谢祖江感动不已，拿出满身心的精神投入了这份工作，虽然很辛苦，但他不觉得累。

2012年，谢祖江和沈翠终于喜结伉俪，当时，他们手头仅仅四百元！真正的白手起家。

然而一年多之后，仓库进出货不断，谢祖江跑来跑去的，腿便疼痛难忍，再也承受不了工作的辛劳，不得已，他只能辞职。

正在失业之时，成才学校的负责人陈建华联系了他，请他去当老师，负责招生。谢祖江又欣然前往，领导看到他为人好、做事踏实，对他很是照顾，上下班顺路时总会接送他。

半年后的一次，领导问："谢祖江，你有没有什么创业的想法，想自己做点什么吗？"

谢祖江很坦诚地说："想法肯定是有的，但是一来没有本金，二来没有技术，想也是白想！"

领导说："我有个家政公司，因为学校事情太多忙不过来，没怎么运作，基本上停滞在那里，如果你愿意接，我可以免费转让给你。"

谢祖江懵了，这是行了什么运啊？居然能被天上的馅饼砸中！他立即反应过来，毫不犹豫地答应了。

谢祖江说："我一辈子都忘不了我的领导陈建华，他是我的贵人，他不仅租了间办公室给我办公，还免掉全部房租和水电费！"

于是，谢祖江便着手办手续，变更法人。连当时办手续的资金都全是领导提供的！当时沈翠已快临盆，两个人在长沙的生活开支不小，孩子马上要出生，各种需要。

那天上午，谢祖江终于办好公司注册的手续，沈翠腹痛临产，他们赶紧清理东西，到了医院。下午，他们的宝贝女儿出生了，他们从此变成三口之家。出院后，谢祖江的弟弟就开车来将沈翠母女接到浏阳老家。

2013 年底，谢祖江须浏阳长沙两头跑，公司刚刚接手，这里那里的事情要打理，加上公司和家庭都需要钱支撑。辛苦劳累和资金的压力使他觉得空前的不适，可是，他看着刚刚接手的公司和新生儿，还是强打精神继续奋斗，他暗暗督促自己："不行，我不能停歇，为了沈翠和孩子，我必须努力，要坚持!"春节前夕，谢祖江回到浏阳老家，晚上洗澡的时候，突然晕倒在澡堂。因为病情严重，谢祖江一度昏迷，记忆断片，连妻子沈翠都不认识了。沈翠一个人在医院照顾他，他们刚出生不久的女儿只能交给谢祖江的母亲。那场大病差点就要了谢祖江的命，医院都下了两三次病危通知，老天善待他，最后还是让他逃过了一劫。

身体恢复之后，谢祖江夫妻正式投入靓美家政公司的管理，最早公司就他们两口子，沈翠自己上门为客户服务，她虽然身材矮小，但做事非常用心细致，颇得客户的好评。创业初期，条件十分艰苦。为了省钱，谢祖江夫妇都是带着做好的饭菜上班。

家政业务拓展相当不易，很多客户对他们不信任，觉得他们身体有缺陷，活肯定干不好。他们只有用行动和事实说话，比别人更用心地做，比别人做得更好。慢慢地，便有客户主动找上门来了。

谢祖江说："长沙市残联和浏阳市残联对我的公司都很扶持，残疾人创业不易，如果不是国家的好政策和残联的扶持，我们夫妻再怎么努力也很难达到今天这一步。"

现在，家政公司已有员工近三十人，其中有几个是残疾人。在员工眼中，谢祖江是个大好人。员工李斌由于脖子有点毛病，形象不佳，多次求职遭冷遇，直到遇见了谢祖江，才安定了下来，现在已在靓美工作一年多，他感到非常满意，说："老板知道我身体的特殊情况，总是把最轻松的工作交给我。在这里，我终于找到了家的感觉。"在李斌心里，谢祖江就是自己的大哥，他的家电维修技术，便是老板谢祖江手把手教会的。

谢祖江夫妇不但努力经营管理好家政公司，还创建了长沙市温馨助残公益服务中心，帮助更多的残疾人改善生活条件和就业。他们的事迹很快就传遍了长沙的大街小巷，媒体争相报道他们。

谈起创建助残公益服务中心的初衷，谢祖江说："我自己因为身体原因，求职中遇到了很多困难，也得到了很多帮助。现在我有能力了，就要像之前帮助过我的那些好心人一样，多做好事，帮助那些需要帮助的人。"谢祖江希望社会能对残疾人更宽容些，尊重他们的人格、尊重他们的劳动。他相信，随着公司的发展壮大，将能为更多的残疾朋友提供就业机会。

我由衷地为他们感到欣慰，他们白手起家，却刻苦创业、尽力助残，回报社会；他们虽然现在还在租房，但他们有着最美好的事业；他们虽然残疾，但拥有永不残缺的爱。沈翠骄傲地说："我和祖江一路走来，能把公司管理好，将助残公益服务中心做出影响，也和我们坚定的信心有关，我们不忘初心，人残志不残，活出我们的精彩，体现出我们的价值。帮助更多残疾人和弱者，更好地去回报社会，就是我们夫妻的共同愿望。"

我真挚地为谢祖江夫妇祝福，愿他们的事业蒸蒸日上，家庭美满，幸福平安！

山无棱，江水为竭，冬雷震震，夏雨雪，天地合，乃敢与君绝！一份真情，撑直了被命运打折的人生；一个牵手，共圆幸福梦想。

曾令超夫妇和谢祖江夫妇的事迹感人肺腑，再大的困难，他们都不会放弃对方，携手走过每个艰难险阻，获得了他们人生的最大成功，为许多面临困境的家庭树立了爱与坚强的榜样。

结语 新征途

蜿蜒伸展的水泥公路，叮叮咚咚的小桥流水，绿荫人家，鸡鸭成群，犬吠羊叫。绿油油的庄稼，原生态的瓜菜，欢快劳作之后，悠闲自得的慢生活，不知让多少城里人美慕。李子柒仙女般的复古劳作视频，吸引了无数人的眼球，她的相关品牌产品远销八方，不同凡响。农村是一片广大的天地，乡村振兴号角吹响，新农村富饶篇章展开，漾漾泛菱荇，澄澄映葭苇，我们期待着。

习近平总书记指出："残疾人是一个特殊困难的群体，需要格外关心、格外关注。让广大残疾人安居乐业、衣食无忧，过上幸福美好的生活，是我们党全心全意为人民服务宗旨的重要体现，是我国社会主义制度的必然要求。"①

湖南省残联党组书记、理事长肖红林在 2019 年全省残疾人工作会议的工作报告中表示，省残联及下属各级残联组织将在习近平总书记关于残疾人事业重要论述精神的引领下，努力健全残疾人权益保障制度，完善残疾人基本公共服务体系，全力打赢残疾人脱贫攻

---

① 参见：《习近平关于全面建成小康社会论述摘编》。

坚战，加快实现"2020 年全面建成小康社会，残疾人一个也不能少"。

2019 年 1 月 26 日在湖南省第十三届人民代表大会第二次会议上，省委副书记、省长许达哲所作的政府工作报告里说到，深入贯彻"实事求是，因地制宜，分类指导，精准扶贫"的要求，狠抓产业发展、就业帮扶、农村危房改造、易地扶贫搬迁及后续帮扶、健康扶贫、教育扶贫、科技扶贫、社会扶贫、兜底保障等重点工作，加快深度贫困地区脱贫攻坚步伐。

在精准扶贫的大背景下，政府和社会的合力，构成了大扶贫格局，其成绩令世界瞩目。国家对残疾人士的帮扶又是扶贫的重要内容，其成绩亦是显著的。

现行标准下的贫困人群，已经很少有大面积普遍存在的现象，战胜绝对贫困的攻坚之战将在 2020 年收官。在发展家庭经济、脱贫致富的过程中，政府和社会不断鼓励贫困残障人树立自信心自强心，让他们克服重重困难，逆水行舟，最终战胜贫困，战胜病魔。我们欣喜地看到了一个个破茧成蝶的奇迹。

助残扶贫取得瞩目成效的今天，我们已经做了些什么？我们还能努力做些什么？这是我在采写中不断思索的问题。

你若安好

为战胜绝对贫困，国家不惜代价，在偏僻、交通差、地理条件差、环境恶劣的地区引流发展资源，创建发展空间，包括扶贫搬迁、投资基础工程建设、推行各种产业项目、发展特色种植养殖等等，扶贫效果显著。

为了响应国家扶贫的号召，全面提升贫困人群的生活质量，让远远落后在祖国康庄大道上挣扎前行的百姓能共享文明成果，各行各业的人都参与到扶贫事业中来，深入贫困地区扎村驻户帮扶，自带资本和技术，如火如荼地资助贫困户发展产业。

就助残扶贫而言，"三保障一兜底"是与农村贫困残疾群众息息相关的保障性问题。"三保障"指的是新农合保障，新农合大病保险保障，民政医疗救助保障。"一兜底"指的是政府兜底。除此以外，还有"一补充"，即特指慢性病补充医疗保障。"三保障一兜底一补充"构成了贫困人口综合医疗保障体系。基于这些基本政策，国家每月给予残疾人、贫困、重病残疾人员帮扶补贴、低保金，虽不能完全解决贫困群众的问题，却也能一定程度上减轻他们的生活负担。

除此以外，在全面落实"两项补贴"（困难残疾人生活补贴、重度残疾人护理补贴）兜底的基础上，根据贫困残疾人的特殊需求，国家还为残疾人家庭实施无障碍改造、危房改造补贴、免费发放辅具器具、扶持残疾学生和残疾人家庭子女就学、对低弱视力和白内障患者进行康复救助、为肢残人士装配假肢等。

在采访中，我深刻感受到，对很多残疾群众而言，国家就是他们的靠山。有国家这个坚强后盾，他们的生活便有底气，有希望，有信心。

在成绩后面，我们仍需正视和反思一些需要克服的困难和问题。

其一，对于多数精神障碍患者来说，终身服药是唯一避免复发的明智选择。但如果要服用每月达千元以上的非典型抗精神病新药的话，对绝大多数中国的精神障碍患者来说是相当困难的。不过精准扶贫几年，我们也看到，基本医疗正在偏远地区全面覆盖，医联体、医共体等模式在全面推行，贫困群众报销比例在空前提升等，都让残疾群众的就医障碍变小，康养监管工作日趋完善。

其二，国家要求让所有的适龄残疾儿童都能入学，接受完整的九年义务教育，从根本上提高残疾人的文化素质。但在偏远的农村，残疾儿童大部分不拥有这种特殊教育的资源。好在，精准扶贫的几年中，在湖南的很多地方实行了残疾儿童"送教上门"服务，这在很大程度上为残疾儿童开启了一扇受教育的梦想之门。

其三，受农村经济结构与地域的限制，农村残疾人脱贫就业步伐慢。进一步加大对残疾人的关注力度、实施就业援助、健全特惠政策、建立覆盖城乡残疾人就业服务网络、深化宣传教育营造残疾人就业良好环境等都是残疾群众所希求的社会帮扶。在采访中，我看到，精准扶贫以来，从政府到企业，都对残疾人就业问题倾注了更多关注和帮扶，在很多岗位上，我们都欣喜地看到了残疾人的身影。

……

对于残疾人这个特殊群体，受地理区位、经济水平等诸多因素限制，要让其实现脱贫甚至走向富裕，需要国家和社会倾注更多的关注和扶持。所幸，精准扶贫几年来，我们看到了飞跃性进展。我们有理由相信，随着社会经济的发展和国家的富强，残疾群众的生活能得到更大程度的保障。

有"益"为之

如果说政府是残疾群众最坚实的靠山，那么社会力量则为他们送上了暖烘烘的阳光。

在湖南，三千年古都新韵与文化传承，慈善源远流长。从汉代史载的慈行善举，到宋代广兴的义学之风；从南宋官办的慈幼局，到清代深受百姓赞慕的义桥义渡；从有近三百年历史的"长沙育婴堂"，到历经百年沧桑的"长沙贫女院"；从长沙市档案馆"镇馆之档"，详录善义的《湖南省城育婴堂条规》，到镌刻历史、影响至远的湖南战时儿童保育院，到现在的公益组织……古往今来，绵延不绝，慈心善行从未停止过。

公益组织，是指那些非政府的、不把利润最大化当作首要目标，且以社会公益事业为主要追求目标的社会组织。早先的公益组织主要从事人道主义救援和贫民救济活动，很多公益组织起源于慈善机构。这些公益组织的工作涉及环保、扶贫、妇女儿童权益、助残、动物保护等方方面面，起到了很好的作用。

自改革开放以来，尤其是近 20 年间，湖南慈善公益事业步入快速发展之路。各级、各类慈善公益组织依照"创业创新创优、争先领先率先"的总体建设要求，努力践行"全民慈善、开放慈善、共享慈善、创新慈善、阳光慈善"五大发展理念，积极构筑"慈善＋文化""慈善＋体育""慈善＋互联网""慈善＋大数据""慈善＋激励"五大发展平台，精心打造"理念持续引领三湘，实力保持全国一流"的慈善品牌。如今，慈善事业已普及到全省各市州，诸如浏阳、湘乡、岳阳、株洲等全省各地市的义工联合会或志愿者组织都得到了规范发展，这股力量甚至普及到了县、镇。各地大大小小的已注册登记或尚未注册登记的公益机构几乎每天都在进行大大小小的公益活动，为我省助残帮困事业和脱贫攻坚工作添砖加瓦。

随着民间财富的集聚、信息渠道的多样以及公众慈善互助意识的提升，关注慈善、投身慈善的人越来越多；但同时，我们也看到，民间慈善组织、慈善活动中显现的问题越来越多，经营不善、腐败丛生，某些慈善活动甚至沦为个别人敛财、犯罪的工具，慈善的公信力越来越低。好在这些弊端及时被相关部门发现，引起重视，大力整治。一些个别存在侥幸心理、弄虚作假、为了获利而做公益的组织，终究不会顺风顺水地达到真正慈善公益的康庄大道，他们只是公益路上的短暂陪跑者。人民的眼睛是雪亮的，而且随着上层组织对项目考核完善和严格的与日俱增，这些陪跑者的戏份也将越来越少。

古人说："病有标本""知标本者，万举万当；不知标本者，是谓妄行"。将扶贫与扶志、扶智相结合。授人以鱼，不如授人以渔，从"输血"到"造血"才是有效扶贫的正确姿势。在全民参与扶贫的时代，政府、社会组织、企业、个人多管齐下的沸腾背景下，脱贫攻坚取得瞩目成效。越来越多残疾群众也在多方力量的帮扶下，内生动力被激发，自立自强，自力更生，实现脱真贫、真脱贫和璀璨的人生价值。

当曙光乍现，新的一天便来临。我们希望，冲破黎明的光亮能温暖地照亮折翼天使的前行之路，陪伴他们度过每一个春夏秋冬，让每一个普通的日子绽开非凡的生命之花。